ROMANZI E RACCONTI

Da un'idea di C. Loforti e S. Misuraca.
Ogni riferimento a fatti, cose e persone è puramente casuale.
Per espressioni e modi di dire accompagnati dal simbolo*, fare riferimento al Glossario presente a fine romanzo.

2ª EDIZIONE

ISBN 978-88-6852-907-9

Art director *Mara Scanavino*
Graphic designer *Alberto Lameri*
In copertina © *Babayuka/Shutterstock*

www.baldinicastoldi.it
info@baldinicastoldi.it

BaldiniCastoldi
BaldiniCastoldi
baldinicastoldi
baldinicastoldi

Carlo Loforti

Appalermo, Appalermo!

BALDINI & CASTOLDI

Per Maria Alfonso

PROLOGO

Ci sono un sacco di cose difficili da spiegare a una donna. E per quante liste uno possa provare a fare, ce ne sarà sempre un'altra più completa. La retromarcia, la sovra-idealizzazione della spiaggia, il barbecue, la birra amara, i film con Sylvester Stallone, le tv cinquanta pollici, lo stadio, l'importanza della masturbazione, dello stare comodi e degli insetti: scarafaggi, blatte, zanzare, api; l'aria condizionata, il sesso orale, il silenzio a tavola, il brivido della pipì, il vizio, il fantacalcio, la cucina della mamma, il whisky, il soffritto, l'ultima goccia sempre nelle mutande, il silenzio, la velocità, il fuorigioco. E soprattutto, la cosa che più di tutte è difficile da spiegare a una donna, è che non le stai inventando una minchiata. Anche quando, effettivamente, non gliela stai dicendo.

Qualunque ruolo essa abbia nella tua vita, la femmina è sospettosa.

A priori.

Maria non è da meno. Anzi ha una rabbia che pare di un'altra generazione, e che io ho conosciuto solo di traverso. Avrà una quarantina d'anni, non di più, ma pare che ne ha sessanta.

E di tutte le femmine che mi sarei aspettato di vedere entrare dentro al locale, mentre lo smonto pezzo pezzo per fallimento, l'ultima è proprio lei.

Si porta dietro il suo energumeno in giacca e cravatta. Lui si fa vedere sulla porta, ma la aspetta fuori. *Non fare cazzate, Mimmu'* – significa – *io sono qua*. Di cazzate però, ne ho fatte troppe ultimamente, e non mi passa per l'anticamera del cervello manco di provare a muovere un dito.

La *sfincioneria* è mezza vuota. Ci sono solo i pacchi, decine di scatoloni da chiudere.

È piccolo, il mio locale. Anzi, era piccolo. Bastano pochi passi e, dalla porta, Maria arriva fino da me.

«Dove sono?»

«Dove sono chi?»

Nella borsa ha la pistola. È lì dentro, lo sappiamo tutti e due, ma ci tiene a ricordarmelo, qualora avessi intenzione di scordare chi è il perdente nella stanza.

«Hai avuto i soldi. Che vuoi da me?» le chiedo.

«I soldi non contano. I soldi non aspettano.»

«Non so di cosa parli allora…»

Fa un sorrisetto da: *okay, di' pure quello che vuoi, ma se mi stai pigliando per il culo prima o poi me ne accorgo*. È incredibile come le femmine di tutto il mondo, dalla Repubblica di Trinidad e Tobago fino a Città del Vaticano, usino tutte quello stesso identico sorriso per comunicarti tutte la stessa identica cosa.

«Lui dov'è?»

«È partito», le rispondo.

«Non provate a fregarmi. Né tu né lui.»

«Se ti volessi fregare non ci proverei soltanto. Ci riuscirei.»

Ricomincio a mettere roba dentro agli scatoloni. Le faccio capire che quello che dice mi interessa come fare polemica per un gol in fuorigioco; e cioè zero. Mi sono messo tutto alle spalle, ho ancora tutto un secondo tempo da giocare e non ho intenzione di rovinarmelo recriminando contro l'arbitro. Devo riprendermi la mia vita.

È stanca, troppo per la sua età; ha creduto a troppi uomini.

Apre la cerniera della borsa. Estrae un portatile e lo mette sul bancone. Quello lo devo ancora smontare. L'ho lasciato per ultimo. Poi la chiusura sarà definitiva.

«Non provate a fottermi», ripete.

Mi avvicino. Lo apre.

Maria clicca play e fa partire un video. Manda avanti col cursore.

Capisco di che cosa si tratta e non mi piace. Rivedersi nelle immagini registrate da una telecamera di sicurezza mette una certa ansia. Una di quelle che uno cerca per tutta la vita di evitare.

«Come l'hai avuto?» le chiedo.

«Ho avuto un sacco di cose nella vita. Questa è solo una.»

Arriva al punto che le interessa. Clicca di nuovo su play.

Vedo il filmato, ma lei mi distrae con una domanda.

«Cos'è? Siete diventati amici?»

«Non lo siamo. Ma anche se?» le rispondo.

«Franco non ne ha amici.»

Finisco la visione. Mette in pausa. Le faccio un cenno con la faccia come a dire: *allora? che vuoi? che c'è di strano?*

Lo porta indietro e lo mette da capo. Play.

«Pure io l'ho dovuto vedere quattro volte prima di capire», mi fa.

Guardo. Ci siamo io e Franco che, dopo il colpo, camminiamo verso la mia macchina. È parcheggiata sotto l'inquadratura della telecamera. Lui ha il borsone in mano. Entriamo e chiudiamo gli sportelli.

C'è l'energumeno di Maria che gira attorno all'abitacolo. E c'è il nulla, per qualche minuto: dalla telecamera di sicurezza non si vede dentro l'auto, non si capisce che succede all'interno. Automobili che passano e spassano. Altri secondi.

A un certo punto però, Maria esce dall'auto. C'ha in mano il borsone che prima teneva Franco.

Sembra tutto normale, ma non è così. Perché noto quello che devo notare. Il cervello mi fa clic.

Maria mi guarda, c'ha lo sguardo di chi dice: *hai visto? Che ti avevo detto?*

«Manca un pezzo di borsone, vero?» le chiedo.

Conosciamo la risposta. Lei cerca pure una certa complicità, forse mi ha creduto. Sarò l'ennesimo al quale crede. L'ennesimo cedimento. Per me però, pure che la conosco poco, resta e resterà sempre quella che è: una *stracchiola** di primissima categoria.

Mi giro verso di lei e le dico quello che non vuole sentire. Perché quello che le sto per dire è per lei solo l'ennesima cattiva notizia.

«Mi sa che c'ha fottuti a tutti e due!»

PARTE PRIMA

UNO

Ci sono uomini nati per fare una sola cosa nella vita. Domenico Calò è nato per intrattenere la gente. Mi chiamo Domenico, anche se così a me non mi c'ha chiamato mai nessuno. Mimmo, Mimmo Calò, quello delle partite, hanno sempre detto tutti. E non solo negli ultimi quindici anni, da quando conduco la trasmissione; pure prima. Da *picciriddo* non ero bravo a giocare a pallone, però sapevo tutto. Sapevo chi aveva segnato la doppietta nella finale di Coppa Italia di tre anni prima così come conoscevo la formazione titolare della squadra del quartiere nella successiva giornata di campionato. Lo sapevano tutti che sarei finito a fare il giornalista sportivo. Me lo dicevano tutti di studiare. Tutti tranne mio padre e mia madre. E così non ho studiato. Il diploma me lo sono comprato poi, con i miei soldi.

Mi chiamo Mimmo Calò, ho quarantaquattro anni e faccio il giornalista sportivo. Ho avuto una vita normale, pochi vizi, qualche femmina e ho ventimila euro sul conto dopo vent'anni di lavoro. Non me la sono fidata mai a risparmiare.

Non sono mai stato uno di quei figli affettuosi, uno di quelli che superati i venti iniziano a chiamare il padre per nome. Non mi sono piaciute mai 'ste complicità da figli di papà moderni. Mi servono i ruoli a me, mi orientano. Non sono calvo, ma ci sto lavorando. Ho una donna, ma è da poco che me ne sono accorto davvero. Ho mezzo lavoro e tutti dicono che sono fortunato. Vivo nella casa che mio nonno mi ha lasciato in eredità e sento che la mia erezione inizia a perdere personalità, anche se mia moglie manco ci fa caso.

Ve la ricordate la tedesca? Magari voi la chiamavate in un altro modo, ce ne sono tanti; la verità. Si faceva la conta per chi doveva iniziare in porta e gli altri dovevano fargli gol passandosi la palla e tirando al volo. Ognuno partiva da un punteggio, che di solito era venti. Segnare di piede toglieva tipo due punti a chi stava in porta e via via i punti aumentavano in base alla difficoltà del tiro. E poi c'era il cappotto: colpo di tacco al volo con tunnel al portiere; e allora quello se lo poteva scordare di giocare per il resto del pomeriggio. Era meglio che se ne tornava a casa.

E di solito quello era il sottoscritto, anche se fino a un certo punto ero stato io quello più bravo. Solo che non me ne tornavo a casa, me ne restavo là a fare la telecronaca ai ragazzi. E lo vedevo che gli piaceva, che ogni volta ci provavano a eliminarmi subito perché lo volevano sentire a Mimmo Calò che parlava e che teneva il punteggio. E così da protagonista del pallone, da campione in erba, mi ero reinventato telecronista esperto. E ho cominciato a studiare le persone. Tutte. Pure quelle che mi stavano sulle palle.

E se c'è una tipologia di persone che non ho capito mai, quelli sono i tirchi. Il Tirchio è per antonomasia l'individuo più presuntuoso e malato che il genere umano possa concepire. Più del killer, più del pervertito, più dello psicopatico e del ricchione, il tirchio ha un problema e andrebbe curato. Si crede onnipotente, superiore e soprattutto pensa di essere immortale; e questo fa di lui un pericolo per la comunità. Spesso il tirchio è ricco e questo rende il suo caso ancora più problematico. Di solito non vive, non scopa, e se lo fa non lo fa veramente, ossessionato dall'accumulare ricchezza o dal preservarla. È molesto, dipende dagli altri, non incrocia mai lo sguardo e quando si parla di soldi, il Tirchio si innervosisce. Per questo non li ho potuti sopportare mai i tirchi, questi deliranti accumulatori seriali convinti che sotto terra ci sia qualcosa da comprare e non vermi pronti a mangiargli le loro facce di culo.

La persona più tirchia che io abbia mai conosciuto è stata quella con cui ho passato pure più tempo in assoluto: mia madre. Concetta Licata era così tirchia, che di fronte alla torta del mio quinto compleanno ha ritenuto che fosse il momento di fare un certo «discorsetto». *Parassita*, l'aggettivo che mi è rimasto più impresso, mentre parlava dei nove mesi passati dentro alla sua pancia. *Nove mesi da parassita.*

«È ora che tu inizi a contribuire qui a casa. Fino a ora nessuno ti ha detto niente, ti sei fatto la bella vita, ma ora è tempo di ricambiare il favore.»

E così, ogni pomeriggio, arrivava la vicina, la signorina Fulvia, e con lei trascorrevo tutto il pomeriggio. All'inizio non capivo il nesso tra quel discorsetto e quegli incontri in cui la donna faceva di tutto per trattarmi come un neonato, invitandomi, qualora mi andasse, a farmela nelle mutande e piangere. Una baby sitter? Non credo, non avevamo tutti 'sti soldi. Un'amica? Non avevamo soldi manco per farceli, degli amici. Chi minchia era allora quella trentacinquenne con la voce spenta e la casa che puzzava di chiesa?

Fu quando la vidi che era lei a pagare mia madre per il pomeriggio trascorso, una, due, tre, dieci volte, che ho capito di essere un bambino a noleggio e che la mamma era lieta di cedermi per venticinquemila lire alla sterile Fulvia, rinchiusa qualche anno dopo nell'ospedale psichiatrico della

Guadagna. Mi chiedo spesso se sono uno di quegli spostati che non ricordano di essere stati scopati da un adulto da piccolini, o se sono stato semplicemente molto fortunato.

Una volta, all'età di sedici anni, l'ho chiesto anche a mia madre, la tirchia affitta bambini:

«Lo scoprirai presto, tesoro. Se solo la smettessi di stare chiuso in bagno e ti cercassi una donna vera, accelereresti anche i tempi».

Mia madre: quinta elementare, casa, chiesa e risposte da trauma alla crescita.

I miei ricordi più antichi sono: le mani di mia nonna, che manco mia madre mi faceva sentire così quando mi accarezzava, mio padre che mi portava la domenica mattina da «Piero» a mangiare lo sfincione caldo caldo e mi insegnava a pisciare in aperta campagna senza schizzarmi tutti i piedi; e i gemelli Guttuso che giocavano con me nella squadra di calcio del quartiere e che si prendevano a colpi di *pulla** la madre che, nel loro caso, era la stessa persona. Pulcini, la categoria.

E via con le bestemmie a tutti i Santi e a Dio, per un palo, un fallo non concesso o lo sputo fortuito di un compagno di squadra sulla schiena. Ogni settimana se ne uscivano che erano cugini a un campione di serie A diverso. Ha origini palermitane, dicevano. A me sembrava strano ma annuivo, anche se manco li vedevo dentro al campo; ai cugini del campione io me li palliavo alla grande. Io, Mimmo Calò, che mio cugino il massimo che aveva vinto era stato un calcio tedesco sulle saracinesche di fronte alla scuola, nel 1979. E poi basta, che a tirare al volo non era bravo, lui che manco tre palleggi di fila se la fidava a fare. È stato grazie a loro però, grazie ai gemelli Guttuso, che ho capito una cosa fondamentale, vera in tutti i buchi del culo del mondo:

alla gente gli piace dire minchiate. Forse per questo me li ricordo i gemelli Guttuso, oltre che per quella cosa che si pigliavano a colpi di *pulla* la madre che, nel loro caso, era la stessa persona – e a me questa cosa non mi dava pace, non la capivo proprio.

E poi mi ricordo di quando mi sono rotto le braccia, tre volte in sei mesi; due volte su tre per colpa del pallone, e una volta contemporaneamente, con il gesso da tutti e due i lati. Potevo avere dieci anni, non di più, ma questa cosa delle fratture io non me la dimenticherò mai. Per due motivi: una domanda e una conseguenza. La domanda, chissà perché sempre la stessa, ogni volta che racconto la storia: *ma quando avevi il gesso a tutte e due le braccia, e andavi a cacare, come facevi a pulirti il culo?*

La conseguenza? Beh, la conseguenza è che dopo lo stop, Mimmo Calò, il più forte tra i pulcini di Palermo e provincia, era diventato pure lui un brocco, peggio dei cugini Guttuso.

E fu da quella sfortuna, da quei sei mesi di *attasso* totale, che ogni volta che cadevo a terra mi rompevo una cosa, che è iniziata la mia carriera di giornalista. Perché ci sono periodi, pure a dieci anni, che ti possono cambiare la vita e tu manco lo sai.

Se a casa mia madre era quella tirchia, mio padre era quello nervoso, almeno fino a quando non è andato in pensione. Pietro Calò è il classico esempio di uomo medio che non ce la fa proprio a prendere la vita con filosofia, non gli viene. E allora per tutti i suoi trentacinque anni di carriera nelle ferrovie si è fatto rodere il culo. Il lavoro l'ha sempre preso come una malattia, di quelle che ogni mattina ti svegli con la speranza che non ci sia più e che invece è sempre lì, pronta a ricordarti che in fondo la morte potrebbe essere una liberazione. E allora, ogni giorno, quando tornava da lavoro, non parlava. Se ne stava zitto sulla sua poltrona, muto, col telecomando sotto alla mano. Apparentemente innocuo, era invece alla ricerca di un motivo qualsiasi per incazzarsi di brutto; felino, pronto, in agguato. E Pietro Calò, prima o poi, un motivo lo trovava. Potevano volerci minuti, così come ore, ma il motivo arrivava. E allora si trasformava, violento come se avesse preso la rincorsa per tutta la giornata in attesa di quel momento da prendere a calci.

Per fortuna però, Pietro Calò non è mai stato un violento. Gridava. Per un paio di secondi ti faceva veramente cacare addosso, ti faceva pensare che la vita veramente è un attimo, come dicono, e che lui poteva togliertela da un momento all'altro solo perché stavi camminando a piedi scalzi e lui non aveva intenzione di sentire la voce di tua madre che stava per rimproverarti perché le lasciavi le impronte sul pavimento. Subito dopo la paura e le urla però, arrivava il momento peggiore, quello in cui Pietro Calò dava il peggio di sé, la missione della sua vita, il talento che ciascuno di noi si dice abbia dentro di sé: la rottura di coglioni. Perché fino a quando non si è messo in pensione, Pietro Calò è stato il rompicoglioni più pesante che la storia del fastidio ai genitali abbia mai conosciuto. Imperterrito, era capace di andare avanti per ore e la cosa peggiore è che eri costretto a rimanere lì ad ascoltarlo se non volevi che ricominciasse a strillare. Perché era adesso che si era calmato che ti propinava la sua punizione più perfida, impedendoti di contraddirlo e contemporaneamente non aspettando altro. Perché il rompicoglioni questo vuole, il contraddittorio.

Poi c'era mio nonno, che ho conosciuto poco ma che una para di cose me le ha insegnate. Innanzitutto, non si sa come, era quello più colto di tutti a casa mia. Sapeva cose che ancora ora, se ci penso, non me le riesco a spiegare; agevolato dal fatto che, comunque, nessuno era mai in grado di contraddirlo. Leggeva assai ed era stato nell'esercito. Sempre in forma, elegante a modo suo, è morto che aveva ancora più capelli di me e di mio padre, che io a diciassette anni stavo già cominciando a stempiare. Mio nonno Domenico, di cui porto il nome, mi ha insegnato due cose: a farmi i cazzi miei, regola che in una città come Palermo ti poteva salvare il culo tre o quattro volte al giorno, soprattutto negli anni Ottanta, e il rispetto per le buttane.

«La buttana come figura professionale è sottovalutata.»

«In che senso, nonno?»

«Quando sarai più grande capirai che una *pulla* brava è come un medico di lusso, di quelli all'antica. Se è bravo, se sa fare il suo mestiere, non c'è bisogno manco di un'aspirina. E allo stesso modo, una buttana come si deve, può salvare pure un matrimonio.»

Mi raccontava di quando suo padre lo aveva portato nelle case chiuse che c'erano a Vicolo Marotta, tra il Capo e Monte di Pietà, per regalargli la prima *ficcata*.

«Mica c'erano tutti 'sti giri di parole. Se uno era masculu, doveva essere pronto. No come ora, con tutte 'ste minchiate sulla prima volta, che bisogna aspettare. Mentre aspetti la vita è già arrivata e ancora ti tremano le gambe.»

«E perché non mi ci porti pure a me?»

«Perché le case chiuse non ci sono più. E perché non sei pronto.»

E allora sono cresciuto con una certa simpatia e con un'idea romantica della buttana. Ci fu pure un periodo che a tutti nella comitiva ci pigliò che gli dovevano andare a rompere i coglioni mentre lavoravano, ma io non ci andavo mai, mi pareva una presa in giro inutile; e invece per me la buttana è proprio una cosa seria. E infatti, mentre molti dei miei amici che gli andavano a rompere le palle sono finiti con delle escort senza spina dorsale, io le poche fottute a pagamento che mi sono fatto me le sono fatte con la buttana da strada, l'originale.

C'ho messo assai a decidermi, ma l'ho saputo sempre che prima o poi l'avrei fatto. Da grande, quando ormai manco ci pensavo più.

Esclusa la prima volta che è stata davvero speciale, la seconda, la terza e la quarta, non sono state un granché. Anzi, mi veniva pure da ridere, ogni tanto; la verità. Forse ormai mi ero abituato, era finita la novità.

Quella senegalese che mi sono fatto in macchina la prima volta che sono andato a *pulle* però, me la ricorderò fino a quando crepo. La scopata con la senegalese che diceva di chiamarsi Paola, che mi sono fatto sul sedile anteriore della Ritmo blu che mi ero comprato qualche mese prima, è una cosa che non si può raccontare proprio, un fotogramma prezioso in questa nebbia di cose messe qua e là nella mia testa che qualcuno chiama memoria, ma che per me sono solo appunti. Appunti che mi ricordano chi sono.

E che mi aiutano a non fare altre stronzate.

DUE

Perché poi, l'adolescenza è arrivata e, ora ci vuole, di quel periodo mi ricordo solo due cose: il «Postal Market» e la sofferenza, molta sofferenza. Una sofferenza cercata, ritualizzata e appiccicaticcia.

Tutto è iniziato nel modo più classico, col ballo delle debuttanti dell'adolescente medio, col gesto che sancisce la morte del bambino e la nascita del maschio: la prima sega. Solo che, a differenza di quanto si possa pensare, non è una venuta al mondo liberatoria. Anzi. È un limbo di immagini, pensieri, sudori, odori e occhiaie, che prende la forma di quei quattro peli che cominciano a nascerti sotto al naso e che tutti i tuoi amici già si radono da un anno, ma tu no; tu te lo devi tenere scritto in bella mostra in faccia quante seghe ti fai, non fosse mai qualcuno possa dimenticarsi che sei un maniaco sessuale ricercato in sette stati. E di solito, quel consiglio di non tagliarteli quei peli, quel suggerimento scellerato che suona più come un ordine, te lo danno proprio i tuoi genitori, attaccati con le unghie al bambino che non sei più e che nel frattempo, a loro insaputa, è diventato uno degli esseri più viscidi del pianeta. Quel bambino che non è più lo stesso da quando, nell'ultimo anno, ha iniziato a guardare con occhi diversi il «Postal Market». Ogni pomeriggio. Alle 15.00 e alle 19.00, puntuale pure più del padre, ma solo perché lui lavora tutto il giorno e non sa mai a che ora finisce e questa cosa gli sballa tutti i ritmi. A differenza di mio padre però, dopo il «Postal Market» ho scoperto altri due giornali di quelli giusti, che se ci penso e li paragono ai film di ficco di ora, mi viene da ridere, mi viene. Per i film di ficco, ovviamente. Si chiamavano «Blitz» e «Gin Fiz» e me li ricordo come se fossero stati due fidanzatine, anzi meglio. Dietro l'apparenza di editoriale sul cinema e il costume, si nascondeva, e manco troppo, la cosa più erotica che mi sia mai trovato sotto mano, femmine vere comprese. E c'era una cosa che riviste come quelle, quegli anni, avevano e che non riusciranno mai a tornare indietro, che facevano la differenza rispetto a tutte le altre epoche passate e future: i nomi. Quelle star del cinema di serie B con cui ho passato un bordello di pomeriggi della mia vita da adolescente, avevano dei nomi che te lo facevano diventare così duro che non ti sembrava manco che fosse più il tuo. E così Jenny Tamburi e Carmen Russo ti regalavano per qualche minuto la minchia di qualcun altro, di un uomo vero, prima di farti tornare alla triste realtà, fatta di colori patinati di quell'epoca ed erezioni normalissime.

Erano gli anni Ottanta e l'apprendistato in bagno era finito con una promozione: la cameretta da solo. La singola. Il paradiso. L'altare, nel vero senso della parola. Perché mi era presa una fissazione strana, in quel periodo. Mi spiego meglio.

In una delle pareti, c'era una specie di nicchia, profonda una ventina di centimetri. Non lo so perché. Non mi ricordo più come è iniziata la cosa, ma un certo punto lì dentro ci sono finite due fotografie, una di mamma e una di papà, accompagnate da due lumini, come se fossero morti. All'inizio, quando entravano loro in camera, le coprivo con un poster di Riva. All'inizio. Poi, più montava la ribellione e l'odio, più me ne fregavo e soprattutto più se ne fregavano loro, che una parola su quella specie di edicola votiva che avevo eretto in loro onore non l'hanno detta mai. E allora succedevano cose assurde, dialoghi strani che pure io che a quei tempi tanto normale non ero, me ne accorgevo che c'era qualcosa che non andava. Capitava che facevo qualche cazzata e mi mandavano lo zio a parlarmi, a farmi due palle quanto una casa; anche se alla fine non era mai così, perché se c'era una cosa che lo zio Rino non sapeva proprio fare, era rompere i coglioni. Manco se si impegnava. E infatti è morto giovane, come a tutti quelli che non se lo meritano.

E allora per farsi sentire dai miei, che sicuro erano da qualche parte a origliare, mi diceva frasi fatte:

«Ma i tuoi genitori che dovrebbero dire, eh? Pensi che sarebbero fieri di te?»

E nel frattempo, mentre mi diceva parole come quelle, le fiammelle che illuminavano le loro fotografie continuavano a tremare. E parevano morti vero, si creava una magia che non vi dico, tra parole e immagini.

Ogni tanto andavo a scuola, così, senza troppo impegno, più che altro perché c'erano le femmine. Solo che le femmine, malgrado tutti i miei sforzi per sembrare fico, non riuscivano a trovare manco un motivo per darmela. Ogni tanto guadagnavo qualche colpo di lingua a qualche festa, qualche strusciata. Sì era bello, però mi sembrava una perdita di tempo. E in effetti, lo era. L'ho capito definitivamente quando mi sono ritrovato per la prima volta ad avere «situazione». Tutti usavano quella parola per indicare un approccio con una femmina, pure che ancora non avevano *quagliato*. Per me però, situazione voleva dire che c'era una che me la voleva dare. Punto e basta. I motivi, a pensarci ora, mi sembrano ancora ignoti, ma io sarò grato per sempre a Lucia della quarta C, che mi ha fatto capire che avevo ragione, che tutto quel limbo di seghe e preliminari era una colossale perdita di tempo. Perché il sesso vero era un'altra cosa.

Si poneva però alla mia attenzione un problema logistico: dove me la potevo scopare a 'sta Lucia che diceva che ormai stavamo assieme? La tecnica più diffusa tra i compagni di classe, era *buttarsela*, saltare la scuola e andarsene a casa con la crocerossina di turno mentre i genitori erano a lavoro. Io però avevo un problema, un problema irrisolvibile, una vera piaga che non solo mi aveva rovinato l'infanzia, ma che ora rischiava di mandare a puttane il resto della mia vita: la madre casalinga.

Anche perché Concetta Licata, oltre a essere tirchia da morire, era pure una *lagnusa** di prima categoria, di una pigrizia di quelle epiche, da personaggio di quei fumetti che, ovviamente, non mi voleva comprare mai perché non servivano a niente e costavano assai. E allora pure che doveva comprare cento grammi di prosciutto, riusciva a trovare qualcuno che ci andava al posto suo. Aveva una specie di agendina su cui teneva una lista di schiavi del quartiere. C'era il figlio mezzo scemo di quella da cui compravamo le uova fresche, per esempio, che avrebbe fatto di tutto per mia madre, anche perché lei usava una vestaglia con quel minimo di scollatura che era l'ideale per convincere alla schiavitù lo spostato più promettente del quartiere. C'era mio padre e c'ero io, costantemente sotto ricatto per qualcosa. E allora pensavo alle soluzioni che potessero permettermi di *quagliare**, immaginavo le cose peggiori, tipo che la casa prendesse a fuoco, fiamme alte due metri che la costringessero a uscire. Mi sembrava l'unica soluzione possibile: *infilare** per la prima volta tra le rovine, in mezzo alla cenere, con i vigili del fuoco di sotto.

La soluzione però arrivò da sola dopo qualche mese; banalissima, caduta dal cielo, benedetta, implacabile: la malattia. Una banale broncopolmonite scoperta grazie a una visita in ospedale causata dai soliti calcoli renali, provocati da quell'acqua di rubinetto calcarea che ci faceva risparmiare ventisette mila lire al mese. Aveva fatto il calcolo, la pazza.

Così la mia prima scopata fu mentre mia madre era ricoverata in ospedale. E fu in tre round, così che, purtroppo, dovetti buttarmela da scuola per tre giorni di fila. I primi due giorni, infatti, non mi si alzava manco con le cannonate. Era tutto okay, tutto al posto giusto e funzionante fino a quando non ci toglievamo i vestiti e ci mettevamo a letto. A quel punto, niente. La disfatta totale, l'uncino.

«Tranquillo, ci riproviamo domani.»

«Non lo so che mi prende. Speriamo che non la dimettono», le rispondo con lo sguardo più basso che riesco a trovare.

Stessa cosa pure il giorno dopo, ma con qualche paranoia in più. *E se fossi uno di quelli che non gli funziona? E se fosse un problema legato a quando ero piccolo? E se fosse colpa di Fulvia?* Come da buona tradizione cattolica però, il terzo giorno arrivò la resurrezione. La mia prestazione, a giudicarla ora, è classificabile nella normalità assoluta. Quindici minuti. Piacere nella media. Lei goffa ma non troppo. Io che penso solo a non farmelo ammosciare. Orgasmo, il mio. A quei tempi però, visti i due giorni precedenti, mi era sembrata una prestazione da stallone.

Mia madre venne dimessa il giorno dopo, appena in tempo. Con Lucia andò avanti altri due mesi, ma si scopava poco e scomodi, *infrascati* qua e là. Le cose non funzionavano alla grande. Ficcare era bello, ma mi aspettavo qualche cosa di più. E l'avrei aspettata ancora per molto. C'era però, soprattutto, un difetto fondamentale in Lucia, un problema congenito e imperdonabile, una falla che rende una donna definitivamente inferiore alle altre e inferiore persino ai rotti in culo: non faceva i pompini. Non ancora, quantomeno. E una donna che non fa i pompini, ora ci vuole, non è fatta per stare con Mimmo Calò.

TRE

Nel frattempo mi ero fatto una bella comitiva, di quelle affiatate in cui nessuno si sogna di andare a letto con la donna dell'altro, che poi per me è l'unico fattore che discrimina un vero amico da uno qualsiasi. Per divertirci, a parte cercare femmine, avevamo le nostre tecniche. Il fine serata, bene o male, era sempre lo stesso: fracassargliele con tutti i sentimenti alle coppiette che si appartavano in macchina. Non eravamo *mommi**, guardoni; non ce ne fregava niente di vedere un pezzo di culo delle fidanzate degli altri, le cose giuste. Visto però che ci si riproduceva poco, che non erano tempi fortunati, ci piaceva l'idea di poterli rovinare pure agli altri questi momenti, pure a quelli più culosi che avevano trovato una che gliela dava da portarsi a frasche. E così andavamo là e gli rovinavamo la ficcata a questo sconosciuto che si stava divertendo al posto nostro. Gli lampeggiavamo coi fari, gli tiravamo cose, gli suonavamo. E ce ne stavamo là fino a quando non si arrendevano e se ne andavano. Eravamo pazienti; anche perché c'era sempre qualcuno di noi che portava qualche salame, un poco di olive, qualche cosa da mangiare e bere. Ci facevamo il giro di tutte le piazzole per coppiette, gli rovinavamo la serata a mezza Palermo.

Solo che una volta uno è sceso.

Al primo colpo di abbaglianti, piglia e scende. Subito. Composto, sereno come se non avesse un cazzo da nascondere, scende dalla macchina sua e si avvicina alla nostra. Fa cenno di abbassare il finestrino e si mette a parlare con quello che ancora oggi è il mio migliore amico, Pier Francesco; al volante c'è lui, mentre gli altri ce ne restiamo zitti, concentratissimi nel tentativo di non farcela nelle mutande.

«Tutto okay, ragazzi? Vi serve qualcosa?»

«No, perché?»

«No perché mi era sembrato che mi avevi dato un colpo di abbaglianti. E allora ho detto: magari gli serve qualche cosa.»

«No, grazie. È tutto okay.»

«Allora avrò visto male io...»

Così, ve lo giuro. A quel punto piglia e se ne va, lasciandoci con le nostre facce di cazzo immobili. E rientra in macchina. Abbiamo aspettato cinque minuti e ce ne siamo andati. Cinque minuti, per non dare nell'occhio, per non farlo insospettire. Ma io ci penso sempre a quello là che è sceso da quella macchina con l'ingenuità di un bambino che non saprò se era vera oppure no. Ci penso sempre, da quando ho diciott'anni, da quella sera, perché se c'è qualcuno che sarei voluto diventare nella vita, a parte una di quelle rockstar che a settant'anni ancora zompetta come una troietta di sedici, pure che si è calato le peggio cose nella vita, quello è lo sconosciuto della piazzola. Io sarei voluto diventare come lui, uno che se gli lampeggi con gli abbaglianti mentre sta concludendo con la fidanzata, scende e ti viene a chiedere: *ti serve qualcosa? Tutto okay?*

Ora però di quella comitiva non è rimasto più niente.

Non succede all'improvviso, ci sono dei sintomi che ne annunciano la fine imminente, prima che i membri cadano nella trappola che ogni femmina che hanno trovato inizia a pianificare, instancabile, dal momento stesso della sua nascita: il matrimonio. Ai sintomi corrispondono delle fasi, e le fasi sono cinque: attrazione per le minorenni, sorpasso del cibo sul sesso, convivenza, ernia al disco e guaio.

Di solito la prima fase arriva subito dopo la separazione con la fidanzata storica e non prima dei venticinque. È successa a Nicola Spanò, il figlio del tabaccaio all'angolo, truffaldino predestinato che invece è finito a fare la guardia giurata. In questa fase, l'amico riscopre le gioie del sesso; anzi, diciamo pure che le scopre perché di solito è fidanzato da quando aveva sedici anni e da allora ha visto una femmina sola. Ogni sera ve ne uscite a rimorchiare ed è allora che, frustrati e sbronzi come degli hooligans serbi, lui si lascia andare a discorsi sulle ciccione, su quanto, in fondo, siano sexy e su quanto saranno grate se andrete a letto insieme a loro.

«Compa', non lo diciamo a nessuno», cerca di convincervi, mentre due femminone taglia cinquantadue vi continuano a fissare, moleste al punto giusto.

Ma è quando l'avete convinto che non si può fare, che non potete scopare con un divano letto a tre piazze, è allora che iniziano i discorsi sulle minorenni. E così, l'amico tenta di giustificare con il «cambiamento dei tempi», l'arrivo, prima dei trenta, degli impulsi pedofili che aveva represso fino a ora. «Queste a quindici anni pure nelle orecchie lo prendono!» continua a ripetervi sperando che lo accompagniate all'uscita di un liceo, il giorno dopo.

Con l'arrivo dei trenta invece, tutti nella comitiva, uno dopo l'altro, iniziano a confessare senza *vastunate* il triste segreto che nascondono, neanche troppo bene, da qualche mese: non gli piace più scopare, o almeno non gli piace più come prima.

Perché il cibo supera il sesso nella scala di valori di un trentenne ed è un sorpasso tanto stupefacente quanto inarrestabile, in un rettilineo che dura per il resto dell'esistenza, fino a quando tra malattie e analisi del sangue sballate, il cibo diventa merce proibita ed eccitante, e il sesso pratica stantia e fonte di depressione.

C'è appena appena un risveglio, intorno ai sessanta, patetico e decisivo. Un bivio: o il sesso con la badante rumena, e quindi l'infarto, o la pace dei sensi definitiva. Lo stesso risveglio che si è costretti a vedere nei propri padri, a un certo mortificante punto della loro e della nostra vita.

Effettuato il sorpasso del cibo, pur di sposarsi, l'amico è costretto a trovarsi un lavoro. E pure con tutta la disoccupazione di questi tempi, se una donna ha iniziato il suo pressing, state certi che si ingegnerà a farglielo trovare. A quel punto, di solito, lui si inventa un business, gli riesce pure e rovina i vostri venerdì sera per sempre, mettendo su famiglia e facendo pure soldi. Perché?

Se il maschio medio fosse un essere umano normale, si potrebbe dire che lo fa per ambizione. La maggior parte degli uomini come noi però, l'uomo comune, l'ambizione la ignora, ammesso che ne abbia. Perché è annebbiato dal piacere principe, quello che governa il mondo e che lo sta portando dove lo sta portando: la pigrizia. Malattie, povertà, guerre, corruzione, criminalità, persino il fottuto scioglimento dei ghiacci è causato dal peccato più originale di tutti gli altri, questa pigrizia maschile che non riusciremo mai a sconfiggere. Perché diciamoci la verità, l'uomo piuttosto che fare preferisce non fare. Sempre e da sempre. E non solo in Sicilia, quelli sono luoghi comuni buoni per fare qualche film, ma che non vanno al nocciolo della questione. E allora, per pigrizia, l'uomo è capace di rinunciare a tutto. E si sposa. È per quello che lo fa, mica perché la ama e non può stare senza di lei. Non c'è uomo che preferisca a dieci, venti, cento fiche diverse in dieci anni, magari di prima qualità se è bravo a trovarsele, quella della propria moglie. E allora perché ci rinuncia e decide che la monogamia è una cosa accettabile, giusta, quando invece è una cazzata colossale? Perché la pigrizia si è fottuta a sangue tutta l'ambizione che aveva, da dietro, senza pietà, fino a quando lei, umiliata, non se ne è andata via in silenzio alle prime luci dell'alba. E così, visto che non ha voglia di fare un cazzo ma ha comunque bisogno di svuotare ciò che resta dei suoi testicoli, su cui nel frattempo ha perso la potestà esclusiva, pur di tornare a respirare, pur di potere assaggiare di tanto in tanto la passerina che la regina del pressing, che neanche Fabio Capello dei tempi migliori, continuerà a negargli fino a quando non avranno capito *che direzione dare a questa relazione*, l'amico mette su famiglia. Non gli piace più ma la vuole, ha bisogno di sapere che può prendersela, quella piaghetta in mezzo alle cosce di lei; così è fatto il trentenne che decide di sposarsi. E fidatevi, per quanto evolute siano o vi abbiano fatto credere, quando una donna parla di *direzioni*, non ha in mente molte mete originali: il matrimonio, a quello pensa.

Avervi fatto credere il contrario, è tutta una tattica. Sogni di carriera, di indipendenza, di emancipazione; marchette intellettuali prestate all'unico vero obiettivo: prendervi per il culo e farsi sposare. Con l'inganno, la psicologia inversa e soprattutto con la sapiente arte del pompino, quella che poi, alla fine, vi dà il colpo di grazia e vi fa dire *sì, lo voglio.*

Con la convivenza, arriva l'ernia al disco, intorno ai trentacinque, l'ultima profezia prima dell'irreparabile. Siete preoccupati per la vostra salute, vi distraete un minuto e zack, ecco il guaio. Se ne esce che è incinta, la sposate in fretta e furia e mentre siete in bagno a farvi una sega più lunga del previsto, girate la maniglia e uscite in soggiorno che avete già sessantacinque anni e state per morire. Più o meno.

Di tutta questa gente che mi è passata accanto per qualche anno, solo due alla fine hanno significato qualcosa: Pier Francesco e Jean. Il primo, perché essendo l'unico a essersi salvato dal matrimonio, posso dire che è ancora amico mio. E l'altro perché, senza volerlo, ha rischiato di cambiarmi completamente la vita.

Avete presente quei robottini mangiasoldi che ci sono, che ne so, nei distributori di benzina, quelli che ti permettono di fare carburante pure quando è chiuso? Ecco, quei robottini, nel 1989, manco esistevano.

Il pesce che si mangia a Palermo, per dire la verità, mi ha sempre fatto schifo. Non è come nei paesi di mare della zona del trapanese. E quella sera del 1989, io e il mio amico Jean, che veniva ogni anno a passare le vacanze in Sicilia, volevamo mangiare pesce. Avevamo solo un problema: eravamo a rosso fisso e non potevamo farci niente, era già tutto chiuso. E allora, nella piazzola di un benzinaio, è arrivata l'idea. Jean, padre francese e mamma palermitana, a diciott'anni si era girato già mezzo mondo. E ogni estate, quando veniva in vacanza qua, se ne usciva con una novità. Quell'estate era appena tornato dall'America e se ne andava in giro a parlare di 'sti robottini mangia soldi.

«Trenta milioni da investire, quindici io e quindici tu. In America ormai lo usano tutti», mi fa.

Solo che Jean, facendosi prestare altri quindici milioni da suo padre, c'ha costruito un impero. E non l'ho visto più. È diventato uno di quei ricconi con l'elicottero e la barca, addosso ai quali bestemmi ogni volta che crepi dal caldo in una qualche spiaggia popolare.

E io? Io, invece, lo sapete che ho fatto nell'ottantanove?

Mi sono fidanzato.

QUATTRO

Più del calcio, più delle femmine, più dei film con Stallone e della vita stessa, c'è una cosa che mi fa sentire veramente maschio: l'asta giudiziaria. Apparentemente noiosa e da borghese che non ha un cazzo da fare, l'asta giudiziaria è una specie di condizione controllata, a tipo esperimento, in cui fare le prove della propria esistenza. A parte il fatto che ti puoi comprare le meglio cose a prezzi ridicoli, l'asta è una caccia a mani nude, durante la quale da predatore basta un attimo che puoi diventare preda. E così, da quando mi c'ha portato la prima volta Pier Francesco e ho provato, nel 1991, a differenza sua non ho smesso più. E allora col tempo sono diventato una specie di mago. Me ne vado lì, mi siedo e faccio le mie previsioni. Se viene messo all'asta un appartamento sequestrato a un evasore, mi faccio due conti e non c'è volta che non lo indovina Mimmo Calò il prezzo per cui verrà battuto, mille euro più, mille euro meno. E allora rilancio, rilancio fino a un certo punto e poi mi fermo, senza comprare mai niente. Sono più di quindici anni che non compro manco una molletta per capelli. Alcuni pensano che sia una questione d'istinto, che nei tre minuti di un'asta le cose non possono seguire una logica precisa, ma si sbagliano, ve lo dico io; anche perché la maggior parte di quelli che ci partecipano li conosco e sono delle teste di merda patentate.

L'asta giudiziaria è il momento migliore della mia giornata. Così, quando posso, me lo concedo; me ne sto là, rimetto a posto le idee e poi me ne torno alla vita normale, senza che nessuno ne sappia niente. Manco Pier Francesco che mi c'ha portato la prima volta.

A parte per il fatto che lo conosco da una vita e che mi ha fatto conoscere il mondo delle aste, non lo so quali sono i motivi per cui Pier Francesco è ancora il mio migliore amico. Lunatico, bugiardo, *femminaro fino al radicone*, Pier Francesco ha tutte le caratteristiche tipiche della testa di cazzo. Quando dico che è femminaro, non intendo che gli piacciono le belle donne: intendo che gli piacciono le donne, punto e basta. Secondo il Pierfrancescanesimo, non è importante che una sia ben fatta, e manco che sia intelligente. Quando vede una femmina lui semplicemente non resiste. E ci prova.

«Anzi, più brutta è, e meglio è. Quelle belle sono una perdita di tempo inutile.»

«Io non ti capisco...»

«E non sei l'unico. E infatti concorrenza non ce n'è.»

Un'altra cosa che non ho capito mai è come faccia ad avere tutti i soldi che ha. Se ne va in giro vestito a puntino, con le carte di taglio grosso sempre in tasca. Lui dice che ha un sacco di proprietà che gli ha lasciato il padre, ma qualche anno fa l'ho *incocciato* che aveva messo su un business particolare. Quel giorno, non so come e non so perché, mi sono ritrovato ad accompagnarlo. Io gli avevo solo chiesto un passaggio a casa, ma siamo finiti in una specie di casa di riposo.

«Il passaggio te lo do, ma prima devo fare una cosa.»

«Che devi fare?» gli rispondo. «Ti aspetto fuori?»

«No, vieni con me. Dobbiamo andare da mia nonna. Ci stiamo due minuti.»

Non l'avevo mai visto così. Si è fatto venti minuti a parlare con questa vecchietta dolcissima. Non lo sapevo che ci aveva una nonna, e che ci era così legato.

«E le prendi le pillole? E le segui le istruzioni dei medici?»

E nonna di qua e nonna di là, come una persona a modo, come uno normale, e non come il pezzo di merda che avevo imparato a conoscere io.

«Ma che fa' scherzi, nonna? Io ormai lavoro da dieci anni», fa alla vecchia che gli sta allungando centomila lire.

«Dai pigliateli, compratici il gelato.»

E lui, Pier Francesco, il più ricco della comitiva, piglia e accetta, tenero. In onore dei vecchi tempi, di quando era bambino. La abbraccia e usciamo dalla stanza.

«Oh, carina tua nonna. Ma che ha? Perché la tenete qua?»

«Ha che è vecchia.»

«Ce ne andiamo?»

«Non abbiamo finito…»

È a quel punto che scopro che l'amico che tutti noi, compreso io, avevamo considerato come una specie di rockstar del cazzeggio, un vero coglionazzo da hit parade, era in realtà un genio assoluto, l'unico fra noi che era stato capace di diventare quello che in fondo avevamo sempre sognato tutti, senza dircelo mai: un truffatore. Elegante e signorile, una specie di Robin Hood della terza età, che toglie ai moribondi e agli stolidi per dare a se stesso. Ci aveva preso per il culo per tutto quel tempo con la classe di chi ci riesce senza dirti manco una bugia.

Pier Francesco principe dei ladri, bussa a un'altra porta e ripete la scena. Identica. E poi di nuovo, tre, quattro, sei volte. In un paio di ore aveva ripulito mezza casa di cura. Tre, quattro, sei nonne. Le convinceva che era loro nipote. Tutte. Così, col suo fare insospettabile e i suoi vestiti firmati, con l'aria di uno che nella vita è riuscito, spillava a quelle vecchie rincoglionite le classiche cinquantamila lire per il gelato, e in un pomeriggio si faceva mezzo milione pulito pulito.

Da allora a tutta la storia dell'eredità non c'ho creduto definitivamente più. O quantomeno, non sapevo più come pensarla.

Avete presente le pagelle del lunedì? Undici numeri, più due che è la media delle sostituzioni, per due che è il numero delle squadre in campo. Moltiplicate per tutte le squadre: Eccellenza, serie D, C2, C1, serie B. Io le ho fatte tutte. Per dieci anni. Tutte tranne la serie A.

A diciannove anni infatti, qualche chilometro in più sulle spalle e qualche bandierina messa qua e là in mezzo alle gambe di qualche femmina, una testata giornalistica locale mi fa il primo contratto. All'inizio mi pare tutta una poesia: il calcio vero, quello dei campi di periferia in terra battuta, col fango che ti resta attaccato sulle scarpe al primo temporale e non se ne va per tutto l'inverno, quello delle risse in cui l'arbitro se ne *scappotta* negli spogliatoi per non essere preso a bastonate pure lui. Quello di Rosario Fugarò, il brocco più brocco che abbia visto in dieci anni di pagelle, e che però a poco a poco è arrivato fino alla C2. Fugarò, uno di quelli che ha messo in dubbio il mio ateismo più totale, perché Qualcuno deve averlo aiutato a Fugarò, se no non c'era motivo che arrivasse dove è arrivato. Ne ho vista di gente io con il doppio del talento di Fugarò, fermarsi in Promozione. Io me li ricordo tutti quelli che ho visto giocare, c'ho una memoria fotografica che non ve lo sto a dire. Se io a uno l'ho visto palleggiare, pure il peggiore *scarparo** di tutta Settecannoli, dove sono cresciuto io, io a quello me lo ricordo. E ne ho visti un sacco – e la maggior parte erano pure quelli più forti, la verità – buttare tutte cose a mare per qualche femmina, un furtarello, un incidente in motorino o semplicemente perché non gli piaceva allenarsi. E ogni tanto li incontro piedi piedi, in giro per la città, e loro lo sanno che li riconosco, che se la potevano risparmiare la vita che stanno facendo, che qualcuno li poteva pagare per giocare tutto il giorno a pallone e scoparsi le fiche più fresche, quelle di primo taglio. Il calcio è uno sport bastardo, questo è. Almeno fino a qualche anno fa, quando la tecnica contava di più, e no come ora che pure che sei uno *scarparo* qualsiasi, basta che corri come un pazzo, puoi dire la tua in serie A. Il calcio è un bastardo perché pure che non sei nessuno, per cinque minuti, se vuole ti fa sentire Dio. E allora, sei finito. Basta una punizione *scricchiata* all'incrocio con violenza, una manciata di popolarità, per mandare tutte cose a puttane. La verità però, è che basta che ti fermi un minuto, che ti distrai un attimo o ti rompi le braccia come ho fatto io, e il pallone ti volta le spalle che manco la peggio femmina è così decisa nel mandarti a fare in culo e andarsene con un altro, magari tuo fratello.

Dopo dieci anni di pagelle del lunedì però, è arrivata la svolta. Una trasmissione sul Palermo, tutta mia, su una rete locale. Una botta di culo di quelle che mi tocco ancora le palle, che se penso che dovevo farmi ancora un'altra partita di Rosario Fugarò, dieci anni di inspiegabile carriera, mi vengono dei brividi che mi sciolgono il cerume fino a dentro le orecchie.

La trasmissione è cresciuta a poco a poco, gli sponsor e gli ascolti pure. Ogni tanto sono venuti ospiti di quelli giusti: il Presidente, qualche dirigente, qualcuno dei calciatori. Ogni tanto, all'ultimo minuto, non si presentavano; e allora

Mimmo Calò si doveva inventare qualche cosa, tipo quella volta che ho intervistato quello spostato che si ricordava targhe e modelli delle macchine di tutti i giocatori del Palermo dall'ottantadue al millenovecentonovantotto, facendolo passare per una fottuta celebrità. Alla fine è andato tutto bene, i soldi c'erano e a parte i bordelli imprevisti si lavorava pure decentemente. Mi sono preso pure un'assistente personale; Giada, una ragazza sveglia che ha bisogno di pagarsi gli studi all'università perché vuole fare il magistrato; ancora non l'ha capito che un mestiere vale l'altro.

E così è arrivata la popolarità, almeno a Palermo e provincia. Non è *Novantesimo Minuto*, ma non mi posso lamentare: a Mimmo Calò, quello delle partite, lo conoscono tutti.

Tutto è andato bene, fino a ora. Mi sono sposato a Barbara dopo dodici anni di fidanzamento. Non abbiamo figli, ma ci stiamo lavorando. Qualche mese fa ho pure smesso di fumare, ormai non ci penso più. I soldi ci sono, la salute pure. Non pago un caffè al bar dal dicembre del 2001 e non piove da tre settimane.

Una vita normale, forse pure un poco meglio di molte altre. Tutto è andato bene, fino a ora. Tutto è andato bene fino a due giorni fa.

Anzi, se vogliamo dirla tutta, quello appena passato è stato definitivamente un mese di merda.

PARTE SECONDA

UNO

«Allora, ve lo ricordate quello che dovete dire?»

«Certo che ce lo ricordiamo.»

«E sentiamo, che dovete dire?»

«Che se il Palermo oggi vince a Milano, le asciughiamo noi le balate della Vucciria!»

C'è un modo di dire a Palermo che significa che qualcosa proprio non può succedere mai, che è impossibile: *sì, quannu s'asciucano 'i balate da Vucciria!* Perché da quando il mercato esiste, giorno, notte, feriali e festivi, quei sanpietrini giganti su cui da un bordello di secoli scolano i liquidi di pesce, frutta e verdura, non si sono asciugati mai. E mai succederà. Ma oggi sono pronti a sfidare le leggi non scritte dell'Universo, se il Palermo vince a Milano.

«E poi?»

«E niente. Poi ci mettiamo a gridare forza Palermo, forza Zamparini e viva Santa Rosalia!»

«Bravi, vi ricordate tutto.»

«E certo che ce lo ricordiamo. Anche perché diciamoci la verità: pure che ragiona da imprenditore e che a fine anno vende sempre i pezzi migliori, il presidente a noi c'ha salvato il culo dalla bella. Altrimenti ancora a fare feto in C2 saremmo.»

«E diteci pure questo, allora!»

È questo il genere di personaggi che Migliore, il proprietario della televisione, definisce personalità cittadine. E con cui mi devo confrontare in trasmissione ogni sacrosanta domenica, pochi cazzi. Così li chiama, ogni volta che gli chiedo un poco di budget in più, ma lui dice che mi devo accontentare.

«Calò, ma secondo te io non ci penso?»

«Non lo so, Migliore. Ci pensi?»

«Sarebbe bello, no? Ogni domenica un personaggio di lusso, una femminella di quelle giuste e no 'ste quattro scimunite che presentano le gare canore nei paesi. Le *minne** fanno alzare gli ascolti... gli ascolti attirano gli sponsor. Lo sai meglio di me, no?»

«Ci vorrebbero due belle *minne* di personalità, una bella valletta fissa con la quarta.»

«E certo, funzionerebbe.»

«Alla gente piace abituarsi, gli piace affezionarsi, pure alle femmine che deve guardare in televisione, Federi'», insisto io.

«E tu le conosci tutte 'ste femmine che ora conducono le trasmissioni di calcio, no?»

«Certo, come no.»

«E lo sai come hanno cominciato?»

«L'ho capito dove vuoi andare a parare, Miglio'», faccio io, mettendo le mani avanti.

«E io te lo dico lo stesso. Facevano le vallette.»

«Mi fa piacere per loro.»

«E tu te lo ricordi chi c'era prima di loro?»

«Non c'è bisogno che continuiamo.»

«No, ora mi fai qualche nome.»

«Ora non mi vengono in mente.»

«Lo vedi, manco tu te lo ricordi. Non se lo ricorda nessuno. E tu sei sicuro di volerla una valletta di quelle giuste? Sei sicuro che vuoi essere dimenticato da tutti, Mimmu'?»

«Ho capito, Migliore. Ho capito...»

«E allora, se hai capito, finiscila di scassarmi la minchia con vallette e ospiti che in realtà un favore ti sto facendo. Piccioli non ce n'è! Ringrazia la Madonna e tutti i Santi che c'hai ancora uno stipendio dignitoso e ci puoi regalare tutti i profumi che vuoi a tua moglie!»

Personalità cittadine, sì. Barbieri che hanno fatto fortuna aprendo un salone di borgata che si è spostato in centro, vecchie promesse calcistiche affogate nell'alcool, piccoli imprenditori mezzi famosi che vengono a lamentarsi dei centri commerciali che gli stanno fottendo tutto il lavoro, future star del neomelodico ancora acerbe ma che si faranno; tutta gente a cui cerco di suggerire quello che deve dire, ma che poi appena scatta la diretta, dice quello che vuole. Che poi alla fine è proprio questo, il bello.

Giada attira l'attenzione con la mano, mi fa segnale. Il cameraman è pronto.

«Stiamo andando in onda», faccio ai miei ospiti.

La luce rossa sopra alla camera comincia a lampeggiare. Cinque, quattro, tre...

Lo studio vi pare che è? Una stanza circolare di manco trenta metri quadrati, bianco sporco tre lati su quattro. Ci stiamo in cinque giusti giusti, ospiti esclusi, che possono essere al massimo quattro: due cameraman, due alla regia e io. La parte in cui sto io a dirigere i lavori invece è verde scuro; l'unica. Le sciarpe rosanero dei tifosi ci stanno una meraviglia su quel verde, e pure le cosce delle sgallettate che ogni tanto vengono a cercare un po' di visibilità. È il primo caso al mondo, forse, in cui regia e diretta convivono all'interno della stessa ridicola stanza. Siamo a cinque passi l'uno dall'altro, quasi sento l'alito di nero d'Avola e caramelle gommose del regista, mentre siamo in onda. Ma non mi lamento. E poi Giada, che mi fa da assistente, ha una prontezza rara per la sua generazione. È sveglia assai, pure che c'ha solo vent'anni. La baracca la portiamo avanti noi due. Continua a contarmi con la mano il tempo che ci separa dalla diretta.

Due… uno…

La luce rossa smette di lampeggiare e diventa fissa.

Siamo in onda.

Faccio quello che devo fare, e cioè cercare di fare passare al meglio il tempo in attesa che arrivi qualche goal. Domenica dopo domenica.

Oggi però, al ventisettesimo del primo tempo, i trenta metri quadrati dentro cui stiamo tutti stretti stretti, diventano ancora più piccoli. Me ne accorgo dalla reazione del pubblico che c'è qualcosa che non va. Gli si drizza il pelo come ai gatti alla vista dell'acqua. Da cinque più quattro, passiamo a cinque più quattro più tre appena entrano i finanzieri.

«Signor Calò, è meglio se interrompe la diretta», mi dice uno di loro, tutto educato.

L'idea alla Finanza non gli era venuta così, per capriccio. Le cimici a casa di un mafioso avevano registrato un dialogo. Ve l'ho detto che mi conoscono tutti: a Palermo, tutti parlano di Mimmo Calò; pure i mafiosi.

Oh, Giova', ma 'stu Mimmo Calò 'u paga 'u pizzu?

No.

E comu mai?

Picchì, tu quannu to mugghieri cucina, chi fa', ci runi 'a mancia?

Nzu.

E iddu pi' chistu 'un paga: picchì 'a televisione è nostra!

DUE

Se lo sono andati a prendere due giorni fa, quelli della Guardia di Finanza, a Federico Migliore. Concorso esterno in associazione mafiosa. Un reato come un altro, a Palermo. Il problema però, è quando gli sbirri si portano il proprietario della rete che ospita la tua trasmissione, quello che, alla fine, ti fa campare. Il problema è quando quello è solo l'inizio di tutti i problemi.

L'hanno trovato nella sua villa di Mondello che si stava guardando un film porno. Solo che quando un personaggio come Federico Migliore fa una cosa, mica la fa come i comuni mortali. E quindi l'hanno trovato tra cazzi e fiche più grossi di lui, proiettati su una parete lasciata libera per quel motivo lì. L'ho fatto pure io una volta, non lo nascondo. Ci fu un periodo che con Pier Francesco ci vedevamo la sera e ci guardavamo un sacco di film coi gangster. *C'era una volta in America*, *Scarface*; 'ste cose qua. Quella sera ci stavamo rivedendo *Bronx*, con un De Niro da pelle d'oca sulla punta della lingua. E non ve lo nascondo che arrivati a un certo punto, la tentazione ci è venuta. Anche perché Pier Francesco, all'improvviso, se ne è uscito così:

«Qualche volta dobbiamo provare pure con un porno. Chissà che effetto fa col video proiettore».

A quel punto è bastato guardarci perché la tentazione, una battuta detta così, si trasformasse tempo niente in realtà. Abbiamo riso dieci minuti, senza manco arraparci, e poi basta. È finita là.

Federico Migliore però, ce lo aveva per vizio. Gli hanno trovato una specie di videoteca fatta in casa. Si è fatto prendere mentre se lo faceva a mano; gli hanno rovinato pomeriggio e reputazione in un colpo solo, gli hanno rovinato.

Che non è bello farsi trovare in quel modo. Io lo so perché una volta mi c'ha trovato mia madre e ve lo posso dire con tutti i sentimenti: ti senti di merda, nudo come un verme, infame. Ci vorrebbero dieci anni di psicoanalisi offerti dalla mutua per quelli che si fanno incocciare dalla madre col cazzo fuori dalle mutande. Una pensione ci dovrebbero dare a tutti noi, violentati da eventi del genere. Perché ora mi vogliono venire a dire che è sempre meglio di una gamba amputata, di una cecità qualsiasi o di qualche altra stronzata di malattia? Datemela a me, ma toglietemelo dalla testa 'stu ricordo, e almeno non avrò nulla a cui pensare, niente di cui pentirmi, quando fra cent'anni, pure io, creperò per qualche motivo e ripenserò a questo mondo.

E così se lo sono portati i finanzieri a Federico Migliore, due giorni fa; e con lui tutte le carte che gli hanno trovato in casa. C'è stata un sacco di gente che si è indignata, ma io ho pensato sempre che difficilmente sei pulito se ti accusano di una cosa del genere, pure che vale il principio di innocenza e tutte 'ste paraculate qua. E sinceramente, se ti fai trovare come si è fatto trovare Federico Migliore, con un arsenale pornografico in casa, diciamo che non parti proprio con il piede giusto a percorrere il corridoio lungo e pieno di insidie chiamato Giustizia.

Fatto sta che domenica, per la prima volta dopo quindici stagioni di campionato, Mimmo Calò non va in onda.

Trasmissione chiusa, per il momento. Telefono rotto, come diciamo noi.

E la cosa peggiore è che alla mia assistente Giada, pure che lei vuole fare il magistrato e non gliene fotte più di tanto, glielo devo dire io. E non lo so come spiegarglielo, ma è meglio che si comincia a cercare un altro lavoro, che non è strada che spunta questa, ve lo dico io.

TRE

È davvero incredibile questa cosa che tutti noi, maschi e femmine, ci andiamo trasformando nei nostri genitori. E non è una cosa che ci rende migliori, questo è sicuro; anzi di solito diamo vita a un intruglio di difetti che la maggior parte delle volte rovina la vita a un'altra persona, generalmente a quella che ci siamo scelti per fare sesso, dormirci insieme, fare figli e altre cose così.

Quando ci siamo sposati, io e mia moglie non ci siamo promessi fedeltà eterna, né manco di onorarci in salute e malattia. Abbiamo fatto un semplice e tacito accordo: *so come sei e hai capito come sono fatto io: cerchiamo di non cambiare, okay?* Solo che col tempo, chi non cambia mai, cioè il sottoscritto, è diventato l'immaturo della situazione. E io, io ho scoperto di avere sposato mia suocera.

Mia moglie e sua madre, ad esempio, ora si raccontano tutto. Quando l'ho conosciuta io però, nell'ottantanove, Barbara si lamentava che le sue sorelle e la madre si riferivano pure le storie più inutili, condite da dettagli, sempre gli stessi, ripetuti a ruota durante conversazioni che erano tipo quei tornei di calcetto estivi che durano tre giorni di fila: i no stop.

Solo che ora a quei tornei partecipa pure Barbara, e cominciano alle ore più assurde. Io me ne sto là, di solito sul divano, a cercare di tenere il cervello spento davanti alla televisione, e immagino di pesare quello che si dicono, immagino come farebbero se le parole si vendessero al chilo, mi immagino un magazzino tutto pieno di scatole con le loro parole, messe una accanto all'altra fino a riempirlo tutto fino a quando non c'è più spazio e tocca a un altro magazzino, e a un altro ancora. Immagino un deserto pieno di posti del genere colmi di scatole con tutte le parole che hanno buttato loro, e che bussano da dentro i cartoni tipo i cuccioli quando li metti lì dentro e vogliono uscire. Avete presente quelle volte che a uno lo vorreste mandare a cacare, o a una femmina le volete fare una battuta per fare colpo, o volete dire ti voglio bene a vostro padre e non vi esce proprio, vi resta il colpo in canna e rimanete a ingoiare aria come dei balbuzienti qualsiasi? Io lo so di chi è la colpa, le conosco bene: mamma e figlia. Se le sono prese tutte loro le parole, ingorde senza criterio.

Che poi non è una persona sgradevole, la madre di mia moglie. Se lo può scordare che la chiamo mamma, come fanno certi scemi di amici miei con le suocere, ma non è sgradevole. Ma manco se mi punta una pistola su per il culo, la chiamo mamma a quella. Manco se decide di morirmi davanti e devo darle io l'estremo saluto. Per me è e resterà sempre una sconosciuta. La madre di qualcun altro.

«Perché tu hai un problema, penseresti che stai tradendo tua madre», mi dice Barbara quando ne parliamo.

«No, è proprio che non mi va di essere figlio due volte, la seconda solo peggio ancora mi può andare.»

È persino una persona piacevole; se non la conosci bene. È gentile, non ti contraddice mai in pubblico, sembra pure che ti coccola, che ci tiene vero ad avere buoni rapporti col genero. Sembra dolce, non alza la voce e non ha niente della suocera, quella che tutti si immaginano. E sapete come ci riesce, come fa a mostrarsi così perfetta? Ci riesce perché è definitivamente una puttana. Finge, è una farsa. Mia suocera la falsa, c'ha proprio un talento naturale per la presa per il culo. Ti fa credere che sa stare al posto suo, che si sa fare i fatti suoi, che è una moderna; e invece te lo sta piantando dietro alla schiena.

Quindi per questo, quando sento che Barbara le racconta tutti i fatti nostri, non è che sto proprio tranquillo.

C'è una cosa di cui parlano praticamente ogni giorno, ultimamente: di quello stronzo di Mimmo Calò che non riesce a ingravidarla a sua moglie, che chissà che problema ha quel cosa inutile.

Così, ogni volta che lo facciamo, non ho manco il tempo di farmi passare l'affanno che quella che fa, ancora mezza nuda? Chiama sua madre. E le racconta tutto, nei dettagli. La posizione, la temperatura della stanza, se ero di cattivo umore, porco o tenero; dice che 'ste cose incidono.

«Ma l'avete fatta la carriola? Che quella è buona...»

«E certo. Gli ho pure fatto lo zabaione, prima.»

Lo zabaione. Ora io non lo so se funziona o no, ma l'unica cosa buona di tutta 'sta storia di fare un figlio, è proprio lo zabaione. Non ne bevevo dai tempi che me lo faceva mio padre prima di mandarmi a giocare a pallone, di nascosto a mia madre, che non lo doveva sapere che sprecavamo le uova per giocare meglio a calcio. Latte, caffè, due tuorli, zucchero abbondante, tutto assieme, senza un senso preciso: lo zabaione era il doping del calcio giovanile. Mio padre ci metteva pure una fetta di qualcosa, a seconda della stagione, una scorza di limone o di arancia, per alleggerirlo. Poi però ho mollato il calcio; e allora non me le meritavo più tutte quelle proteine, mica ero un figlio di papà qualsiasi, che ci dovevo fare con tutte quelle uova?

E io mica me lo ricordavo più che era così buono lo zabaione, buono in senso assoluto. Anzi, mi ricordavo proprio tutto l'opposto, che ogni volta alle sette del mattino, prima delle partite, dovevo lottare contro i conati di vomito. Il fatto è, vale in generale e l'ho capito grazie a questo intruglio illuminante, che c'è un tempo per tutto. E le sette del mattino non sono il momento delle uova, nemmeno alla coque come fanno quei pazzi degli inglesi, figuriamoci crude e sbattute insieme al latte, al caffè e allo zucchero, fino a creare una specie di panna densa. Perché quel tempo, il momento giusto, non sono le sette del mattino, e manco le dieci: sono le 19.00 del pomeriggio, quando appena tornato da lavoro, lo zabaione non solo te lo fa pulsare come quando avevi diciassette anni, ma diventa pure buono.

Solo che non basta per mettere incinta una femmina, a quanto pare.

E infatti non si capisce perché non ci riesco.

QUATTRO

E poi è successo. Non lo so come, ma è successo.

Me ne vado a un'asta come faccio almeno due volte alla settimana da tipo quindici anni. Ci sono quelli che giocano a calcetto, pure che c'hanno una panza tanta, quelli che si giocano i soldi ai cavalli o alle macchinette, quelli che si fanno i solitari al computer – i più tristi di tutti, la verità – e poi ci sono io, che me ne vado alle aste giudiziarie e non compro mai niente.

Non sono uno di quelli fanatici, che vedono segni del destino ogni cinque minuti. Anzi li ho sempre visti come mezzi scemi questi qua, gente che non sa come affrontare le cose e allora aspetta un segno, collega eventi, parla di energie e si crede il santone della sua vita del cazzo. Fanno gli emancipati, quelli capaci di guardare oltre le cose, e poi sono i peggio bigotti, che una con la minigonna è un *pullone* e che se due maschi si baciano per strada si girano dall'altra parte per trattenere il vomito. Gente uscita dritta dritta dall'Ottocento, e che là meritava di rimanere.

Però stavolta, pure per Mimmo Calò, il destino, il fato o quello che è, deve averla fatta qualche cosa. Uno scherzo, un segno, un capriccio, uno sgambetto; non lo so. Di sicuro però, gli sono venuti i cinque minuti.

Perché in quindici anni, Mimmo Calò una previsione d'asta non l'ha sbagliata mai. E stavolta invece…

Era stata appena battuta una barca, un venticinque metri che è andato a un prestanome del vecchio proprietario. Tutto liscio. Previsione azzeccata. Settimana di stress archiviata. Stessa cosa con un vecchio Fiorino delle Ferrovie dello Stato, talmente scassato che non è arrivato manco a mille euro.

Poi però è il momento di un magazzino, quaranta metri quadrati, centro storico. Diciamo che io c'ho una mezza passione per i magazzini, ogni volta ci vado vicinissimo alla cifra. Magazzini e macchine, non sbaglio mai. Piglio il block notes e scrivo: "TRA 25 E 27 MILA". Ci faccio un cerchio sopra con la penna e faccio la prima offerta:

«Seimila!»

«Sette!»

«Novemila!»

«Diecimila!» fa un'anziana signora.

Già mi immagino che è la prestanome di qualcuno, perché è arrivata prima di me e ancora non ha offerto niente stamattina. E allora la provoco, tanto lo so quando fermarmi. Mi fermo sempre duemila euro sotto alla previsione. Mi piglio un rischio. Ma non lo so se dopo quindici anni si può chiamare ancora così. Forse il quarantenne non rischia più, perde la molla, si allenta come l'elastico delle mutande vecchie.

«Quattordicimila!» faccio io, sicuro.

Nessuno parla ed è un attimo. È sempre un attimo, quando le cose stanno per succedere e tu pensi che non è vero, che non può essere.

«Quattordicimila e uno. Quattordicimila e due. Quattordicimila e tre!» fa il signor D'Amore.

Non tradisce manco un'emozione, pure che è la prima volta che mi vede comprare qualche cosa. Pure che quattordicimila lo sa che è un prezzo assurdo per un magazzino del genere. Troppo basso.

«Battuto!»

È così, in mezzo a quattro sconosciuti, su una sedia scomoda a tipo quelle delle scuole, in una stanza senza mobili e piena di eco, che è cominciato il mio mese di merda.

È così che, in un certo senso, è cambiata la mia vita.

CINQUE

«Apritela tu, scusa...»

«Ma che cosa?»

«Visto che Piero ha chiuso. Sono due mesi che andiamo cercando un posto decente per mangiarci lo sfincione.»

«E quindi?»

«Apritela tu una sfincioneria, no? Hai perso pure il lavoro... Apritela tu!»

«Veramente mica è detto che l'ho perso. Magari la situazione si sblocca...»

Di fronte al mare negato, è Pier Francesco a farmi venire l'idea. E pure che cerco di nasconderglielo, non mi sembra manco tanto stramba. Anche perché altrimenti che ci faccio co' 'sto magazzino sul groppone? Che ci faccio co' 'sta vita, sul groppone pure lei?

E poi, sin da quando eravamo piccoli, siamo sempre andati a mangiarci lo sfincione «Da Piero», soprattutto a pausa pranzo. E ora quello ha deciso di chiudere e vendere tutto a dei cinesi. Pare che ci apriranno un negozio di *negghie**, di cose inutili.

Ce l'aveva proprio qua la *putìa* alle spalle di dove siamo ora, a cento metri da dove siamo cresciuti noi, di fronte al nostro mare – ora, del locale di Piero, c'è rimasta solo la saracinesca chiusa. La casa in cui sono cresciuto e dove stanno i miei, è qualche traversa più avanti, nascosta verso l'interno. Se ti affacci dal balcone il mare sai che ce l'hai lì lì, dietro di te, ma non lo vedi. Vedi solo i palazzoni di cemento – soprattutto se hai l'unica palazzina bassa attorno a cui hanno edificato questi giganti di tristezza che ti hanno bloccato lo sviluppo.

Da *picciriddo* mi sforzavo a isolare il traffico per provare almeno a sentirlo, dal balcone di casa, il rumore delle onde. Ma non era facile. Chissà se è servito a qualche cosa, tenere i sensi così in allerta. Come se non lo fossero già, con gli stimoli continui che ci dava il quartiere e a cui dovevi stare attento per evitare il carcere minorile, i fermi o le bastonate. Ora c'ho un udito allucinante, sentirei un neozelandese scoreggiare chiuso nel garage di casa sua; e un sesto senso di borgata che mi può salvare il culo pure nelle situazioni più estreme. Solo questo mi è rimasto.

Lo trovate scritto ovunque che per i siciliani il mare è tipo tutto. Un'ovvietà francobollata e sigillata a caldo con la ceralacca dal Ministero delle Banalità. Ora non per fare vittimismo, ma a noi della zona, a noi di Settecannoli, il mare ce l'hanno proprio scippato. Il Padreterno ce l'ha messo sotto al naso, e poi c'ha detto che non potevamo usarlo; il che è molto diverso, che ne so, dagli sfigati che nascono in un pizzo di montagna dimenticato dal mondo. Anzi, ce l'hanno detto anche le varie amministrazioni – oltre che una soglia minima di buon senso – che non ci potevamo manco avvicinare a quell'acqua *fitusa*. Un tempo la gente ci si faceva il bagno qua, c'erano gli stabilimenti per le famiglie bene, tra Romagnolo e Acqua Dei Corsari. Era una specie di paradiso, come altre zone della Sicilia. Come Mondello. Ora c'è la munnizza, ci sono le siringhe dei tossici, il parcheggio di un ospedale; ci sono gli scarichi dei ristoranti che vendono i migliori frutti di mare della città. E c'è lo schifo più totale. Ogni due o tre anni se ne escono che la zona è stata bonificata, ma sono tutte minchiate: se ti fai un tuffo qua entri normale ed esci Mago Silvan.

«Vedi che oggi come oggi è un bordello aprirsi un'attività. Non è cosa per me», faccio a Pier Francesco.

«Perché, hai altre idee per uscire dalla merda?»

Ci penso ma è inutile. Altro che idee, c'ho il cervello che pare ferragosto: la sera prima avete bevuto un bordello, il pranzo è appena passato e vostra madre ha provato ad ammazzarvi di cibo. Quaranta gradi all'ombra. Manco a respirare ce la fate. Sperate solo di galleggiare nella cappa di caldo delle quattordici e rimanere vivi almeno fino alle diciassette, che poi comincia a rinfrescare. C'ho il cervello che pare ferragosto, altro che idee. Mi succede ogni tanto, pare che si rifiuta di pensare ai problemi e soprattutto alle soluzioni. E si mette a pensare cose che non c'entrano. E pure stavolta sta succedendo. Come sarebbe morire ammazzati di cibo, mangiare fino a crepare, fino a quando una parmigiana non ti toglie il respiro e ti manda all'altro mondo? Uno lo dice sempre: *sto esplodendo, basta ma', non mi dare più niente*. E se succedesse vero? Se uno esplodesse vero? Secondo me un sacco di star sono morte così, solo che non ce lo potevano dire per non rovinarci l'icona. Elvis, Marilyn Monroe; ci metterei la mano sul fuoco che se ne sono andati così e la cosa è stata tenuta nascosta, per il nostro bene. Perché vero io sono per un certo tipo di immagine, un certo buon gusto da preservare. Perché vero lo penso che ci sono cose che è meglio non sapere, e uno vive più sereno. La maggior parte di queste riguardano l'attività intestinale delle donne con cui sto, delle donne in genere, e riguardano pure l'esplosione di certe icone che proprio non c'è motivo di farle morire così, o almeno non c'è bisogno di raccontarcelo. Alla fine la popolarità, la star, altro non è che un buon racconto.

«Sì, ma se lo devo fare lo faccio come dico io, all'antica. E non faccio come a tutti, che si mettono a vendere pure altre cose», puntualizzo.

«Birra e sfincione. E basta.»

«A chi non gli piace non ci viene.»

«Io ci verrei.»

A quel punto mi alzo e mi allontano. La testa è piena. Mi volto indietro verso Pier Francesco. È un attimo, perché mi si è acceso un motorino dentro e con la mente sono già da un'altra parte.

«Oh, ma dove vai?» mi grida.

«Glielo devo dire a mia moglie.»

Appena libero lo sguardo, via Messina Marine, questa spiaggia di smog su un mare vergognoso, si perde a vista d'occhio. Si è mangiata la spiaggia naturale, si è mangiata. Tiene stretta la città, la spinge verso la montagna; la Palermo vera però, quella delle borgate, di cui non parla nessuno, che non interessa alla televisione. Di Sant'Erasmo, della mia Settecannoli, di Sperone, Bandita e Guarnaschelli. Il centro storico e la Palermo nuova, costruita con i piccioli della mafia, sono da un'altra parte, più a ovest.

Lascio Pier Francesco seduto impalato e me ne vado. Guido. Dal finestrino passeggero mi entra lo iodio contaminato, ma io me lo piglio lo stesso. È un'altra cosa guidare col mare a fianco, di qualunque tipo sia. Il cervello mi scivola meglio del motore.

Mi fermo in una *putìa*; quando posso li evito, i supermercati, preferisco gli alimentari a gestione familiare, che quando entri pare che ti leggono nel pensiero su quello che vuoi. Piglio lo spumante migliore, dell'acqua di polpo da cinque euro e sessanta. Mi rimetto in macchina, cerco un fioraio e per trovarlo mi esce un giro lungo – nelle borgate come la mia nessuno compra i fiori, a meno che non muore qualcuno in un incidente stradale. Poi *appizzano* le gigantografie, appendono le foto del defunto sopra al palo o al tronco su cui si è schiantato; qualche lumino e rosario a corredo, fino a che non se lo scordano.

Compro un mazzo di margheritine bianche e torno al volante.

La casa che mi ha lasciato mio nonno è a un chilometro da quella dei miei, e quindi dal mare – direzione montagna. Cento metri quadrati che non ho avuto mai il coraggio di ristrutturare. Basterebbe poco per renderla leggermente meglio, basterebbe togliere la carta da parati, abbattere qualche parete e imbiancare qualche stanza. Non è una casa, è un promemoria costante di quanto valgo, soprattutto il soggiorno che non è un soggiorno, ma un post it gigante su cui c'è scritto: *a che punto sei, Mimmu*? Perché, oggi come oggi, niente ti ricorda più della carta da parati in salotto che nella vita non hai concluso una benamata minchia.

Trovo subito parcheggio sotto casa, mi va di culo. C'è un'altra cosa che contraddistingue le borgate e le avvicina ai paesi: ci sono più macchine che persone.

Ho scordato le chiavi? Le cerco inutilmente dentro a tutte le tasche, ma ho le mani occupate e mi viene complicato.

Mi arrendo. E allora busso.

I fiori da un lato, lo spumante dall'altro. Nel mezzo, la soluzione; io.

L'eco del campanello mi apre i pensieri. Penso a chi sono, alle storie delle persone, alla mia. E soprattutto, penso ai palermitani, a uno in particolare; a una storia che non mi è piaciuta mai: quella di Totò Schillaci.

Inspiegabile eroe popolare, Totò Schillaci è stato un calciatore sopravvalutato, un illusionista della mediocrità calcistica, idolatrato a destra e a sinistra senza motivo, si è ritagliato un posto come ambasciatore ipocrita della palermitanità, ma non solo. Perché tutti lo prendono come punto di riferimento, ma Totò Schillaci è stato una truffa, una delle più riuscite della storia del calcio moderno, oltre che un palermitano definitivamente di merda. Perché ora dico io, un palermitano che ha giocato ovunque: Messina, Juventus, Inter, pure in Giappone ha giocato, nello Jubìlo Iwata, non so se mi spiego, e non ha giocato mai nel Palermo, manco a fine carriera, ma che palermitano è? Per me è come se non avesse giocato mai. E io come a lui non mi ci voglio ridurre. Non mi voglio ritrovare a settant'anni completamente senza capelli, a consolare i miei rimpianti mettendomi i topi morti sulla testa, a pensare e ripensare a quelle quattro cose buone che ho fatto nella vita, a quel titolo di capocannoniere a Italia '90 vinto a culo, coi rimpalli, ma senza avere la sensazione di avere giocato a tutto campo, pigliandomi dei rischi, tirando pure da fuori aria e non solo da dentro l'aria piccola: e da là ce la fidiamo tutti a fare gol, Totò. Voglio andare avanti, crescere, non mi voglio fermare a una popolarità rubacchiata, raccattata e poi dilatata nel tempo fino al giorno della mia morte con un trafiletto sul «Giornale Di Sicilia».

Busso di nuovo, forse Barbara non ha sentito. Le mandate tornano indietro, da dentro al muro. La porta sta per aprirsi. Io so quello che devo fare.

Mi deve trovare in ordine, mia moglie Barbara. Tutto al posto giusto. Mi sistemo, do una tastata a quello che c'ho dentro ai boxer, mentre toglie le mandate alla porta. Un uomo che non sa da che lato tenerlo nelle mutande è per la femmina come la finestra aperta di notte. Trasmette ansia. E io a Barbara le voglio fare vedere che suo marito lo sa quello che fa, altro che.

Libera dal ferro, la porta si apre di colpo.

«Gioia mia, auguri! Auguroni!»

È mia suocera. Mi afferra e mi riempie di baci. Mi bagna tutta la faccia, a tipo cane, non vedo l'ora che smetta, pure che non lo so ancora che cosa mi vuole dire. Pure che abbiamo vinto trenta milioni al Superenalotto, è meglio che la finisce, se non se la vuole trovare dritta sul naso una testata di Mimmo Calò. Anche perché l'ultima testata l'ho data nel 1999, e sinceramente è un vizio che non mi voglio riprendere. Superata una certa età, uno la testata non se la può più permettere. Slancio di gioventù, la testata ti mette al sicuro, non crea fraintendimenti tra te e l'avversario. Non è come il pugno, non ha margini di errore. La testata non la puoi lisciare, e chi la subisce non la può scansare. La testata è sincera, è una traduttrice scrupolosa di quello che vuoi dire, senza filtri. Se uno ti ha rotto il cazzo perché l'hai trovato al bancone della discoteca a cercare di flirtare con la tua donna, come è successo a me nel '99, e quando glielo dici con le buone che si deve levare quello ti ride in faccia, la testata è il modo migliore per spiegarglielo. È una maestra d'asilo, la testata. E se non lo dovesse capire manco con un disegnino del genere, dopo qualche secondo di differita ci pensa il dolore. Solitamente perché il naso si è rotto. Perché quello è l'obiettivo della testata, senza se e senza ma: rompere il naso. Così se lo insegna quello a riderti in faccia, così se lo insegna a provarci con la femmina tua. Solo che quello, in quella discoteca, nel '99, me lo ha fatto togliere il vizio. Perché tu la testata gliela puoi dare pure bene, bella assestata, gli puoi rompere pure il naso, la verità, ma se giusto giusto ti capita di incocciare un pugile, uno che il naso è la sesta volta che se lo rompe, allora sei definitivamente nella merda ed è meglio che ti metti a correre.

E pure ora, pure che mia suocera pugile non è stata mai, mi metterei a correre dalla bella. Perché già l'ho capito qual è il discorso. Con la mia bottiglia di spumante dietro la schiena e le soluzioni in testa, già l'ho capito qual è il discorso. Così non mi c'ha baciato mai, *gioia mia* non mi c'ha chiamato mai. E allora solo uno può essere il fatto. Non c'hanno sfumature di colore le donne come lei, sono come i semafori. Pure i daltonici le decifrano.

«Vieni, vieni. Andiamo a salutare Barbara che si sta riposando. Sforzi non ne deve fare...»

La seguo. Apre la porta della camera da letto piano piano, come fanno i bambini nei film horror, come se dall'altra parte della porta ci fosse un mostro e non una donna incinta, mia moglie, che pure lei mi poteva aspettare e dirmelo invece di mettersi a riposare prima del tempo. Ma va be'...

«Comunque, mi sono trasferita qua. Non deve fare sforzi.»

«Ma per quanto tempo, scusi?»

«Per tutto il tempo che serve, Mimmu'.»

«E quanto tempo serve?»

«Sette mesi. Più la maternità.»

«E quanto dura?»

Mi fa tornare picciriddo mia suocera. Ci deve avere qualche segreto, non puoi fare a meno di fargli domande, pure che le sai le risposte. Ti ci porta lei a darti la mazzata sui piedi. Che non si dica che non l'avete deciso assieme.

«Altri tre o quattro.»

«E dove si mette?»

«In camera da letto con lei. Metti che ha bisogno...»

«E io?»

«Ti sistemi sul divano.»

«Sul divano per un anno?»

Mentre si allontana con addosso le mie pantofole, prende possesso della cucina. E già lo so che non la lascerà più. Le madri siciliane non sono come le altre. Non sono femmine normali. Sono territoriali, come i cani. E come i cani, si fanno mettere i piedi in testa, se gli gira. Fedeli, ti aspettano che torni a casa per farti le feste. Sbavano. Se gli lanci una camicia te la riportano indietro stirata. E quando si incazzano, sono peggio dei cani da guerra sovietici. Solo una cosa non gli puoi fare alla madre siciliana: toglierle la cucina. Ogni giorno, per anni, c'ha pisciato ovunque per segnarne i confini, c'ha dormito, l'ha amata, l'ha sognata e non ha intenzione di farsela scappare. Qualunque essa sia. La cucina, in generale. È rispettosa la madre siciliana, non ci prova proprio a invadere il territorio di un'altra femmina; è leale. A meno che non lo sente che quella cucina non appartiene a nessuno, che il territorio non è stato segnato bene; e allora le esce l'istinto animale, da conquistatrice. E allora fa valere la legge del più forte. E invade. Prende possesso e non esce più. L'ho sperimentato una volta, tanti anni fa. Mi ero preso una stanza in una casa insieme ad altri due ragazzi, due paesani che studiavano all'università. Per me erano i primi mesi al giornale. Una volta abbiamo ospitato alla madre di uno dei due, Angelo. Non c'erano altre femmine in casa. Ogni tanto veniva la fidanzata di Angelo a fare qualche pisciata di qua e di là tra i fornelli, ma niente che potesse intimidire una madre vera. Qualche uovo strapazzato, qualche insalata, niente di che. Manco l'odore era rimasto. E invece la cucina deve puzzare: per questo si sbagna, si inaugura cucinando broccoli. Manco due minuti e la madre di Angelo si fionda vicino al frigorifero, in posizione tattica, di studio. A poco a poco, prende possesso di quei venti metri quadrati con manovre certosine, misurate, manco fosse il Regno delle Due Sicilie. E quando una donna di quel tipo ha fatto la sua conquista, ve lo potete scordare che la molla. Se la difende con le unghie e con i denti, ringhia, arriva persino a mordere se provate a entrare per farvi un caffè. Ve lo fa lei, tiene la macchinetta sempre pronta. Qualunque sia il tempo della sua permanenza, non c'è anima viva a cui permetta di avvicinarsi. È un cane da guardia, la madre siciliana. Fa cacare sotto. Manco le polpette avvelenate ci possono.

E non essendo Barbara una che c'ha passato molto tempo in cucina da quando siamo sposati, questo è più o meno quello che mi aspetta per un anno.

SEI

Un'altra cosa che è successa nell'ultimo mese, con questo virus di *attasso* che mi è capitato, ha veramente dell'assurdo, una cosa che pure ora quando ci penso mi pare che mi stanno facendo uno scherzo: mamma e papà si sono lasciati. Settantacinque anni lui, settantadue lei, te lo dicono col sorriso sulle labbra, come se fosse una cosa normale. Anzi, non te lo dicono; ti mettono davanti al fatto compiuto. E allora ti può capitare che li vai a trovare e ti fanno la sorpresa, pure loro.

«Ma che stai facendo, pa'?»

«Secondo te che sto facendo?»

«Alzi un muro?»

Con mio padre ci puoi andare avanti per ore, conversazioni intere fatte solo di domande. C'ha proprio un talento per rispondere alle domande con altre domande, lui.

«E perché?»

«E secondo te perché?»

«Dovete affittare il pezzo di sotto?»

La casa dei miei genitori è su due piani e ha due ingressi. Al piano di sotto ci stanno loro; sopra, bene o male, è rimasta sempre vuota. A parte alcuni periodi che ci abbiamo vissuto a turno io, cugini miei, parenti loro; insomma, chi ne aveva bisogno. Mia madre faceva un contrattino e lo affittava a chi capitava. Però guai a chiederle il piano di sopra, quello vuoto, che non le è piaciuto mai perché dice che d'estate non si può stare dal caldo. No, ogni volta che deve affittare a qualche parente, lei piglia e si fa tutto il trasloco per qualche mese, fra l'altro scassandomi la minchia per aiutarla. Tutto questo per quale ragione oltre che per la sua conclamata malattia mentale, visto che il piano di sopra non le piace proprio? Perché nessuno deve stare sopra di lei, metterle i piedi in testa. E così ogni tanto c'era un muro che si alzava e si abbassava per separare i due appartamenti e isolare uno degli ingressi. E c'era questo trasloco assurdo che si metteva in moto. Giornate intere passate a salire tutte cose attraverso queste scale strette strette, da cui era già difficile passare senza pacchi, figurarsi con. Gli conviene morire al piano di sotto ai miei genitori. Il solo pensiero che da quelle scale ci debba passare una bara, quando sarà, mi fa venire i capelli bianchi, mi fa venire.

Se dovessi descriverla in poche parole la casa in cui sono cresciuto io, me ne basterebbero due: scura e unta. Innanzitutto perché le stanze sono piccole e disposte male, nascoste alla luce che pare che il progetto l'ha fatto il Conte Dracula in persona. Unta non lo so perché, ma ci sono ovunque 'ste mattonelle che pare che respirano e sudano, respirano e sudano, come se tutta la famiglia fosse un sugo sopra a un fuoco perpetuo e producesse il vapore acqueo delle nostre maledizioni personali.

«Perché, secondo te tra me e tua madre le cose andavano ancora bene?»

«E che vuol dire?»

«Come che vuol dire?»

«Oh pa', basta co' ste cazzo di domande! Allora?»

«Così lei può entrare da sopra e io da sotto. Così non ci incontriamo.»

All'inizio non ci credo e salgo da lei. La trovo intenta a cucinare, anche se non è stata capace mai. Lascia tutte cose crude, per risparmiare sul gas. E taglia la cipolla troppo grossa.

Comunque, la tirchia se ne resta muta a farsi i cazzi suoi. Tutt'intorno i divani e le poltrone, ancora col cellophane perché non si usurino. Sono così da trent'anni. La provoco con qualche battuta. Ma quella niente, è peggio dei pentiti, vuole qualcosa in cambio per parlare.

«Oh, non mi devi dire niente, ma'?»

«E che ti devo dire?»

«Ti sei messa a rispondere con le domande pure tu?»

Si finisce di preparare e usciamo.

Ci mettiamo tutti e tre in macchina, per andare a cena da mia cognata Gabriella. Guido io. Litigano pure per chi deve stare nel sedile davanti, come due bambini di dodici anni che fanno la gara a chi ce l'ha più lungo. Decido io.

«Per galateo ci deve stare papà», intervengo.

E davanti al galateo, quelli di una certa generazione si mettono sull'attenti che manco la regina Elisabetta. Partiamo. Dopo un poco, finalmente si sbottona.

«Ma che vuol dire che vi siete lasciati? Ma ci avete settant'anni!»

«E infatti non lo deve sapere nessuno», fa lei dal sedile di dietro.

«Almeno su questo siamo d'accordo», risponde lui.

Passiamo a prendere Barbara. Sua madre è andata per i fatti suoi. Se c'è una cosa che le si deve riconoscere a mia moglie, è che non è una che si fa aspettare. Ha fatto della puntualità una specie di missione di vita, oltre che un modo per scassarmi prepotentemente la minchia. Si fa trovare sempre giù, pare che c'ha un sesto senso come i cani, che ti sentono arrivare da lontano. L'ho vista tipo dieci minuti in tutto da quando è uscito fuori che è incinta, guardato a vista da sua madre, a tipo carcerati.

Pure quest'anno l'ultimo dell'anno si fa a casa di sua sorella Gabriella. Pure quest'anno, mi porto i miei genitori. Papà la fa sedere davanti, fa il signore, rimangiandosi il galateo. Mia madre glielo fa pesare. Appena Barbara sale in macchina, i vecchi cominciano la farsa. Amore di qua, bacetti di là; sembra che si sono appena messi insieme.

«Ma che hanno?» mi chiede mia moglie, sbirciandoli dallo specchietto retrovisore. «Sembra che hanno tredici anni.»

«Non è una cosa che escluderei.»

Attraversiamo la città e arriviamo a destinazione. Parcheggio.

«Oh, non fare l'antipatico al solito tuo, Mi'. Siamo ospiti», fa Barbara, manco il tempo di salire.

Anche perché salire a casa di Gabriella non è come salire in una casa qualunque. Tralasciando il fatto che abita in uno dei quartieri più raffinati della città, con un viale alberato che pare uno squarcio di Islanda, il vero problema è che c'è una specie di ingresso regale; e no, non è un'esagerazione manco per niente. A casa nostra ci puoi entrare praticamente con tutta la macchina, se ti gira, anzi è capitato che qualcuno provasse a parcheggiare sopra al marciapiede e ci bussasse alla porta col parafango. Qua no, ovviamente. Andare a cena da Gabriella è quella che un osservatore attento descriverebbe come un'esperienza totale, come il calcio dell'Olanda degli anni Settanta. Ogni singolo elemento collabora a tutto campo per l'obiettivo comune: mettermela nel sette da tutte le posizioni. Ogni schema è stato disegnato a pennello per farmi sentire un pezzente di prima categoria, per non farmi toccare il pallone e subire il gioco dell'avversario come un Trapattoni qualsiasi. Certo è facile, quando c'hai i milioni e la squadra te la fai con le figurine che vuoi. Sono un Biffi che cerca di difendersi dai dribling di quattro Johan Cruijff contemporaneamente. Non ho dove andare, a cominciare dalla portineria, dove trovi non uno ma ben due portieri a qualsiasi ora del giorno e della notte e vestiti meglio di come riuscirei a fare io al matrimonio di mia figlia.

«Desidera?» mi chiedono, non solo come se fosse la prima volta che veniamo (e non è così, si capisce), ma come se fossimo arrivati vestiti da eschimesi a bordo di una slitta trainata da cani dalla quale risuona della musica metal.

Prima di farti salire telefonano al Presidente della Repubblica in persona per avvisare: *Signor Presidente – sì – che facciamo con questi che vogliono salire all'undicesimo piano? – okay, okay, li facciamo defluire con prudenza – speriamo non ci attacchino la povertà.*

Dopo di che, ricevuto il via libera, devi attraversare sei o sette chilometri di tappeto rosso. No, non sto scherzando assolutamente; c'è una passerella lunga lunga, non finisce mai, con questo tappeto rosso elegante che non fa altro che ricordarti che sarebbe proprio ora di cambiarla quella carta da parati in salotto, anzi sarebbe proprio ora di cambiarla, questa vita da passeggero Ryanair.

Lungo i chilometri di passeggiata che vi dividono dall'appartamento, la passerella vi restituisce però un servizio impagabile: tu e tua moglie, avete tutto il tempo per litigare. Avete almeno quindici minuti pieni per rompervi le palle a vicenda, nella maggior parte dei casi per colpa dei portieri, che sono stati tanto gentili e tu tanto cafone come al solito.

E poi c'è l'ascensore. Vogliamo veramente parlare dell'ascensore? Perché quello non vi porta a casa di Gabriella, no;

vi ci adagia piano piano. Non è un ascensore, è una mamma con il figlio appena nato.

«Che palazzo elegante!»

«Non ti ci mettere pure tu, ma'.»

E, soprattutto, a non passare inosservato è il fatto che è più grande del nostro salotto.

«Ti rendi conto che è il doppio del nostro salotto, vero?» ormai è diventata la battuta di rito di Barbara, ogni volta che entriamo dentro questo benedetto ascensore.

«Vedi che è l'effetto della carta da parati. Stringe...»

«Quando dici tu la leviamo.»

«La prossima volta saliamo a piedi. Così la finiamo co' 'sta storia.»

Mentre mio padre e mia madre si tengono per mano, ridicoli, l'ascensore limousine si spalanca davanti a una porta in legno grande quanto una da calcio. È enorme, imponente, inutile. A che serve una porta del genere? Dalle porte le persone ci devono passare, una a una; no dodici barelle tutte contemporaneamente. Il campanello a cui bussiamo vale il triplo dell'orologio che ho al polso. È l'ennesima *tagliatina di faccia*.

E questo è solo il preambolo all'esperienza totale, perché una volta varcata la soglia, le pallonate arriveranno da tutte le parti e io non potrò fare altro che aspettare che l'arbitro fischi la fine.

«E non ti pulire la bocca sulla tovaglia al solito tuo. I tovaglioli non si pagano.»

«Vedi che non è serata, Barbara...»

«Con te non è mai serata.»

E la serata, per l'appunto, comincia bene.

SETTE

Ci sono due tipi di borghesi a Palermo. Ci sono quelli fichi, che nascono belli, con la pelle rilassata e la camicia stirata, superficiali quanto basta per vivere felici e poi prendersi qualche malattia mentale, socialmente trasmissibile insieme alle proprietà, intorno ai quarantacinque. E io questi li rispetto, non danno fastidio a nessuno. Ci riesco a passare pure qualche serata insieme, se è il caso, che mi fa ridere quella gentilezza che c'hanno per forza, quelli come loro, che tu la vedi che è un codice, ma sono bravi e te lo fanno scordare dopo poco. E poi ci sono gli altri: le cose inutili. Diversissimi dai primi. I maschi di cosa inutile perdono i capelli, c'hanno i punti neri e la pancia deforme. E le femmine pure. Non sono brillanti, non sono gentili, non sono belli; insomma, non sono un cazzo. Non sono manco come gli altri, che tu li vedi che passano e già lo capisci subito che c'hanno i soldi. Loro no, sono ricchi in borghese, infiltrati. Ridicoli e presuntuosi, io a questi li odio con tutte le mie forze da quando c'avevo tredici anni. Perché fingono di capire, vogliono fare gli intelligenti, visto che ogni altra qualità ha chiesto asilo politico da quegli altri, i borghesi veri, e dalle persone in gamba. E invece non capiscono, provano conversazioni impegnate che li fanno sudare oltre misura e si dedicano alla cultura. Non avendo un cazzo da fare, questi Lino Banfi mancati diventano editori, collezionisti, organizzatori di eventi e, i peggiori tra loro, registi teatrali. Teste di cazzo tanto convinte da sprecare l'unica fortuna che gli è capitata, nascere ricchi, per trascorrere l'intera esistenza a cercare di dimostrare la loro totale inutilità, a cercare di convincersi di essere diversi dai borghesi veri, quelli superficiali, quelli che hanno accettato la loro natura e che saranno sempre e comunque migliori di loro proprio per questo motivo. Artisti di qua, esperti di là; fottetevi. Un lanciafiamme ci vorrebbe, un unico falò insieme ai vegani e ai pedofili.

Della seconda categoria fa parte Matteo, il marito di Gabriella, la sorella di mia moglie. Anche se fa di tutto per far credere a chiunque di fare parte della prima, Matteo Scognamiglio ha tutte le carte in regola per essere classificato come cosa inutile di prima fascia; solo che invece di dedicarsi all'arte a tempo pieno, è un avvocato che ha scelto di difendere i mafiosi. Anzi mica ha scelto, quello che devi fare in certi ambienti manco lo puoi scegliere; lo sceglie tuo padre, e per lui tuo nonno, e così via. E si vanta, Matteo Scognamiglio. Fa il pezzo di merda professionista, con tanto di iscrizione all'albo e sentenze che lo dimostrano, e si vanta.

«Qualcuno li deve difendere. È la legge. Pure per i mafiosi.»

«Ci sarà un motivo se quel qualcuno sei tu...»

«Che vuoi dire, scusa?»

Ci provo in tutti i modi a farglielo capire quello che penso, ma niente. Per di più di calcio non ne capisce una minchia, manco una conversazione di circostanza ci puoi avere. Però ne parla come se fosse un grande esperto, giusto per farti incazzare ancora di più.

Una volta ha pure fatto uno spettacolo a teatro che non sto qua a raccontarvi, che c'ho perso dieci anni di salute quella sera su quella poltrona.

Questo capodanno siamo a casa sua, come ogni anno. Ci sono tutti i parenti di mia moglie, ci sono i miei, e ci siamo io e Barbara, purtroppo. Perché credetemi, meglio rimanere bloccati in ascensore che passare una serata con le sorelle di mia moglie e i loro ridicoli mariti.

«Stasera glielo diciamo.»

«Ma non è presto?»

«Non è mai presto per comunicare una gravidanza...»

Una casa che non vi dico, manco quella; il classico appartamento che poi, a fine serata, ti fa litigare con tua moglie. Lei non lo sa, non lo capisce, ma sono quei mobili a farvi litigare, ogni volta. L'architettura, chi non la trova nella vita vera, nell'esistenza, se la disegna a casa. L'aria è frizzantina, di nevrosi, tic e menate varie; manco il tempo di entrare e già sei infetto, così quando torni a casa non puoi fare altro che prendertela con tuo marito, o tua moglie. E poi c'è che tu, un appartamento del genere, non l'avrai mai. E tua moglie, pure se fa la sofisticata, quella disinteressata, sempre femmina è, e le femmine queste cose ce le hanno nelle ossa.

Io continuo ad avere la sensazione che qua dentro già lo sanno tutti che Barbara è incinta; e non lo so ancora, ma questa sensazione me la scorderò nel momento più importante della serata.

E così la cena passa pure veloce, che Matteo ha un sacco di cazzate da dire e i bambini delle mie cognate hanno da pisciare sul tappeto, che pare che le hanno sentite le mie preghiere. E di tutte le sorelle che c'ha mia moglie, pure che Matteo è il peggio di tutti, non ce n'è una che abbia un marito che si può pigliare. Se ne stanno là tutta la sera a vantarsi dei loro affari, della macchina nuova, della villetta da ristrutturare; pure dell'amante si vantano, raccontando dell'adolescente che stanno aiutando tanto a uscire dalla depressione al corso di recitazione. E se ne stanno a rompere i coglioni a me che ho sempre fatto solo una cosa nella vita, bene ma a modo mio: il giornalista. Mimmo Calò, quello che ha cominciato facendo la telecronaca al Palermo, il primo a importare l'esultanza alla brasiliana in Sicilia. Quello che quando i rosanero segnavano, si faceva due minuti e mezzo filati di GOGOGOGOOOOGOOOOOGOOOOAAAAAAL. E invece loro fanno mille cose. E lo so che un poco mi hanno sempre preso per il culo, loro; lo capisco pure: è una fama popolare la mia, lontana da loro, unta e accartocciata. È come l'olio della frittura: la assorbi e non se ne va più. Per questo mi piace. Perché loro alle persone normali non le capiranno mai come Mimmo Calò. Solo fra di loro si possono capire, senza impegnarsi manco troppo. Per questo saranno sempre soli.

Di solito me ne frego di tutti i discorsi che fanno, non mi sono vantato mai in vita mia e non voglio rovinarmi il curriculum per colpa di qualche cosa inutile qualsiasi. Però stasera, sarà stato il licenziamento, sarà stato che quella cosa del magazzino preso all'asta, vero, l'ho presa come un segno del destino, sarà che sono due giorni che penso e ripenso a Jean e a quanto sarei stato ricco ora se avessi investito quei quindici milioni, sarà che sono dieci anni che mangio merda alla loro tavola, ma stasera sto per combinare un bordello. Solo che questa premonizione non ha nessuna intenzione di mettermi sul chi va là.

Visto che non glielo stavamo dicendo noi, visto che tutti stavano aspettando 'sta cosa dell'annuncio della maternità, Matteo il Proteggi Mafiosi piglia e fa:

«E voi, Mimmo? Qualche novità?»

Tutti sono là, con gli occhi a peluches; la sanno tutti la risposta, e quella aspettano, tipo i conduttori dei quiz show.

A mia moglie le si apre un sorriso di quelli da femmina vera, di quelli che se la deludi te lo puoi scordare tipo per due mesi, insieme a tutto il resto. Sono tre anni che ci proviamo a fare un figlio. Tutti. Avete presente quei posti abbandonati occupati dai tossici che se la fanno tutti tra di loro e quando una rimane incinta non si può capire di chi è il figlio? E allora il figlio è di tutti, e non è di nessuno. E di solito muore entro sei mesi perché se lo scordano in cucina, mentre si sballano in salotto per quarantotto ore filate.

Mio figlio è un figlio in comune. È nella pancia di mia moglie ma non è solo mio. Perché Barbara in questa cosa ha coinvolto tutta la famiglia, è diventato un caso nazionale Mimmo Calò, così cafone eppure così poco maschio, uno che manco i figli se la fida a fare. E allora alla domanda la risposta una è, quella deve essere, e basta. Solo che Mimmo Calò se l'è scordata proprio la sensazione che ha avuto per tutto il giorno, quella che gli poteva risparmiare un sacco di problemi. Quella premonizione di un danno dietro l'angolo.

C'è l'attesa delle grandi occasioni, che manco al rigore di Baggio nella finale col Brasile del '94. Sono davanti al dischetto, non posso sbagliare. Posso pure mettermi di lato e lasciare che sia mia moglie a calciare. Ma le femmine i rigori non se la sono fidata mai a batterli, le cose giuste. E allora vado d'anticipo. Galvanizzato dal momento di novità, piglio il pallone tra le mani e decido che è responsabilità mia dire come si tira dagli undici metri. La novità, l'alleato più fedele del guaio. Piglio una rincorsa breve, senza pensare troppo. Un atteggiamento che nella vita mi ha creato solo problemi. E rispondo.

«Novità? Ho lasciato il lavoro. Mi apro una saracinesca e ci faccio lo sfincione. Poi parto col franchising...»

Silenzio. Palla sopra la traversa. Mani tra i capelli. Gli occhi di mezzo mondo puntati addosso: *ma che cazzo ha fatto? Ci sono pure le telecamere, il portiere era appattato e lui la butta sopra la traversa?*

Il sorriso di Barbara se ne va a fare in culo, mentre Satana in persona se la prende, la possiede, e mi sussurra all'orecchio: *sei nella merda, Mimmu'*.

Lo pensano tutti là dentro. Mio padre, mia madre, Matteo. Ma nessuno dice niente. La differenza tra la vita e il calcio è nella discussione da bar. Il calcio è totalizzante, non ammette censura, non è la vita. È democratico. Qualsiasi commento è ammesso, al bar. Nella vita no.

Si mettono a parlare tra di loro, come se non fosse mai successo, come se il rigore non l'avessi sbagliato mai; del food che è un investimento sicuro e di altre cose senza senso, mentre Barbara, delusa, si alza di colpo e va in cucina a decidere con quale dei coltelli di casa farmi saltare le palle.

E avrà un sacco di opzioni, visto che mia cognata è fissata con le televendite.

OTTO

Se c'è una cosa che il maschio non sa fare, è sceglersi la femmina giusta per lui. Quando me lo diceva mia madre, pensavo che erano tutte minchiate, che era la solita frase fatta, tramandata di generazione in generazione. E invece no. Perché l'uomo non sa scegliere, questo è.

Non è questione di affetto, amore, fedeltà, compatibilità, interessi comuni, intesa sessuale e puttanate del genere. La coppia ben assortita è fondata sull'egocentrismo. La regola è semplice semplice: l'uomo che la sa lunga sulle relazioni, sceglie una femmina leggermente stupida, non in senso assoluto con tanto di patentino e tagliandi ogni mille chilometri, ma almeno un poco più stupida di lui. Se vuole sopravvivere come mammifero monogamo, non ha alternative. A meno che, a meno che l'uomo non sia uno che se ne frega di se stesso, un uomo senza velleità né autostima e quindi, senza ego. Perché la donna un filo stupida, un poco meno colta, meno ambiziosa e pronta a bagnarti di bava la camicia, è il segreto per vivere felici e continuare a galoppare con un briciolo di credibilità nella foresta fatta di soli uomini chiamata esistenza.

E da bravo masochista riconosciuto, Mimmo Calò solo una cosa poteva fare: andare oltre lo sconsigliato per buttarsi di testa nell'oceano dei problemi veri. Spaccandosi la schiena, toccando il fondo e rimanendo paralizzato. Perché se la donna intelligente va evitata, c'è un altro tipo di donna che è meglio trattare a tipo influenza, come un modo per fare anticorpi per qualche tempo, magari con un flirt o una relazione da poco: la donna con le palle. E Barbara, mia moglie, di palle ne ha da vendere; ci potrebbe fare il mercatino il lunedì mattina e riempirci tutta la strada. E le piazzerebbe tutte, la verità. Perché? Perché è pure intelligente, Barbara Di Stefano, molto più di me. Se lo è scordato ultimamente, i pensieri di maternità fanno cose strane alle femmine, ma lo è; non la puoi fottere su niente, *manco se**. E così, visto che una vita felice non faceva proprio per Mimmo Calò, me la sono sposata. E così, in situazioni come quella di ora, in situazioni da tipico maschio medio che ha appena fatto una cazzata colossale, parlando di affari invece che di bambini, mi ritrovo definitivamente nella merda. È brava a litigare, Barbara. C'ha un estro che non vi dico, nell'insulto. Pare una jazzista, improvvisa alla grande sfruttando gli stimoli che gli dai tu. Se ti dice una cosa per farti a merda, stai tranquilla che non te la ripete più, la prossima volta se ne esce un'altra, più adatta. E nell'incazzatura, Barbara c'ha due fasi; le ho studiate: l'attacco e la fuga. Elementare, come la paura.

Per i leoni, i bambini, gli adulti o gli invertiti, per tutti quanti, la paura è un meccanismo semplice, non crea fraintendimenti. Non ci puoi fare niente contro la paura: o la subisci, ti blocchi un attimo e poi scappi, oppure attacchi. Ti scagli contro l'avversario e cerchi di pigliarlo in contropiede. Barbara, quando litighiamo, si piglia paura. Si caca sotto. Pensa che ogni discussione possa trasformarsi in un motivo per mandare tutto a puttane e lasciarsi, pure dopo un sacco di tempo. E questo pensiero la fa andare nel panico. Come se uno stesse insieme a lei da un mese, che ogni scusa è buona per posarla alla grande. E allora reagisce come reagiscono tutti di fronte alla paura: attacco e fuga. Il che, sfocia in un cacamento di minchia definitivo. Un Armageddon. Lo scontro finale. E allora parte in quarta, ti distrugge; una raffica di parole e paranoie, insulti e associazioni di idee che ti *fanno i pirtusi** e volte a dimostrare un'unica tesi, sempre la stessa: Mimmo Calò, a quarantaquattro anni, pare che ce ne ha ancora dodici. E la cosa peggiore è che c'ha pure ragione. Dopo l'attacco, lo scontro finale tra gli spiriti immondi e Mimmo Calò, arriva la fuga, che è pure peggio. Meglio di certi animali che lo sanno fare alla grande, Barbara non si mimetizza con l'ambiente, si mimetizza con l'aria stessa. Diventa invisibile e te la toglie a poco a poco, l'aria, con l'arma di distruzione psicologica più potente di tutte: l'indifferenza. L'indifferenza è ridicola, da rompicoglioni di serie B, ma se sai usarla bene, sai scegliere le situazioni e i momenti, l'indifferenza crea corto circuiti che le altre strategie di violenza coniugale manco si sognano.

Visto che è intelligente, visto che c'ha le palle e visto pure che mi ha già definitivamente attaccato dritto alla gola col suo arsenale di insulti bene assestati, nel tragitto di ritorno verso casa dopo i festeggiamenti per il capodanno, una cosa soltanto mi rimane da evitare per togliermi dalla merda più totale, ossia il momento della fuga e dell'indifferenza: agire d'anticipo, scongiurarmi quel supplizio e guadagnarmi l'aria, evitando il soffocamento. Fare pressing alto, lottare su ogni pallone, immolarsi alla rottura di coglioni per salvarsi dal ritiro silenzioso e pericoloso rappresentato dalla seconda fase: la fuga. La tecnica più efficace in questi casi è seguire la donna ovunque, fare vedere che ci tieni, che non molli, che ha già vinto lei. Soccombere, però attivo. Perché la battaglia non è più sull'avere torto o ragione, ma tra l'estinzione e la sopravvivenza. E tu vuoi vivere, come è vero Iddio.

«Ma io non pensavo fosse quello il momento. E poi non glielo volevi dire tu?»

«Perché, lo sto facendo sola 'sto figlio?»

«Non intendevo questo.»

«Ah no?»

«E poi si stava parlando di soldi e cose così, non c'era l'atmosfera giusta per una notizia così importante.»

«Nella tua vita inutile non c'è mai l'atmosfera giusta. Ma proprio in generale.»

«Tu non lo sai quanto sono preoccupato, amore.»

«E tu non sai quanto sono preoccupata io, credimi. Ho fatto un figlio con un dodicenne.»

«Ho perso il lavoro nel momento che doveva essere il più felice della mia vita, proprio ora che c'era da costruire un nuovo futuro tutti e tre insieme. Cerca di capirmi. Ho fatto una cazzata...»

Faccio un passo verso di lei, morbido. Accompagno piano il movimento: tallone, pianta, dita. Se potessi le metterei il muso sulla gamba, come fanno i cani mentre guardi la televisione per farsi perdonare dopo che ti hanno cacato sul tappeto. Mettersi sullo stesso livello delle feci, farsi raccogliere col cucchiaino. Subire. Né più né meno. Accettare l'umiliazione. È facile, se sei tu a dirigere il traffico. È una questione di atteggiamento. L'atteggiamento è tutto. L'atteggiamento è strategia.

«Quindi non è il momento più felice della tua vita?»

Sembra una domanda trabocchetto ma, stranamente, non lo è. Il collo mi si allunga a tipo giraffa per raggiungere la foglia più alta che mi salverà la vita per i prossimi duemila anni: la commozione. Lo spiraglio per la salvezza. La vittoria nella sfida evolutiva. L'attimo prima del perdono, il momento che ti ripaga di tutti gli sforzi di quel Risiko emotivo basato sull'ipocrisia strategica. A questo punto, se hai un minimo di esperienza, puoi dire quello che vuoi, vale tutto, è difficile che sbagli. È fin troppo facile. Sei un gattino che gioca col suo gomitolo e tutti i presenti sono pronti a regalarti un sorriso. Predisposti. Devi solo dire una cazzata qualsiasi, potrebbe bastare anche solo una carezza, stringerle la testa sul petto. Devi solo fare quello che sai fare meglio: avvicinare la zampetta al filo e fare sorridere il pubblico in sala.

Mi gioco la carta della commozione. Mi faccio uscire una lacrima, a comando. Non è difficile, se sei allenato non c'è bisogno di essere Clint Eastwood. E io sono vent'anni che mi alleno. L'ho letta da qualche parte una volta, una specie di mappa dei movimenti facciali in base alle emozioni. La lettura migliore della mia vita, l'unica davvero utile. Nel pianto, si tirano verso il basso gli angoli della bocca, gli occhi restano immobili, a quanto pare. Non ci vuole niente a farlo a comando. Se segui le istruzioni, le lacrime ti escono sole sole. E capisci che la vita è carne e muscoli. Le emozioni non esistono. Sono fatte a interruttori.

Un uomo che si commuove, può essere tanto patetico quanto definitivamente efficace. E Mimmo Calò, quando si parla di ottenere qualcosa, è un paraculo di prima categoria, di quelli che dovrebbe tenere master a quindicimila euro l'anno, se esistesse un corso per diventare paraculi.

«Amore mio, non mi sono mai sentito così...»

Fingo. La lacrima mi fa il solletico sulla guancia e penso solo che ogni tanto mi fa bene farla questa cosa, sento che si puliscono le pupille. Penso che è quello che ci vorrebbe nelle giornate d'afa, quando ti senti gli occhi e l'anima sporchi. Ma la faccia dice altro, racconta un uomo distrutto.

«Lo sai, vero?»

Si scioglie tra le mie braccia e smette di giocare a squash con i miei testicoli.

Di questo figlio che sta per nascermi invece, nemmeno l'ombra di un pensiero.

NOVE

Pier Francesco non arriva. Non arriva mai, è fatto così. Si lascia desiderare manco fosse l'ultimo pelo di fica sulla faccia della Terra. E io non so aspettare neanche quella di primissimo taglio, il filetto doc della femminilità disponibile sul mercato, figurarsi come mi sento ad aspettare a lui. Ogni volta mi immagino che è l'ultima cosa che faccio ed è l'unica cosa che mi riesce un poco a consolare: immagino che quando arriva lo butto giù da quel motorino di merda e gli comincio a sbattere la testa sul marciapiede, fino a quando non muore col cervello spappolato che schizza sul prospetto del palazzo più vicino, mi consegno alla giustizia senza opporre resistenza e passo il resto della vita in piedi in una cella un metro per due; felice e senza rimpianti, perché era l'unica cosa da fare.

Quelli che ci riescono non lo so come fanno. Aspettare: tortura moderna in una società che fa di tutto per disabituarti dal farlo. Mettete un criminale qualsiasi ad aspettare come sto facendo ora io, *sotto il pico del sole* e senza che ne valga completamente la pena, e vedete come vi confessa una per una pure le riviste rubate all'autogrill e le seghe che si è fatto sulla madre, parola di Mimmo Calò.

Per essere precisi, stavolta il cervello glielo spappolerei paro paro sulla facciata grigia della Chiesa di Santa Teresa, a portata di mano tra i venditori ambulanti a sinistra e le bancarelle col pesce, a destra. L'appuntamento è sotto al carro della Santuzza, parcheggiato a Piazza Kalsa in attesa del prossimo Festino. Se ne sta qua, arenato come un galeone assaltato dai pirati. Aspetta il prossimo bagno di folla, il prossimo attacco a Santa Rosalia di fedeli, babbaluci, curiosi, profani, borghesi e popolino. Solo le fasce medie non gli conviene aspettare; quelle non ci vanno al Festino, non gli interessa proprio, non ne capiscono il senso. Aspetta che la secca finisca, portandosi via un anno di sacrifici e immobilismo, mettendosi sulle spalle tutta Palermo e trascinandosela dietro. Mi siedo sotto a un albero – palme non ce n'è più, le ha fottute tutte il punteruolo, le ha fottute. È la prima volta che qualche cosa che ci distrugge la bellezza ce lo portano da fuori, a noi siciliani – di solito siamo bravissimi ad allevarcele da soli, le piaghe che ci uccideranno. Porta dei Greci si è infilata tra me e il mare. Provo a guardarmelo, a chiedergli qualcosa, sotto all'arco che me lo disegna appena. *Sollievo e fosforo, sollievo e fosforo*; la vista però non ce la fa a raggiungere il mare, il caldo è troppo cornadure oggi, e lo sguardo è impallato da una striscia d'asfalto, prima, di prato, poi. La gente che corre si incrocia al traffico che scorre, in un controsenso polmonare e urbanistico. Andrebbe ripensata tutta 'sta città, com'è vero Iddio. È una ragnatela di suoni, ti intrappola i pensieri. Ti fa compagnia mentre aspetti, è fedele. E gira e rigira aspetti sempre a Palermo, la verità.

Dopo due ore di bordello, mia moglie si è calmata e ci abbiamo dormito sopra. Anche la vittoria bisogna sapersela prendere, senza fretta, accontentandosi del risultato, senza infierire. Non tutti sanno vincere. Io sì. Per questo l'ho chiusa lì.

Stamattina invece, era il momento giusto. Abbiamo parlato e abbiamo raggiunto un accordo, io e Barbara. A colazione si fanno i patti in casa Calò. La mattina presto aiuta le trattative, perché nessuno vuole iniziare la giornata con un fallimento. E pure che tutta l'esistenza è fatta di conflitti e si regge su quello, stringere accordi è l'unica cosa che fa sentire l'uomo vivo, gli fa sentire che ha una possibilità.

«Okay, se ci credi tanto apritela.»

Faccio fatica a prenderla sul serio. Mi sento preso per il culo.

«Dici vero?»

«Di sicuro non puoi stare a casa a fare le pulizie, no?»

«Potrei cercare un lavoro da qualche parte, un giornale, una tv. Lo potrei trovare...»

«Ma lo vuoi?»

Resto calmo ma dentro è tutta un'esultanza, un Maracanà di emozioni. Le do un bacio sulla guancia e schizzo via come se avessi mille cose da fare, come se la testa mi andasse a duemila. E invece è ferma. Un bluff.

«Lo sapevo che avresti capito.»

Un altro bluff. Non lo sapevo proprio, anzi. Fingo, organizzo i pensieri senza crederci, conta solo il risultato.

«Solo una cosa: organizzati tra liquidazione e quello che abbiamo. Niente debiti, Mi'. Niente banche. Niente di niente.»

«Niente debiti, promesso.»

E ora su questi gradini della Kalsa, di fronte alla saracinesca del magazzino che ho comprato, mentre aspetto l'unico amico vero che ho, coi pensieri imbottiti di clacson, *abbanniate** e rombi di motore, questa promessa me la sento tra le chiappe, va spingendo piano piano. Prima o poi entra, a poco a poco, senza fare male. Lo so. Lo sappiamo tutti, quando promettiamo qualcosa, che quelle parole ce le ritroveremo dritte dritte su per il posto da cui vorremmo non entrasse mai niente. La promessa è per sua natura una trappola. È un agente segreto: agisce in sordina, ti fa scordare che esiste e poi ti fotte. Funziona per colpi di scena, prima o poi arriva, tutti se lo aspettano, fingono di averlo dimenticato, ma alla fine si presenta e rimescola le carte in tavola. Per questo va fatto un uso moderato della promessa, ce lo dovrebbero insegnare da piccoli a non sprecarla, come a chiudere il rubinetto dell'acqua mentre ti lavi i denti. Ed è piena di piccoli presagi. Come questo ritardo di Pier Francesco che subisco impotente, seduto su questi gradini di questa piazzetta del centro storico più profondo, nero di smog.

Finalmente lo vedo.

Pier Francesco è a una cinquantina di metri alla mia destra, seduto dritto sul suo motorino mezzo scassato. Ci guardiamo da lontano, ma nessuno dei due fa gesti. Il gesto è ridondante, per gli *scarpari* della comunicazione. E io e Pier Francesco, ora ci vuole, di ridondanze non avremo bisogno mai. Siamo nati per comunicare. Fra di noi e col mondo. Con sguardi, parole, atteggiamenti, equilibri, con la naturalezza di chi ha capito come si deve fare; asciugando. Reprimendo il superfluo. Un passo avanti e due indietro, è questo il segreto della comunicazione: compensare per difetto.

Arriva di fronte a me, sul ciglio della strada. Lo guardo un secondo, due. Abbiamo deciso che la prima volta l'avremmo visto assieme, l'immobile che mi hanno impaccato all'asta e dentro cui aprirò 'sta sfincioneria. Mi muovo verso di lui e mi allunga un casco.

«Prima andiamoci a pigliare il caffè. Poi vediamo 'sto benedetto magazzino.»

È vestito bene, come sempre. Fa lo stesso effetto che farebbe uno straccione in Jaguar, Pier Francesco; vestito su misura, scarpa lucida e motorino barcollante, scoppiettante, che sembra uscito da una lotta nel fango. Niente saluti, solo i gesti che servono; il casco, lo spazio per il culo sul sellino, i piedi sui pedalini. Amicizie col pilota automatico.

Salgo.

«L'ho convinta. Sono fatto più bravo.»

«A Barbara?»

«Sì.»

«Avevi un kalashnikov sottobraccio quando glielo hai chiesto?»

«Non c'è voluto niente. Mi è bastato mettermi in ginocchio e piangere. Ma solo dopo avere minacciato di buttarmi dal terzo piano», ironizzo.

«E in cambio che vuole?»

«Niente, che deve volere?»

«E tu hai mai visto una femmina accontentare un maschio senza un doppio fine? Una moglie, poi...»

«Non è questo il caso.»

«È una trappola, stai attento.»

«Ma quale trappola!»

«Lo vedi tutto 'sto entusiasmo? Te lo ritorcerà contro fino a farti rimpiangere anche solo di averci pensato, a 'sta sfincioneria. Ti farà odiare tutto quello che stai facendo. Dello sfincione manco l'odore vorrai sentire!

«Quello è impossibile, te lo posso garantire!»

«Le do tre mesi. Al massimo. Poi verrai fottuto dai ricatti.»

«Stavolta no. Si fida.»

«Fidarsi di te? Che minchiata!»

Ci sono amici che ci contraddicono e basta. Tanto per.

Per il gusto di farlo. E che hanno sempre ragione, solo che non li ascoltiamo. Sbagliando.

«Comunque mi servono soldi. Me li puoi prestare?»

«Non è il momento, Mimmu'. C'ho troppe cose in stand by.»

«Ma manco sai quanto ti voglio chiedere…»

«È lo stesso. Anzi, se c'hai cinquecento euro da prestare…»

«Ti sono morte tutte le nonne?»

Non sorride, non fa smorfie. Non fa niente. Continua dritto, accelera come se sapesse dove andare. E invece non l'ha saputo mai. Mi fa tenerezza l'insicurezza che c'ha, mostrata a singhiozzo, che si vede quando non dovrebbe e ti fa scappare un sorriso. È la persona più indipendente che conosca Pier Francesco, eppure non c'è frase che non finisca con un'indecisione, un'incertezza, un'acrobazia per mettere tutto in discussione, insieme, per accertarsi che non sia sfuggito qualcosa. Per questo non si è trovato mai una femmina come si deve. La relazione fissa è fatta di solitudini, e le solitudini uno come Pier Francesco non le può tollerare. Perché la femmina, che pure in questo ti può aiutare un sacco, a un certo punto si stanca e vuole che te li risolvi da solo i problemi personali, queste zavorre che ci trasciniamo dietro senza pace come un corpo morto. Il nostro.

Ci infiliamo spediti dentro a un vicoletto che ci porta tempo niente al Bar Rosanero, di fronte a Villa Giulia e a lato della sede del «Giornale di Sicilia».

Entriamo e ordiniamo due caffè.

«I caffè sono pagati», urla in direzione del cassiere un tifoso appoggiato al banco assieme a noi.

Lo ringrazio con lo sguardo e mi risponde *forza Palermo*

sempre. Ce li gustiamo. Il primo e l'ultimo della giornata con mezzo cucchiaino di zucchero. Dopo pranzo si piglia amaro.

«Che fa', andiamo?» faccio a Pier Francesco, «non posso aspettare più.»

«Amunì.»

Usciamo e ci rimettiamo a bordo dello scooter.

«Comunque assurdo che siamo venuti in motorino. Sono cento metri, France'.»

«Le gambe sono organi soggetti all'usura. Meglio sparagnarli.»

Ci rifletto un attimo mentre infilo il casco.

«Perché, sono organi le gambe?»

Torniamo indietro a piazza Kalsa. Arriviamo di nuovo di fronte alla saracinesca verde. Pure che si trova in mezzo a uno degli scorci più belli della città, con Porta dei Greci di fronte, Santa Teresa a sinistra e il carro a guardarla di traverso, a me mi pare che è lei la protagonista assoluta. La fanno le saracinesche chiuse questa città. È lì dentro che succedono veramente le cose.

«È quella», indico.

Scendo dallo scooter, mentre Pier Francesco sale sul marciapiede per posteggiare. Un paio di genitori aspettano che si faccia ora per pigliare i bambini all'asilo che fa spalla e spalla con il magazzino. L'occhio mi cade sulla spazzatura spruzzata qua e là a tipo prezzemolo. Pure che è un quartiere popolare, è diventata zona di turisti, piazza Kalsa; anche per questo penso che una sfincioneria potrebbe avere successo. Ma i turisti ci vengono, in mezzo alla munnizza?

Si avvicina un parcheggiatore. Solo quelli ci mancavano.

«Capo, mu fa' pigghiari un cafè?»

«C'è malùra, mister», gli risponde Pier Francesco. «Ma

poi 'u taliasti buonu a iddu? Mancu avi i piccioli pi' miricini», continua, indicandomi.

«Va be' va be', ho capito», fa quello, *siddiato* come se gli fossero cadute le lenti a contatto e noi gliele avessimo pestate.

Il carro della Santuzza è posteggiato di fronte; chissà se pure al Padreterno gli ha chiesto di fargli pigliare il caffè, quando l'ha lasciata qua. Passano due ragazzini in motorino. Sono senza casco e c'hanno scritto in faccia *al primo fesso di tedesco gli scippiamo le mutande senza levargli i pantaloni*. Piglio le chiavi dalla tasca, mentre Pier Francesco si guarda intorno pure lui e sentenzia:

«Si vede ancora un po' di marciapiedi, sotto alla munnizza. Dovresti fare un esposto al comune».

Lo ignoro.

La saracinesca ha due lucchetti, uno in basso a destra e uno in basso a sinistra. Li apro.

Se c'è una cosa su cui Pier Francesco non cambierà mai è nel suo talento, che poi è più che altro un'attitudine che nessuno gli riconosce, nel dare consigli. Consigli nella maggior parte dei casi non richiesti. Consigli tirati a cazzo, come la carta straccia nei cestini quando vuoi fare canestro.

Passo alla serratura al centro. Tre mandate.

«Mi raccomando: niente marocchini, egiziani e male minchiate. Lo devi fare tu. Lo sfincione solo i palermitani lo devono fare.»

«Ma secondo te metto un egiziano a fare lo sfincione?»

«All'antica lo devi fare. Come a Piero.»

«E poi non mi serve molto personale.»

«Quanti te ne servono?»

«E che ne so. Spero di bastare solo io. Io solo quello voglio vendere, chi vuole venire viene, senza distrazioni. E modestamente: io faccio uno sfincione che fa venire la pelle d'oca sulla lingua.»

Faccio leva sul piede destro e sollevo la saracinesca. Lo *scruscio* mi riporta a quando ci giocavamo a pallone, contro ai garage come questo. L'infanzia mi fa eco. Guardiamo dentro. Non me lo aspettavo così piccolo.

«Minchia, ma è un *pirtuso*!»

«E quello deve essere. Così posso fare tutto da solo», rispondo, mentendo benissimo; pure a me stesso.

«Ma almeno due o tre clienti ce li vuoi mettere dentro, senza che siano costretti a scoparsi l'uno con l'altro?»

Entriamo.

Ci guardiamo attorno, ma in una frazione di secondo abbiamo già finito. Mi hanno impaccato un *pirtuso*, è inutile che ci giro attorno. Il locale si sviluppa in profondità. È largo tre metri da destra a sinistra appena entri, e poi si allunga per altri cinque. L'unica fonte di luce è una finestrella in alto, in fondo a destra, che crea un occhio di bue là dove già mi vedo a impastare il mio sfincione. Sulla destra, a un paio di metri di distanza dalla saracinesca, c'è una porticina che si affaccia su una stanzetta minuscola, quasi ridicola.

«Va be', qua almeno ci puoi fare un bagnetto», suggerisce Pier Francesco, «tanto venderai solo a bambini e nani, no?»

«Il bagno sarà solo per i dipendenti», rispondo secco.

Guardo le mura. Sono composte per il 97% di muffa e per il restante da intonaco scrostato. A ogni tre respiri, ti viene una malattia polmonare. Più procediamo verso l'interno, più la situazione peggiora e l'aria si fa umida. Mi scappano un paio di colpi di tosse. Pier Francesco non si lascia sfuggire l'occasione.

«Va be', tanto tu dei polmoni te ne sei sempre fregato, no?»

Cambio argomento. Dove cazzo lo metto il forno in questo buco di culo di magazzino?

«Qua ci va il forno, secondo te?» gli chiedo, indicando l'angolo stretto stretto in fondo a sinistra e non credendoci troppo manco io.

«Forse sì. Ma ti conviene pigliare bene le misure, prima di passare dal negozio di giocattoli.»

Io lo guardo storto. Lui continua.

«Puoi pure chiedere ai clienti di fare finta di bere dalle tazzine e se si sentono male piglia e fai finta di fargli una puntura con un pizzicotto.»

Lo mando a fare in culo e sulla faccia mi si dipinge uno schizzo di depressione.

«Amunì, non fare così. Appena si levano un poco di *negghie* lo spazio si recupera. Magari chiami un architetto...»

«Sì, e con quali piccioli?»

«Vabbe', tanto ti serve uno specializzato in miniature.»

«Allora mi sa che chiamo a quello che ti ha disegnato la minchia.»

Ripenso al carro parcheggiato fuori. Non mi resta che sperare che Santa Rosalia mi aiuti. E non sono messo bene, visto che solo vedere giocare Maradona mi ha messo in dubbio l'ateismo per qualche minuto, durante i Mondiali dell'ottantasei.

«Dai, una soluzione la trovi.»

«Speriamo...»

«Certo, c'è sempre il problema muffa. Ma tu hai già una moglie che non rompe i coglioni, mica puoi avere tutto nella vita.»

«Minchia: appena lo vede chi la deve sentire, a Barbara?»

«E tu non glielo fare vedere...»

«Effettivamente ancora manco le ho detto che ci serve un

prestito. A che ci sono, le posso nascondere pure quanto fa cacare il magazzino.»

«No, seriamente. Te lo posso dare un consiglio da fratello?»

«Lo posso rifiutare?»

Si guarda attorno. Fa una ricognizione del disastro che ho comprato, e di quello che deve ancora arrivare.

«Io a tua moglie la conosco bene…»

«E quindi?»

«Non le dire niente, Mimmu'. Tienila il più possibile fuori da questa storia.»

DIECI

Visto che con Pier Francesco non ci è potuto niente, il prestito sono venuto a chiederlo ai miei genitori, settantenni e neo separati. Questa cosa della separazione poi, più ci penso e più mi fa completamente sballare. Non c'ha proprio senso che due vecchi – perché questo sono, pure se provano in tutti i modi a fare i moderni – piglia e divorziano. I vecchi devono puzzare, comprare mobili kitsch, perdere i denti, rammollirsi i genitali, mangiare pastina in bianco, pisciare all'aperto bagnandosi i piedi, lamentarsi, leggere due volte ogni pagina dei libri per capire quello che c'è scritto, fare versi ogni volta che si alzano dal divano, mangiare dolci che gli faranno male, capire che i figli sono importanti, sbirciare i culi delle badanti, sbavare, comprare cellulari che non sapranno mai usare, dormire seduti con la testa che gli fa avanti e indietro, operarsi di cataratta, soffrire la solitudine, soffrire per la morte del partner, soffrire per le malattie, ricordare cose che non ricordavano più, conquistare una dignità che prima non avevano, pensare alla morte, prepararsi alla morte e, alla fine, i vecchi devono morire. Ora queste cose le so io e le sanno tutti. E non mi pare che fra queste ci sia il divorzio. I vecchi normali non divorziano.

I miei genitori, però, non sono normali.

E visto che mia madre oltre a non essere sana di mente è pure una tirchia da competizione, che se ci fosse un Wimbledon della spilorceria sarebbe ogni anno la campionessa uscente, quella da battere perché è numero uno nel ranking mondiale, decido che è meglio puntare su mio padre, che da quando si è messo in pensione due chiacchiere civili ce le riesci pure a fare. Ti segue, se catturi la sua attenzione. La pensione l'ha salvato. Dal nervosismo, dalla sveglia presto, dalla pesantezza, dal tempo, dalla paranoia, manco tanto infondata, che qualcuno gli stesse rubando la vita, dalla depressione, dall'incapacità di ridere, dalla politica e dai sindacalisti, dalle diciassette in punto, da quadri, funzionari e passeggeri, dai ritardi, dall'ulcera, e soprattutto da quello che mio padre non ha sopportato mai: stare in mezzo alle persone. E dal giorno stesso che se ne è andato in pensione, è stato come se gli si fosse schiacciato un pulsante, un interruttore che l'ha spento da tutti quei nervosismi e da quelle digrignate di denti dovute al cancro della sua vita: le Ferrovie dello Stato. Sempre sul chi va là, sempre sospettoso, in esercizio costante nella disciplina della rottura di coglioni e per ben trentacinque anni di carriera, ha staccato la corrente e si è trasformato in una specie di personaggio da cartone animato, con le sue cose, le sue fissazioni, i suoi difetti, ma morbido.

Gli spiego tutto, del magazzino vinto all'asta, dell'idea dello sfincione, del licenziamento. Parlo senza freni, come se potesse capire vero. Ma quello non le capirà mai 'ste cose, per lui esistono solo il posto fisso e la pensione dopo quarant'anni col culo piantato sulla stessa identica sedia. Appartiene alla generazione che vede nell'assunzione alle Poste il punto più alto della vita di un mammifero, il meglio del meglio, l'ultimo boccone, quello col cono ricoperto di cioccolato. E questo hanno sognato per noi figli degli anni Settanta i nostri genitori: un ergastolo di stabilità economica e professionale, non soltanto senza infarti e imprevisti ma anche senza un qualsiasi battito cardiaco. Questi stessi vecchi però, sono quelli che ti possono stupire. Sempre.

«E fai bene Mi', io sono con te. *Avisti 'na vita cu freno a mano tiratu*, fino a ora.»

«E quindi me li presti?»

«E tu pensi che è così semplice?»

«Perché non è semplice?»

«Perché non lo sai che tua madre mi dà tipo la paghetta? Non lo sai che tiene tutte cose lei?»

«Ma scusa, dici che vi siete lasciati…»

«E non è lo stesso, secondo te? Mi passa tipo centocinquanta euro al mese. Secondo te perché non fumo più? Un c'arrivo…»

E allora l'unica soluzione è salire ai piani alti, tentare il tutto per tutto: andare dalla tirchia.

Chiedere soldi a mia madre Concetta è come provare a camminare sull'acqua. E se non sei Gesù Cristo o almeno qualche pezzo grosso della Chiesa, te lo puoi scordare che ci riesci a strapparle pure qualche euro. La cosa che nessuno sa però, è che Concetta Licata, molto probabilmente, è ricca. Ricca sfondata, di una ricchezza che non esiste perché nessuno ne usufruisce. Manco lei. Ha accumulato di tutto, ha rivenduto di tutto e, soprattutto, Concetta Licata non ha speso. Mai.

È andata avanti a risparmiare per tutta la vita, là dove ha potuto, e c'ha sempre avuto un talento naturale a trovare situazioni e modi per farlo. Ci potrebbe avere un conto in banca da fare invidia a uno di quei super manager con gli occhiali super leggeri che si vedono in televisione, se solo non ci avesse un altro problema, un'altra fissazione che la rende un personaggio ancora più incredibile, ancora più estremo: Concetta Licata non crede nelle banche. È contraria. Come si può essere contrari alla violenza, alle guerre, ai finocchi, mia madre è costituzionalmente contraria alle banche. Solo che a differenza della maggior parte delle persone che hanno un'ideologia, Concetta Licata l'ha messa in pratica. E a settantadue anni lo può dire ad alta voce che lei ci è riuscita, che in banca non c'ha mai messo piede in tutta la sua vita. Ovviamente non lo dice, per non essere scoperta e quindi derubata. Perché la verità semplice e lampante è che Concetta, la risparmiatrice seriale, tutti i soldi che le sono passati dalle mani, i suoi e quelli di suo marito, se li è tenuti sempre in casa. Li ha nascosti per cinquant'anni senza subire mai un furto e continua a farlo. C'è un odore strano a casa dei miei. Le case dei vecchi c'hanno tutte lo stesso odore, di vecchiaia per l'appunto, quel fetore pizzicante che scandisce l'avvicinarsi della morte. Sarà la carne rammollita, l'alito, saranno i mobili, le cose che cucinano, i bidet fatti a cazzo quando le ginocchia cominciano a funzionare male, ma le case dei vecchi c'hanno tutte lo stesso identico odore. Tutte. Tutte tranne quella di mia madre e mio padre: la loro fete di caveau, di monete; puzza di tasche. Perché i soldi a casa Calò sono nascosti ovunque. Dentro ai materassi, sotto alle mattonelle, dentro al forno, nelle ante delle porte, dentro i cuscini; c'ha pure un piumone imbottito di soldi, mia madre. La domanda che mi sono sempre fatto è come faccia a ricordarsi dove li ha messi, tutti quanti e in tutti 'sti anni. Una casa di lucchetti, doppi fondi, nascondigli, una casa di vuoti pieni di banconote che conosce solo lei. Perché? Perché non crede nelle banche.

Con mia madre però, la sincerità non funziona, già lo so. Non è tipo che si lascia intenerire da ambizioni e minchiate del genere, c'ha tutta una filosofia economica basata su un unico principio e motore: l'imprevisto. L'imprevisto è l'unico motivo che giustifica una spesa, se è un imprevisto di quelli seri. E avere perso il lavoro proprio quando mia moglie è rimasta incinta, può essere catalogato nel cervello di Concetta Licata alla voce imprevisti registrata nel suo personale paroliere.

E così, dopo un terzo grado di tipo tre ore, pare che la sto convincendo.

«E non hai messo niente di lato tutti 'sti anni?»

«No ma', troppo poco.»

«Ma un altro giornale non lo trovi? Una televisione?»

«C'ho quarant'anni ma', ci vuole un poco di tempo.»

«Ma sicuro che non è per quel fatto, vero? Quello dello sfincione...»

A questo punto il momento è maturo per mollarle un filo di verità. Non la puoi prendere per il culo una femmina del genere, non completamente, e allora devi farle capire almeno che non pensi che sia scema. Con l'abile gioco delle misure, fatto di mezze verità, mezze bugie e sguardi mezzi teneri da figlio sull'orlo di una crisi di nervi.

«Figlio mio, che ti devo dire?»

Apre il cassetto delle posate e piglia una specie di cazzuola, ma sarà qualche cosa che si usa per cucinare. La infila in una porzione di muro, in un'insenatura invisibile. Tira. Si mette a smontare il muro della cucina, che a poco a poco se ne viene come se fosse un cassetto quadrato. Un blocco di cemento. Non mi guarda, impassibile, come se fosse la cosa più normale del mondo. Dentro a quel pezzo di muro aperto, c'è un borsone. Dentro al borsone, c'è una chiave. La prende e chiude la cerniera, rimettendo a posto il blocco. Con la chiave si mette ad aprire l'anta di un armadietto, al cui interno c'è un tubo scoperto che finisce dentro al muro. Si mette in ginocchio e ci infila dentro tutto il braccio. Quando lo estrae, in mano tiene una busta bella spessa. La pesa a occhio. Annuisce e me la mette sulle gambe.

«Vedi che sono il frutto di un sacco di risparmi, di una vita di sacrifici. Fai quello che devi fare, ma non te lo scordare mai.»

Le do un bacio, e lei si mette a fare un caffè. Una specie di rito per sancire il momento. E io 'stu caffè non me lo scorderò mai, già lo so. Perché questa femmina sta facendo lo sforzo più grande di tutta la sua vita. Uno sforzo più doloroso del parto. Sta compiendo un'impresa epica, scrivendo una pagina della storia della sua esistenza, la pagina in cui si narra di lei che fa qualcosa per qualcun altro, e lo fa rinunciando all'unico amore della sua vita: il denaro.

Mi bevo il caffè senza dire una parola, in piedi. Lei si siede. Si siede sempre per bere il caffè, ma non le piace tanto. Concetta Licata il caffè non lo fa tanto per il gusto, per berselo; lo fa per l'odore. E a me mi sembra una santa, una santa e una poetessa, questa femmina che è come dovrebbero essere tutte le femmine del mondo, testarde ma capaci di cambiare pure a settant'anni, questa femmina che per me è un simbolo, un'icona, una rock star, questa femmina che per cinquant'anni ha fatto chissà quanti caffè solo per sentire l'odore che esce dalla macchinetta e si piglia tutta la casa per qualche minuto.

E infatti Concetta Licata il caffè lo fa proprio una merda, la verità. Non ha allenato il gusto.

La guardo un attimo prima di uscire dalla cucina e andarmene. Seduta, vecchia, fiera, tirchia e da oggi, pure imprevedibile.

Mia madre.

UNDICI

Mia madre, la santa, quella capace di cambiare e di stupirti pure da vecchia, non è cambiata manco per niente. Sono uscito da casa sua, ho sceso le scale che portano prima all'appartamento dove ora vive mio padre murato vivo, e poi fuori, nel cortile. Gli ho buttato una voce, col sorriso ebete che mi sa fare uscire solo uno di quei due vecchi senza senso che mi hanno messo al mondo.

«Ciao papà!»

«Ciao Mimmu'», mi risponde da lontano.

Esco.

Con in mano la busta che mi aveva dato lei, la santa, che mi sembra la cosa più preziosa che abbia mai tenuto tra le mani, raggiungo la macchina. Dei bambini giocano a calcio su una saracinesca, con un pallone ridicolo di finto cuoio, una specie di Tango dei giorni nostri. Prima mi salutavano, *mi facevano prio**; ogni volta che andavo a trovare i miei genitori mi facevano festa. Si volevano fare la foto con Mimmo Calò. Ora si sono abituati e non mi cacano più. Ne guardo uno palleggiare. È scarso: meglio che ci leva mano. Il calcio però, è uno sport democratico, per questo è il gioco più famoso al mondo. Lo perdono, sono in vena di indulgenze. Si piglia tutti, il calcio, basta che non c'hanno pretese. E lui non ne può avere, questo è sicuro.

Apro lo sportello della macchina ed entro. Una volta seduto, abbasso la sicura per stare più tranquillo. La busta è bianca e gonfia sulle mie cosce. La sollevo e la tengo appoggiata sullo sterzo. Poi piglio la chiave d'accensione. La infilo sotto la carta e la apro.

Dentro, le banconote sono assai. Un mazzo di contanti tipo quelli che si vedono nei film, quando per corrompere un funzionario pubblico qualcuno glieli porta in uno di quei bar americani, a mo' di mazzetta, belli infiocchettati. E si pigliano uno di quei caffè di merda, lunghi, chissà perché. Solo che la mazzetta che Concetta Licata ha infiocchettato per Mimmo Calò, suo figlio, facendomela pesare in tutti i modi possibili, non è solo piena dei suoi soldi, ma è la sintesi di un'esistenza miserabile che con questo gesto la consacra definitivamente come la femmina più assurda che conosco. Perché la mazzetta che mi ha dato mia madre è bella grossa, sì, le banconote sono assai. Il fatto è che è tutta a carte da cinque, per un totale di duecento trentacinque euro tondi tondi.

Duecento trentacinque euro: l'aiuto di mia madre per aprirmi un'attività commerciale dopo ore di discussioni per convincerla.

Mi scappa un sorriso, manco lo so se di rabbia o a presa per il culo. Metto in moto: è meglio che me ne vado. Prima che mi comincio a muovere, i ragazzini fermano il pallone perché non finisca sotto la macchina. Mi guardano, ma non perché gli interesso. Vogliono solo continuare a giocare. Sono un ostacolo.

Penso.

Penso alle mura di casa dei miei piene di soldi che non avrò mai. Metto la prima. Inizio a mollare la frizione. Penso agli ostacoli che ho superato io fino a ora. La macchina si muove, i ragazzini si preparano a ricominciare quando non ho ancora liberato completamente il campo.

E penso che se vuoi concludere qualcosa nella vita, qualche bugia la devi dire.

E io sto per dirne una bella grossa.

DODICI

Glielo avevo promesso: niente debiti. Eppure sono qua, nella sala d'attesa. Aspetto che il direttore della filiale mi riceva. Non mi hanno fatto mai antipatia i direttori di banca. Tra tutti quelli con uno stipendio sopra un tot i direttori di banca sono stati sempre quelli che mi sono stati più simpatici. Non lo so perché, forse perché mi fa un poco di tenerezza il loro essere a metà, in bilico tra quelli con i soldi e gli impiegati normali, i poveracci, quelli che devono fare gli straordinari per mangiare aragosta una volta all'anno e fare bella figura con i suoceri. Il direttore di banca sta bene, non gli manca niente, ma comunque deve stare attento. Se sbaglia, se si sceglie la femmina sbagliata e divorzia, se fa una cazzata qualsiasi, pure lui si può trovare con il culo per terra. E la difficoltà economica, pure quella in potenza, è l'unica cosa che distingue uno che sta vivendo da uno che non sta facendo niente di niente, e che quindi non esiste.

Accanto a me, nella poltroncina della sala attesa della filiale, c'è una signora che puzza. È da cinque minuti che sono indeciso se alzarmi o rimanere immobile a soffrire. Vince la pigrizia, alla fine. Me ne sto fermo, stoico.

Di fronte a me ci sono tre cassieri. Uno di questi fa il simpatico con i clienti e ci riesce pure. Si vede che tutti vanno da lui, piuttosto che dagli altri due. Parla a voce alta, dice cazzate a tipo mitraglietta. Nella vita privata sarà una testa di cazzo, magari, ma c'ha stile, mi piace.

Non c'è nessun odore, a parte la puzza della signora. Mi chiedo come mai non ci sia la stessa puzza di casa dei miei, di soldi. Una banca dovrebbe farlo quell'odore, mi dico, ma una signorina mi viene a chiamare e mi interrompe i pensieri.

«Il direttore la sta aspettando. Si accomodi.»

La seguo corridoi corridoi, e non succede niente di che, se non che le fisso il culo per tutto il tragitto. È una bella femmina, ma c'ha un culo definitivamente di merda. Piatto, senza personalità. Inutile come solo un culo brutto sa essere. Motivo di nervosismo.

Nel giro di qualche secondo mi trovo seduto davanti al direttore che, manco il tempo, mi sta già riempiendo di parole, più che altro domande. La conversazione che sta per farmi cambiare opinione sui direttori di banca è così assurda che ve la riporto para para, tagliando solo qua e là le parti noiose fino all'inverosimile.

«Il tasso di interesse è dell'otto virgola nove percento in dieci anni.»

«Okay.»

«È proprietario di immobile?»

«Sì, ho una casetta che ho avuto in eredità, ma non vorrei metterla in mezzo...»

«Metri quadrati?»

«Come le dicevo, ho promesso a mia moglie che non avrei fatto debiti, figurarsi mettere un'ipoteca sulla casa.»

Sembra che non mi ascolta. Fa sì sì con la testa ma poi continua imperterrito.

«Sì sì, certo. Metri quadrati?»

Mi arrendo. Rispondo.

«Cento.»
Scrive 100 su un foglio di carta.
«Con giardino?»
«Sì ma è piccolo.»
«Metri?»
«Venticinque.»
Scrive 25 sul foglio.
«Zona?»
«Settecannoli.»
Gli si apre un ghigno di disapprovazione sulla faccia. Si appunta tutto.
«Automobili?»
«Ma che c'entra, scusi?»
«Mi faccia fare il mio lavoro. Automobili?»
«Una.»
«Utilitaria?»
«Una Polo del 2001. Grigia.»
«Il colore non mi interessa.»
«Menomale…»
«Figli a carico?»
«Nessuno.»
«Mi metterebbe per iscritto che non ha intenzione di procreare per i prossimi dieci anni?»
Accetto l'assurdità della cosa e vado avanti col pilota automatico: tutto 'stu bordello per cinquantamila euro. In un altro periodo gli avrei pisciato sul tavolo e me ne sarei andato. I soldi però mi servono e mi tengo lo stimolo, che pure è bello forte.
«Animali domestici?»
«Animali domestici?»
«Animali domestici. Sì…»
«Un cane.»

Lo piglio per il culo. Non ne ho cani, ma voglio vedere dove va a parare. Se devo sopportare 'ste minchiate, voglio farlo a modo mio.

«Razza?»

Mi viene in mente una mia zia che era fissata e cito una razza così assurda che non so come faccio a ricordarmela. Vero il cervello certe volte ci viene in soccorso nei momenti più strani.

«È un Grande Bovaro Svizzero. Si chiama Plutone. Un giocherellone di prima categoria.»

Se lo scrive sul suo foglietto di merda. Immagino di infilarglielo su per tutte le entrate che c'ha sparse per il corpo.

«Posso sapere perché tutte 'ste domande?»

«Perché in caso di problemi ci possiamo rivalere su tutto ciò che possiede. Purché sia di valore. E un cane di razza può valere un sacco di soldi.»

«Quindi sono a cavallo, no?» gli rispondo ironico.

«A essere sinceri no, signor Calò.»

«Come no?»

«Una casa di cento metri quadrati non basta. Soprattutto in quella zona.»

«Perché, che problemi ha la zona?»

«C'ha che gli immobili valgono poco. Dovrebbe trovare un secondo immobile da mettere a garanzia.»

«Per cinquantamila euro?»

«Di questi tempi, le precauzioni non sono mai troppe per una banca.»

«E dove lo trovo un secondo immobile?»

Il direttore mi guarda. Si appoggia sullo schienale come a dire *e che vuole da me, Calò?* Mi appoggio pure io, ma il mio gesto ha un significato diverso.

E ora? Non ho intenzione di farmi altri dieci anni alle

dipendenze di qualche emittente finanziata coi piccioli dei mafiosi. Non ho intenzione di fare tutta la vita lo schiavo di qualcuno, di gonfiare le tasche degli altri ed elemosinare tre settimane di ferie all'anno. Voglio cominciare a vivere pure io, a *quagliare* pure io. C'è un momento della vita in cui lo devi dimostrare se sei maschio o femmina, carne o pesce. E questo è il momento mio.

Per questo, annebbiato dall'ottimismo, mi sbilancio.

«Non si preoccupi diretto', una soluzione la trovo.»

TREDICI

Ogni matrimonio riuscito è basato sulla menzogna.

È da questo semplicissimo assunto che sono partito per portare avanti la mia relazione con Barbara. Okay, non è che le cose vadano a meraviglia, ma se le avessi detto sempre sempre tutta la verità, secondo voi dove saremmo adesso? Mariti e mogli che si dicono tutto sono esempi belli e buoni di schizofrenia coniugale, sono completamente sconnessi dalla realtà e dal concetto stesso di coppia. Andrebbero rinchiusi, sono un pericolo per se stessi e per gli altri, per tutte le altre coppie che hanno trovato nella bugia reiterata il proprio rassicurante posto nel mondo. E non sto parlando di tradimenti e cose di 'sto tipo, no. Ci sono matrimoni che si reggono pure su quel tipo di bugie, ma non è il caso mio. Io parlo della bugia preventiva, non di quella d'urgenza. Perché quella d'urgenza, quella detta perché ti devi portare in albergo la segretaria, alla fine prima o poi ti si ritorce contro. La bugia preventiva invece, quella quotidiana, detta pure per le cose più futili, per evitare che lei ti massacri prepotentemente i testicoli – tipo se hai spento o meno la luce del bagno – invece è un'altra cosa. A differenza della bugia d'urgenza non salva dal guaio imminente, ma costruisce tassello su tassello la fiducia di coppia. Una fiducia basata sul nulla, mi pare chiaro, visto che la luce del bagno sono sei anni che vi scordate di spegnerla. Ma che volete, le femmine ci tengono a queste cose. Questo non significa che in caso di un problema imminente con la segretaria non dobbiate ricorrere alla bugia d'urgenza, anzi, quella è un ferro che do per scontato un uomo dotato di attributi abbia nel proprio arsenale. Ma sarebbe come dire che tutto il Sistema Sanitario Nazionale è basato sul Pronto Soccorso e, capite bene, che è meglio non dirle cose del genere se non volete confermare che oltre alla faccia, avete pure qualcos'altro che possa concorrere a definirvi come degli scemi totali. Mentire ogni giorno invece, non solo mette le basi per prendersi cura a trecentosessanta gradi di una relazione, ma è soprattutto un esercizio zen che vi rende quotidianamente migliori – perché la tentazione malsana di dire la verità su cose così futili è sempre dietro l'angolo, e voi dovete fuggirla come la zanzara sul muro fugge la ciabatta – ma vi rende pure più gradevoli agli occhi del partner, che comunque non ci metterà molto a trovare migliaia di altri vostri difetti sparpagliati per ogni centimetro quadrato di aria che respirate e calpestate. La menzogna matrimoniale nutre la vostra anima meglio di quattromila anni di meditazione, vi dà una prospettiva cosciente sulle cose e sul flusso di eventi burrascosi che travolgono una relazione. Perché mettetevelo in testa, voi non siete un marito, voi siete il Mahatma Gandhi e la vostra è una disobbedienza matrimoniale pacifica e silenziosa.

«Ma è un *pirtuso*!» mi fa Barbara appena alzo la saracinesca.

«Non ti ci mettere pure tu. E poi non è tanto piccolo.»

Alla fine l'ho portata. C'ho provato a evitare la cosa, mica no. Ma non la tieni a bada una femmina come Barbara. E ora, i giorni passati a liberare il magazzino dalle *negghie* perché sembrasse più grande, sono definitivamente buttati nel cesso.

Si guarda intorno. Cammina prudente, come se potesse inciampare da un momento all'altro.

«Vedi che ho sbarazzato tutto. Cammina tranquilla.»

«Ho paura che se mi distraggo una frazione di secondo vado a sbattere contro al muro.»

Dopo un'altra occhiata veloce e incredula, continua.

«No dai, non può essere. Ma è davvero tutto qui? Dov'è il resto?»

Non rispondo. La domanda si perde nel vuoto. Ora che l'ho liberato le parole rimbombano che è una meraviglia. Mi sono scavato la fossa da solo.

«Ma appena mi crescerà la pancia ci entrerò ancora qua dentro?»

La sta buttando sull'ironia; certe volte lo fa, prima di iniziare ad accanirsi prepotentemente contro di me.

«Vedrai che quando lo sistemo, non lo riconoscerai neanche», rispondo risentito.

Mi guarda come a dire: *ma se stamattina mi hai chiesto aiuto per infilarti la cinta nelle asole dei pantaloni!* Io la guardo come a risponderle: *che ci posso fare se ho le dita troppo grandi; non ci riesco!* Fa mezzo giro su se stessa. Guarda il soffitto pieno di muffa. Poi sembra travolta da un lampo di genio. Sorride a novantanove denti.

«E invece ora che ci penso, lo vuoi sapere cosa ci vedo qui dentro?»

«Che cosa?»

Ride.

«No, niente dai, non te lo dico. È una stupidaggine.»

Ride ancora, leggermente imbarazzata. Quasi dolce.

«Come niente?»

«Niente, niente. Era una cosa così.»

«Dai dimmelo, magari può essere una buona idea. Che cosa ci vedi?» insisto.

«Lo vuoi sapere proprio?»

«Lo voglio sapere, sì.»

Il sorriso se ne va, finisce a *schifio* a braccetto con la dolcezza.

«Niente Mi', che ci devo vedere? Niente! Niente di niente ricoperto di una croccante crosta di niente. Il massimo che ci vedo sono due motorini parcheggiati. Anzi no, uno; due motorini manco ci entrano in questo buco», mi dice con uno sbalzo d'umore che comincia a farmi paura. Sta diventando brava a controllare i nervi come più le conviene.

«No, ma le cose giuste: tu sì che sai come darmi coraggio.»

«No no, aspetta, sarei io che devo darti coraggio?»

«Certo.»

«E chi lo dice?»

«Il parrino l'ha detto, quando ci siamo sposati.»

«Ora non tirare fuori il parrino.»

«Fra l'altro l'hai scelto tu, mica io.»

«E che cosa ha detto, il parrino? Dagli coraggio a tuo marito ogni volta che decide di farsi impaccare un *pirtuso* e aprirci una sfincioneria?»

«Ha usato una metafora. Ma intendeva questo.»

«E di te non ha parlato?»

«Se lo sapesse mi darebbe una pacca sulla spalla. Anche perché era una buona forchetta; hai visto quanto ha mangiato al ricevimento, no?»

«Mimmo, io il coraggio te lo darei pure. Ma a me la fiducia in te chi me la deve dare? Manco un lavoro di merda ti sei saputo tenere.»

«Ah ora è colpa mia se la televisione ha chiuso? Ma che discorsi sono?»

«Colpa o non colpa, il discorso è uno: o porti il pane a casa, o non lo porti. E tu per ora non lo porti. Quindi vedi di risolvere.»

«Questo è il mio modo per risolvere.»

«Mimmo, non mi mettere spalle al muro, non ti conviene...»

«La soluzione è questa. Fai uno sforzo ogni tanto; non dico che devi avere fiducia in me, ma almeno non considerarmi una cosa inutile totale.»

Si mette la faccia come se stesse moltiplicando mentalmente trentatré per quindici.

«Non mi potresti chiedere una cosa più semplice?»

La guardo di traverso. C'ho le vene che rimbalzano, il nervoso che frigge nelle tempie.

«Vedi che era una battuta...» mi fa.

Mi metto in modalità *mutria*, le rispondo con la faccia più offesa che riesco a fare.

«Ti è uscita male.»

«Non sono io lo showman.»

«Ti è uscita male pure questa», insisto.

Silenzio. Non ci guardiamo. Ognuno ha lo sguardo per i fatti suoi. Perdono l'asse gli sguardi di marito e moglie, col passare del tempo.

La sento che fa un respiro profondo e mi giro verso di lei. Socchiude le palpebre. Conta mentalmente fino a duecentocinquantadue, prima di parlare di nuovo. Sembra che sta cercando la soluzione a un algoritmo per viaggiare nel tempo, e invece cerca la calma, cerca le energie per fare una cosa che con gli anni le è diventata sempre più difficile: sopportarmi. Penso che c'è un'altra cosa su cui sono fondate le relazioni: gli sforzi. Sforzi sovrumani per le cose più inutili. Sforzi che sono piccole violenze quotidiane a se stessi. Sforzi che ci costringiamo a sopportare in nome di questa cosa che se ne nutre e che pare che ce l'ha prescritta il medico: l'amore. Che poi di tutto dovrebbe nutrirsi, tranne che di quello.

«Ma i conti te li sei fatti bene?»

«Ho fatto tutti i conti che dovevo fare.»

«E non ci servirebbero prestiti.»

«Niente prestiti.»

«Siamo sicuri?»

Eccola qua, l'occasione. Dire o non dire la verità? Come vi dicevo, non ci sono soluzioni alternative alla bugia, in un matrimonio. Ma se c'è un momento preciso in cui potete redimervi e liberarvi di questa trappola in cui vi siete cacciati e da cui non riuscite a uscire, quel momento si presenterà simile in tutto e per tutto a questo. Un punto di non ritorno, sancito di solito da una domanda secca: siamo sicuri che non ci servono prestiti? Un momento in cui di solito vostra moglie vi dimostra di non essere il mostro che credete voi. Si dimostra comprensiva. Ma è una trappola, oppure no? L'occasione di dire la verità rimbalza piano fra voi due, come una palla scodellata dopo uno scontro di gioco poco chiaro. Voi lo sapete che il fallo l'avete fatto voi, e allora il buon senso suggerirebbe di restituirla all'altro, con un gesto di fair play, perché è questo che fanno marito e moglie, nei momenti critici. Ma se appena gli lasciate il pallone quella piglia e vi *scafudda* una pallonata sulle palle? Se prende e tira dritto fino alla porta per infilarvi l'ennesimo gol a porta vuota del vostro matrimonio?

È il momento chiave di tutta quanta la vostra relazione, e dovete stare attenti. Attenti soprattutto a un rischio su tutti, fare quello che proprio non ha nessun senso fare, quello che tutto l'universo vi invita a lasciare perdere: cedere al fair play, restituire il pallone e mettervi lì a confessare tutto. *Niente debiti? No Barbara, qua ci vogliono almeno sessantamila euro tondi tondi!* Da lì a voi che finite a lavare le scale perché dovete comprare i pannolini per il *picciriddo*, il passo sarebbe brevissimo. Da lì alla morte di qualsiasi sogno imprenditoriale, non ne parliamo proprio.

Siamo sicuri?

Sono il gatto messo all'angolo da un rottwailer incazzato. Sono spalle al muro, in tensione sulle zampe posteriori. Se si arriva allo scontro ho le unghie sì, forse riesco pure a scippargli gli occhi, ma quanto durerei? I rottwailer sono cani dal malo carattere e pure senza occhi mordono benissimo.

Ma quando sei in difficoltà, la bugia nei guai non ti ci lascia, ti viene sorella. Una cosa sola dovete fare: approfittare del momento di distrazione per fottervi il pallone e avanzare in solitaria verso la porta avversaria.

«Siamo sicuri, sì», le dico, falso come il rolex sul polso dello zingaro.

Mentire è l'unica soluzione possibile in una situazione come questa. Perché se state lì a confrontarvi con le femmine quando si tratta di affari, allora state sicuri che non concluderete mai niente. Per questo le femmine sono ancora indietro rispetto agli uomini, pure che c'hanno i cervelli tre volte più grandi: non sanno rischiare. La femmina sta al rischio come il formaggio sta al pesce; per quanto ogni volta te lo scordi e ci riprovi, è inutile che insisti a metterli insieme: nella pasta con le vongole, il parmigiano non c'entra niente.

«Tra TFR e soldi messi di lato, ce la facciamo», aggiungo.

Si rilassa. Rientra i denti dentro alle gengive e torna umana. Si tocca la pancia. Diventa morbida morbida, di colpo.

«Vedi che qua dentro c'è un bambino. E ci dobbiamo pensare noi. Non fare le cose al solito tuo.»

Me la guardo. In piedi, bella, con la mano sul bambino. Anzi, bella no. È la classica donna più sensuale che bella, Barbara. Non sono i capelli lunghi e castani, né il taglio d'occhi allungato e manco i lineamenti morbidi; è questo modo che c'ha di dire le cose, certe volte, a renderla così donna. Oltre a due *minne* di tutto rispetto, si capisce.

Non sono preoccupato. Sono duemila anni che dire minchiate alle donne funziona.

Mi avvicino in modalità bravo maritino e futuro padre, anche se il pensiero di paternità è vuoto. La abbraccio.

«Tu non ti preoccupare, a voi due ci penso io. Ho un sacco di sensazioni positive.»

«Ce le avevi pure all'asta? Che poi ancora mi devi spiegare che ci facevi, all'asta.»

«Te l'ho detto, devi avere fiducia in me.»

«Veramente hai detto un'altra cosa.»

«Appunto. È un'idea che spacca in una zona micidiale. Solo una cosa inutile potrebbe sbagliare.»

Mentre rimaniamo abbracciati sotto al Parco Nazionale Della Muffa, le sento dire la cosa più sincera che le sia mai uscita dalla bocca.

«È proprio questo che mi preoccupa.»

Questa è una di quelle situazioni che sembra che la conclusione si avvicina, e invece non è vero niente. Riuscire a farsi fare questo benedetto prestito ho la sensazione che sarà solo il primo atto di una lunga serie di casini.

A mia moglie devo nascondere la cosa. Pier Francesco è messo peggio di me, a quanto pare. Mia madre è mia madre. Intanto però, in banca vogliono la doppia ipoteca.

Papà...

È l'unico che mi può dare una mano, l'unico che posso provare a convincere. Potrei andare a piedi, ma mi tornano in mente le parole di Pier Francesco. E se le gambe fossero vero soggette a usura? Mi metto in macchina e arrivo a casa dei miei. Ci sono i soliti ragazzini che giocano a pallone. Quello scarso dell'altra volta non c'è; è la legge della natura, mi dico.

«Che ci fai qua?»

«Ti devo parlare.»

«Mi devi parlare?»

«Pa', non cominciare con le domande. Già sono nervoso di mio, oggi...»

«E perché sei nervoso?»

Lo guardo storto. Si scusa con mezzo gesto.

Ha finito di murare l'ingresso comunicante. Ora vive ufficialmente da solo, pure che la moglie è al piano di sopra.

Cucina e bagno, solo questo gli ha lasciato mia madre. Pure i mobili gli ha tolto, ha lo stretto necessario per sopravvivere: una sedia, una poltrona, un tavolo piccolo piccolo; sembra un bunker antiatomico.

«Vedo che ti sei sistemato bene», gli faccio.

«Non sai che guerra ho dovuto fare per ottenere la sedia.»

Vado per sedermi proprio sul suo trofeo di guerra, ma lui mi ferma.

«Tu mettiti sulla poltrona. Qua mi ci siedo io, che se non stai attento scoppi a terra.»

Prima di sedersi mi mostra i piedi incollati male, mezzi storti. Si accomoda prudente. Lo imito.

«Se non era mezza rotta secondo te me la dava?»

Decido che è meglio andare al sodo. Da un po' di tempo a questa parte non ci puoi fare lunghe conversazioni con mio padre, rischi di perderlo per strada. Devi andare dritto come un conduttore di telegiornale e sperare che sia giornata, che il vagone di egoismo sui binari della sua vecchiaia non abbia raggiunto la destinazione finale. Perché quelle che si dicono sulla dolcezza dei vecchi sono tutte minchiate. Più passano gli anni, più gli anziani imboccano una strada da cui non possono tornare indietro: pensare solo a se stessi.

«È inutile che ci giro attorno, pa'.»

«È inutile?»

«È inutile.»

«Che è successo?»

«Mi serve un prestito. Ma la banca vuole mettere un'ipoteca sulla casa.»

Mi zittisce con la mano e si alza di scatto. I piedi storti della sedia la fanno ribaltare per terra. Lo guardo. Va verso la porta, avvicina un orecchio per sentire dall'altra parte. Dà tre mandate, come se fuori ci fossero dieci cecchini professionisti e non sua moglie pronta a origliare.

Va verso la porta del bagno e chiude pure quella.

«E che c'entra la porta del bagno?»

«Che c'entra? Non si può sapere mai. La prudenza non è mai troppa con tua madre.»

Raccoglie la sedia dal pavimento. Si risiede. Ricomincio.

«E quindi niente, se devo aprire mi serve questo prest...»

Mi zittisce di nuovo, ha dimenticato di fare qualcosa. Non si sente ancora al sicuro. Si alza un'altra volta, la sedia si ribalta come prima.

«La cosa più importante...» precisa.

Si avvicina alla radio. La accende e sintonizza su Radio Maria. Controlla l'aria con lo sguardo, usa il naso come un agente segreto, fa le prove per vedere se sua moglie riuscirebbe a sentire dal piano di sopra. Alza il volume. Lo alza ancora e torna alla porta d'ingresso a controllare che sia tutto okay. Si prende qualche secondo, poi solleva la sedia da terra e torna sedersi.

«Ora puoi parlare...»

«Ma la musica non è troppo bassa, pa'?»

Va per alzarsi ma gli faccio capire che sto scherzando e lo fermo.

«Sulla casa del nonno la posso mettere io. Ma me ne servono due.»

«Perché quanto hai chiesto?»

«Cinquantamila.»

«E un'ipoteca sola non basta per una cifra del genere?»

«È quello che ho detto pure io.»

«E sei pronto?»

«Che vuol dire?»

«Come che vuol dire? C'è la vita prima dei prestiti, e la

vita dopo i prestiti. E dopo i prestiti, è sempre una vita di merda.»

«Pronto. Penso...»

«Sei pronto o non sei pronto?»

«Prima che mi facessi tutte 'ste paranoie ero pronto.»

Mi studia. Quello che sto dicendo non gli piace. Cerco di rassicurarlo.

«Sono pronto. Sono pronto.»

«Lo sai, no? 'sta casa è intestata a me. Quindi volendo ti potrei aiutare.»

«Volendo? O mi aiuti o non mi aiuti, pa'», gli rispondo, facendogli il verso.

«Ti aiuto. Il problema lo sai qual è...»

Indica verso il piano di sopra con un dito.

«La mamma?»

Fa sì sì con la testa.

«E non ci puoi parlare tu e convincerla? A me mi ha prestato duecentotrentacinque euro. Evidentemente non sono tanto bravo.»

Mi guarda come a dire: ma lo vedi come vivo?

«Mimmu', lo sai no? Io ti voglio aiutare. Secondo me te lo meriti. Ma ci sono cose davanti a cui non posso fare altro che allargare le braccia, lo sai.»

«Quindi la firma non me la metti. Ho capito.»

«Ho detto questo?»

«E che hai detto, allora?»

«Con chi ne hai parlato?»

«Con te e Pier Francesco. Ma è un periodo di merda pure per lui.»

«E basta?»

«E basta.»

«E tua moglie?»

«Mia moglie niente.»
«Mi stai dicendo che tua moglie non lo sa?»
«Non ne sa niente.»
«Meglio così.»

Guardiamo nel vuoto, ascoltando Radio Maria che manda a palla il suo rosario.

«Ma per forza 'stu canale, pa'?»
«Solo questo piglia.»

Le fedeli rispondono in coro alle chiamate dello speaker.

«La vuoi questa firma, o no?»
«Certo che la voglio!»
«E lo sai che cosa mi devi promettere in cambio?»
«No, non lo so.»
«Tre cose.»
«Spara.»
«Tua moglie non ne deve sapere niente. Tua madre non ne deve sapere niente. Niente di niente. Altrimenti quella mi scanna.»
«Okay. Non è mai stato più facile promettere qualcosa.»
«Prometti…»
«Promesso. Mi sto muto.»
«Le carte ce le hai qua? Me le puoi fare vedere?»
«Sì. C'ho tutto qua. Le prendo?»

Mentre piglio l'ipoteca da firmare, penso a due cose: è cambiato, papà; la vecchiaia l'ha ammorbidito vero. Forse lui si salva, il vagone dell'egoismo gli cammina piano piano dentro, c'è un attrito di resistenza. Mi viene un pensiero brutto: spero che campi meno di arrivare a vederselo spuntare al capolinea. L'altra cosa, la chiedo direttamente a lui.

«Ma dimmi una cosa: che c'entra mia moglie?»
«Che c'entra tua moglie? Perché se non lo sa manco lei,

io ho qualcosa con cui ricattarti se decidi di parlare con tua madre.»

«Okay. Perfetto. Ho capito.»

«Perfetto.»

«E la terza cosa pa'…»

«Chi bo' diri?»

«Hai detto che ti dovevo promettere tre cose. Qual era la terza?»

«La terza cosa? E ci vuole assai a capirlo?»

Mi invita con lo sguardo a guardarmi attorno. Dopo una vita di lavoro pare uno qualsiasi che vive sulla soglia della povertà. Una sedia, una poltrona e un tavolo. Manco i quadri alle pareti gli ha lasciato. E tutto per colpa di sua Maestà La Tirchiaggine: mia madre.

«La terza cosa è che mi devi prestare almeno tremila euro.»

QUINDICI

Mentre sto mettendo duemila firme alle carte del direttore per ottenere il prestito, tutto mi aspetto tranne che potrebbe succedermi qualcosa di peggio, questa settimana; figurarsi oggi stesso. E invece mi sbaglio alla grande.

«Signori, se mi perdonate…»

Mio padre si alza, stringe la mano del direttore.

«…ma io in banca meno ci sto e meglio mi sento», chiarisce.

Lo saluto con uno sguardo riconoscente. È già tanto che ci sia venuto, in banca. Figurarsi quanto gli è costato mettere le firme per l'ipoteca, perlopiù di nascosto alla donna più pericolosa sulla faccia della Terra, quando è ora di soldi e interessi.

«Noi ci vediamo dopo, Mimmo», mi fa.

Rimaniamo solo io e il direttore. Metto le ultime firme per il prestito.

«Mi sa che è fatta, signor Calò. Entro un paio di giorni riceverà l'accredito. Do subito comunicazione…»

«La ringrazio.»

«Così si può aprire la sua bella sfincioneria», mi dice con un sorrisetto a presa per il culo.

«Sì, ma non capisco che c'è da ridere, diretto'…»

«Ma quale ridere, signor Calò, io penso a tutti i piccioli che si farà con il suo negozio alla Magione. Anzi, mi aspetto un invito all'inaugurazione.»

«Alla Kalsa, diretto'. È alla Kalsa...»

«Va be', non sono vicine? Che ci cambia a noi? Sempre soldi farà.»

«Ma mi sta prendendo per il culo?»

Mi do una grattatina per esorcizzare il momento, non si può sapere mai. Lui prima ride, poi piglia la cornetta e telefona, ma non gli risponde nessuno. Mi fa capire che ci dobbiamo alzare.

L'ho fatto. Cinquantamila euro tondi tondi; in cambio, un tot da pagare ogni mese e l'ipoteca sulla casa che mi ha lasciato mio nonno e su quella dei miei genitori. Ma per la mia sfincioneria, questo e altro. Quando inizierò a stampare piccioli con la pala, questa faccia di culo del direttore sarà solo un brutto ricordo. Lui e le sue risatine *attassine*. Perché sì, ora è ufficiale: odio ogni direttore di banca di ogni pianeta in ogni universo parallelo possibile. Sono uno che si lascia condizionare.

Mi metto in piedi a fatica, come un automa, mi gira la testa e decido che è per l'odore dell'inchiostro della penna con cui ho firmato. Ma non c'entra. È il primo debito, la verginità che ho perso, quello è. Aveva ragione mio padre? Mi accompagna alla porta, me la apre.

«La accompagno all'uscita...»

«Grazie», gli faccio, odiandolo con tutte le energie che c'ho in corpo.

Mi sento un deportato, accompagnato a morire dal suo aguzzino, coccolato da un silenzio surreale. Ma come mai tutto 'sto silenzio? E non lo so ancora che veramente sta per arrivare uno di quei momenti che ti fanno vedere l'altra faccia della medaglia della vita che, lo preciso per i meno perspicaci, è la morte. Attraversiamo il corridoio; mi parla ma non lo sento, non lo so che dice.

Non sento niente fino a quando non distinguo una voce diversa, di un altro. La voce fa:

«Guarda chi c'è: il direttore!»

Io penso che lo conosce e che c'hanno confidenza. Non ci faccio caso. Mi metto la faccia da scemo e continuo, mentre il direttore si è piantato sui piedi. Faccio ancora qualche passo a testa bassa, pensando solo al sorriso più ipocrita che mi viene, quello che per qualche mese dovrò sfoggiare con mia moglie per pigliarla per il culo su questa storia dei debiti.

Poi però sento la stessa voce di prima che dice:

«I signori si vogliono accomodare?»

E allora capisco che Barbara veramente è l'ultimo dei miei problemi. Non subito. Lo capisco quando, a testa bassa, vedo tutta la sala d'attesa della banca piena di gente sdraiata per terra, immobile come se fosse morta, come in un film apocalittico con i cadaveri della persone ammucchiati uno vicino all'altro. Ma non sono morti, per fortuna. Non ancora.

Vedo la Voce che mi fa un cenno con la mano, con tanto di accompagnamento di polso, come a dire: *non ti sembra abbastanza comodo il pavimento? Ti vuoi mettere a fare lo schizzinoso?*

Non me lo faccio dire due volte, manco ha finito il gesto che sono già bello che sdraiato. Il direttore, invece, sembra paralizzato. Rimane in piedi. E allora il rapinatore cerca di usare tutto il suo carisma per convincerlo.

«*N'tierra! A facci n'tierra!*»

Ma quello niente, sembra che non ci sente e non ci vede. Anzi sembra proprio uno di quei bambini autistici che tu gli parli e loro continuano a toccarsi le mani senza manco guardarti.

E se c'è una cosa che ho capito in quarantaquattro anni di vita è che non bisogna mai mettere alla prova il carisma di uno che tiene una pistola in mano. Soprattutto se tu non ce l'hai, sì, ma pure in generale; insomma, mai. A meno che non sia strettamente necessario, e non è mai strettamente necessario, se analizzate bene le situazioni. Il carisma non si dimostra, si porta. E quando qualche maleducato ti sottolinea che non si vede abbastanza, si trasforma in violenza. E a noi cacasotto non ci piace la violenza.

Il direttore non si muove. È talmente immobile che il rapinatore pare che non ci crede e fa un passo verso di lui per guardarlo meglio, da più vicino.

Interviene il cassiere simpatico, la star della clientela. La sua voce arriva sicura, pure che c'ha la pistola dell'altro rapinatore puntata dietro alla schiena, mentre il complice numero tre si riempie gli zaini di soldi, saltando da un banco all'altro.

«*Curcati n'tierra, cosa inutile!*»

Lo dice, sì, fregandosene altamente delle conseguenze presenti e future e guadagnandosi definitivamente la mia stima, per quanto possa valere da qua sotto, con la faccia terrorizzata, schiacciata e patetica sul pavimento. È sempre stato il mio personaggio preferito all'interno della banca, sin dalla prima volta che ci sono venuto.

«*Senti all'amico tuo diretto'*», gli fa il rapinatore, mettendosi faccia e faccia, «*poi rumani 'u licenzi!*»

Ride.

Il direttore pare che stavolta sente, e piano piano comincia a fare qualche movimento che culmina con il sospiro di sollievo di tutti noi, tutti gli altri, i finti morti sdraiati per terra, quando ci raggiunge nella posizione di quasi cadaveri. Inizio a pensare di avere qualche chance di non morire.

I rapinatori mi sembrano tutti tranquilli, gente che sa quello che fa. A parte uno: quello che zompetta qua e là alla ricerca dei soldi. E infatti si incazza con il cassiere simpatico perché non gli vuole aprire una cassaforte. Sembra avercela particolarmente con la madre del cassiere e con la sua abilità nel fare i pompini e nella prostituzione in generale.

Ora ci vuole, a un siciliano tutto gli puoi fare meno che toccargli la madre in pubblico, soprattutto se non avete confidenza particolare. È una questione di immagine: quando qualcuno ti dà del figlio di pulla senza motivo è come se l'intero universo si fermasse a pensare: *e ora che fa, se la tiene?* E se te la tieni sei finito, diventi il signor nessuno della giornata, un'etichetta che ti si appiccica addosso invisibile e che fa di te un uomo definitivamente inferiore agli occhi di tutti. Il simpatico però mi è sembrato uno sveglio, uno che non si scompone, uno che non si fa prendere dall'emotività e pure che la conosce bene questa regola, lo sa quando è ora di soprassedere.

E invece il simpatico sta per darmi la delusione più grossa da quando lo conosco, quella che me lo farà ricordare per il resto della mia vita, ammesso che ne avrò ancora una da qui a qualche minuto, come un coglionazzo col pedigree, una testa di minchia dall'unghia della zampa fino al garrese, un vero minchione da competizione.

Il simpatico, in un momento di distrazione di tutti, pensa bene di pigliare il fermacarte, uno di quelli pesanti, nascondendoselo lungo la coscia. Io lo vedo, gli faccio un cenno di disapprovazione con gli occhi, provo a comunicargli di non fare proprio un cazzo, che non sono piccioli nostri quelli, che quella che è stata appena accusata di buttanesimo è madre solo a lui e noi non c'entriamo niente. Provo a fargli capire che nessuno lo piglierà per il culo, che sua madre lo perdonerà pure che non la vendica. Ma ho la vaga sensazione che il testa di cazzo non mi sta capendo proprio, che se ne andrà di testa sua. Uso tutta la forza evocativa che c'ho negli occhi per spiegarglielo meglio, mi concentro, sembro uscito da un western, c'ho gli occhi stretti stretti, le sopracciglia lampeggianti che gli segnalano il pericolo che gli voglio raccontare con lo sguardo… e quello che fa? Che cosa fa il finto simpatico, l'errore di valutazione più significativo della mia carriera di giornalista del genere umano?

Mi scaccia l'occhio.

Fa uno sguardo come a dire che la sa lunga, lui, e stringe la palpebra con un movimento veloce e sicuro. Ma sicuro di che? Ma sicuro di cosa? Che cazzo vuoi fare, faccia di minchia di primissima categoria? Mi arriva il panico, non mi piace quando la mia vita è nelle mani degli altri, soprattutto di quelli che vogliono fare gli eroi e invece sono solo dei cassieri di banca. Che cazzo vuol dire l'occhiolino in una situazione del genere? Ma ti pare che siamo a cena fuori e hai appena fatto una battuta del cazzo? Qua c'è in palio la vita di un bordello di persone, e tu ti giochi ammiccamenti e ferma carte?

E la risposta, purtroppo, è sì. Glielo leggo sulla faccia che sta per fare quello che non dovrebbe. Si vede lontano un chilometro che sta facendo il conto alla rovescia. E chi fa conti alla rovescia, chi si deve preparare a fare qualche cosa scandendosi il tempo da solo, non sa fare proprio niente otto volte su dieci.

Il sopravvalutato dalla battuta pronta, alza il braccio, piglia la rincorsa e prova a colpire in testa il rapinatore. PAM, all'altezza del cervelletto.

Il rapinatore rimane immobile, sembra intontito ma non cade, gira gli occhi all'indietro. Sembra rimanere in bilico.

Gli altri due si guardano la scena, senza muovere un dito.

«*Viri ca pulla c'è to matri*», gli fa il cassiere, convinto.

Il ragionamento non fa una piega, solo che non stiamo giocando a calcio tedesco sotto casa ma siamo nel bel mezzo di una rapina.

Il rapinatore sembra che ha accusato il colpo, gli si vede il bianco degli occhi. Ora sviene, penso.

E invece no, non sta svenendo: si sta definitivamente incazzando. Si gira lentamente a guardare in faccia chi l'ha colpito, con un movimento della testa fiero e deciso. Gli fa una *talìata** che è un presagio bello preciso: ora muori.

I complici si mettono a ridere, si vede che lo conoscono bene e che lo sanno che ora lo scanna dalla bella, al simpaticone.

Ma sarà il panico, sarà che proprio il cassiere non c'ha capito niente della situazione di merda in cui si trova, ma il coglionazzo si lancia addosso al rapinatore e prova a soffocarlo facendogli l'ombrello attorno al collo.

Quello prova a divincolarsi, lo solleva e tenta di schiacciarlo buttandosi all'indietro, contro al muro. C'ha la pistola in mano, ma non vuole sparare, se no l'avrebbe fatto già. Lo vuole schiacciare. Una, due, tre volte; STUNF; STUNF, STUNF; il cassiere però resiste, non molla. Rumore di ossa.

«Tutti fermi gridano gli altri due», come se qualcun altro avesse voglia di mettersi a fare l'eroe.

Io gli vorrei dire di stare tranquilli, che è una questione di probabilità; una stanza con una ventina di persone, si distribuisce più o meno in questo modo: cinque svegli, quattordici coglioncelli e un solo coglione totale. Uno soltanto. E il coglione totale è già in azione, attaccato come una cozza al collo di uno col passamontagna e la pistola, e cioè alla persona sbagliata. Tutti gli altri rimarranno fermi.

Matematico, come un rigore alla Juventus a due giornate dalla fine del campionato.

Parte un colpo di pistola, il cassiere si piglia un proiettile sul gomito.

«Aaaaaaaaahhhh», grida, prima di mettersi a bestemmiare tutti i santi che conosce.

Ma le probabilità sono fatte per essere ribaltate, ed è a questo punto che tutte le regole statistiche che mi sono messo in testa se ne vanno a puttane. Perché prima di ora non lo pensavo, ma in una stanza con venti persone, il coglione può non essere solo uno. È raro eh, ma possono essere pure due.

E infatti la guardia giurata che era stata immobilizzata dal terzo bandito, quello che fino a ora non aveva fatto un cazzo, si prende di invidia e vuole dimostrare di essere lui il vero idiota, il numero uno dell'inutilità e dell'inappropriatezza, e fa per rubargli la pistola.

L'idea non solo è tra le più stupide che un mammifero possa concepire in una situazione come questa, persino più stupida del provare a colpirlo con un fermacarte, ma è ancora più assurda perché la guardia giurata pesa centoventi chili e si muove con la stessa agilità di un armadio a tre ante.

La afferra, ma cade e la pistola gli scivola subito dalle mani. Il rapinatore non se ne accorge e gli salta addosso per recuperarla. Rotolano.

Il rapinatore numero due, da cui è partito il colpo per il cassiere, si incazza per davvero e stavolta si mette a sparare di proposito. Preciso come una sarta.

SPAM, ammazza l'eroe sovrappeso.

Silenzio.

Urla.

Tengo la faccia più appiccicata che posso al pavimento,

non riesco a fare altro. Sento solo il mio respiro, vicino, dentro; il resto è lontano. Chiudo gli occhi. Le voci sono distanti. Gente che urla dall'altra parte della strada, e che invece è sdraiata accanto a me. Mi concentro sul respiro, mi sembra l'unico modo per fermare il cuore, che se ne è andato definitivamente a fare in culo. Sto per morire, fine della storia. Non mi resta che aspettare. Vorrei dire un'Ave Maria, ma non mi esce *manco se*. Sento un altro colpo.

Urla.

Stringo gli occhi più forte che posso e aspetto che l'anima mi esca dal corpo. Sto per crepare, morto ammazzato, sto per lasciare un debito di cinquantamila euro a mia moglie come uno di quei coglioni che si gioca tutto a poker e poi si spara in testa. È come se fossi svenuto, solo che la testa mi funziona. Male ma mi funziona.

Più fermo di così non posso stare, ogni muscolo è concentrato per cercare di rimanere immobile, nella speranza che questo atteggiamento mi porti miracolosamente fuori da questa stanza e mi restituisca alla vita. Mi arriva un sapore forte di sangue in bocca e allora mollo qualche muscolo della mascella. Sangue, l'ultimo sapore che vorrei sentire. Si vede che è questo il sapore della morte; e pure che è di una banalità sconvolgente, in effetti quale poteva essere? La mascella mi fa TAC, come se non si muovesse da tre giorni. Okay, sono morto, è finita. Stop. Ma il sangue aumenta, e sento una cosa calda che mi invade la faccia e si va allargando a poco a poco. Mi piglio di coraggio e apro gli occhi, voglio vedere un'ultima volta questo mondo prima di lasciarlo nelle mani di questi sconosciuti.

Rosso. Non vedo altro.

Il sangue del ciccione si è allargato a macchia d'olio e mi è arrivato addosso. Non è sangue mio. Mi metterei a gridare dalla gioia, ma non voglio rubare la scena ai due coglionazzi, attirando tutta l'attenzione su di me. Non sono mai stato così felice della morte di qualcun altro in tutti questi anni. Penso che la vita veramente è bella e che col cazzo che Mimmo Calò se la fa levare come una guardia giurata qualsiasi. Torno a sentirci, le orecchie aprono i battenti e si collegano al cervello.

«Zitto! Statti zitto!» urlano i rapinatori al cassiere che continua a strillare come una tredicenne che si trova le mutande sporche di sangue per la prima volta.

Inizio a sperare che gli sparino e poi mi sento sollevare come se fosse Dio in persona a farlo.

«Amunì, andiamo. Spìcciati!»

Non è Dio, è il rapinatore numero uno. Mi trascina usandomi come scudo e brandendo la pistola contro tutti i presenti.

«Tutti fermi o lo ammazzo!»

Cammina all'indietro e mi tira. I talloni mi scivolano per terra. Mi trascina. Sono in ostaggio. Sono il suo carrello della spesa umano. Qualche cosa mi scorre dalla testa giù fino al collo. Forse un passamontagna messo al contrario. Non vedo più niente.

Buio.

SEDICI

Quando torno a vederci, sono in macchina con loro. L'autista, il palo che li ha aspettati davanti alla banca, guida spedito, ma senza dare troppo nell'occhio. Mi tiro su, risalendo il sedile. Non parla nessuno e l'autista comincia a spizzarmi dallo specchietto. Mi guardo intorno. Siamo fuori città.

Mi sento intontito, devono avermi messo qualche cosa sotto al naso per addormentarmi. Mi tocco comunque la testa per vedere se ho bozzi, se mi hanno dato qualche botta. Quello continua a guardarmi dal retrovisore.

«Picciotti, ma l'avete capito a chi avete preso?» gli fa l'autista a tutti gli altri.

«*Picchì, cu' è?*» risponde il rapinatore numero uno.

«Come cu' è…»

«Chi minchia è?» fa il numero due.

«Come chi minchia è…» insiste l'autista.

«Effettivamente mi pare conoscente», fa il numero tre.

Ho gli occhi di tutti puntati addosso.

«Dai che lo conoscete. Appena ve lo dico uscite pazzi, uscite.»

«Io non l'ho capito…»

Vanno avanti così tipo per cinque minuti. Poi l'autista si decide.

«Ve lo dico e basta va», fa l'autista rassegnato, prima di rivolgersi a me.

«Non sei Mimmo Calò tu? Quello delle partite?»

Faccio cenno di sì con la testa.

«Noooooo», fanno tutti in coro, tranne l'autista. Stupiti.

«Ve lo avevo detto...»

«Questo sì che è un problema», fa il rapinatore numero uno, senza che nessuno se lo caca.

Gli altri mi cominciano a dare pacche sulle spalle, a regalarmi sorrisi e parole di stima. Solo il rapinatore numero uno continua a dire che è un problema, e io non lo capisco proprio perché.

Appena finisce l'effetto novità, quando è già stanco del personaggio famoso, cioè io, l'autista gli chiede spiegazioni.

«Qual è il problema, scusa?»

«Come facciamo ora ad ammazzarlo?»

«Perché, qual è il problema?» fa il numero due.

Diventa un faccia a faccia tra numero uno e due.

«Ma dici vero che vuoi ammazzare a Mimmo Calò? È un mito per me e per mezza città.»

«Sì ma si era detto di ammazzarlo perché ormai c'ha visto in faccia a tutti quanti. Vogliamo fare disparità solo perché è uno famoso?»

«Non lo possiamo ammazzare, piccio'. Non si può fare», ribadisce il numero uno.

«Allora lo vedi che fai disparità? Facciamo tutti gli evoluti e poi ci lasciamo ammorbidire da minchiate del genere.»

Gli vorrei dire che è vero, che non si può fare, che se si avvicina me lo abbraccio, che lo invito in trasmissione appena me la riaprono. Ma mi sto zitto.

Mi sento intontito. Devono avermi dato qualche cosa di

forte per addormentarmi. Torna tutto buio. Le voci restano, le sento confuse, distorte, da lontano.

«No...no...noooon si può fare ma si deeeve faaaare... tuuuu... io?... tuuuu che dici Scuderi?» chiedono al numero tre, che fino a ora si è stato zitto.

«Sentiaaamooow che diceeew luiii. Secondoooow te ti dooobbiamooow ammazzare? Anche vistoooo e considerato ooow che questo coglione ti ha appeeeenaaaa dettooow il mio nome...» mi fa.

«Minchia scuuuusa», gli risponde il numero due, «vabbe' ormai mi sembraaaaw evidente quello che dobbiamo fareeeew. O no?»

Mi risveglio dal black out che siamo arrivati a destinazione. Mi sembra che siano passate due ore. È aperta campagna, c'è un casolare a una trentina di metri da noi. Scendiamo. Barcollo un po'.

«Arriviscisti?» mi chiede l'autista, pensieroso per la mia salute.

Ricomincio a mettere a fuoco le cose, la situazione, il contesto. L'ho odiata sempre la campagna. L'ho proprio schifata sempre a morte, per via degli insetti, dei topi, dei tramonti, dei gechi, dell'impollinazione, delle campane attaccate al collo degli animali, del silenzio, delle cicale, della terra arata, dei formicai, dei galli che cantano e soprattutto per via della cosa che fra tutte è più insopportabile al mondo e che la campagna ti offre manco fossi un ospite d'onore: il tempo per pensare. L'ho sempre odiata la campagna. E ora ci morirò.

Tutti mi guardano, come se 'stu fatto che me l'hanno chiesto avesse vero un senso.

«Non c'hai risposto. Ti dobbiamo ammazzare o no?»

«Fate quello che dovete fare, io lo capisco», gli dico.

Bluffo. Mi fingo tranquillo ma mi sto cacando definitivamente sotto. Piglio tempo per trovare la cosa giusta da dire. Parto in quinta:

«Lo capisco. Avete fatto una rapina, è andata male nel senso che uno ci è rimasto e vi siete portati dietro un ostaggio. Ora questo può stare due ore a dirvi di stare tranquilli, che non vi denuncerà mai, ma è inutile che lo fa, che ve lo dice. Perché? Perché non lo conoscete.»

«Vai avanti», mi fa il numero uno.

«Solo che voi a me mi conoscete.»

Mi piglio una pausa, cerco di studiare le reazioni. Sembrano predisposti, li ho incuriositi. Continuo.

«Sono Mimmo Calò. Avete passato più domeniche con me che con vostra zia. E cosa ancora più importante, a me mi conoscono tutti. E a voi, l'ultima cosa che vi serve è un po' di popolarità dietro a tutta questa storia.»

Me la gioco bene. Parlo di lusso, sembro uno che la sa lunga. Pure se muoio, muoio felice, dopo un monologo del genere. Ma non ho finito…

«Detto questo, non me ne frega un cazzo di denunciarvi. Mi piace farmi i cazzi miei. E voi a me non mi avete fatto niente, fino a ora…»

Cala il silenzio. Si guardano tutti. Mi sembra che li ho convinti. Mi sento il re dei paraculo. Mimmo Calò non muore, ve lo dico io.

E invece si mettono a ridere fra di loro e fanno cenno all'autista di pensarci lui, mentre loro si incamminano verso il casolare.

«Bravo però, ci avevi quasi convinti», mi urla uno, mentre si allontana.

Ridono tutti. Se ne vanno, si fanno sempre più piccoli e per un attimo penso di scappare, ma quello ha già la pistola in mano e non ho dove andare. Siamo in mezzo al nulla, uno spazio aperto di quelli che non ti lasciano speranze, se uno ti deve sparare. Senza ripari.

«Mi faccio una pisciata e ti sparo. Ditti quattro preghiere, nel frattempo», mi fa.

Mentre mi tiene d'occhio, se la esce dai pantaloni e si scuote in un brivido. Piscia.

Il rumore del suo getto sarà l'ultima cosa che sentirò prima dello sparo.

DICIASSETTE

Ci sono solo due momenti nella vita di un uomo. Tutti gli altri non contano. E ve lo dice chi ne sta vivendo uno di quelli decisivi proprio ora. Sono due. E chi dice che sono di più, non c'ha capito proprio niente.

Il primo momento, è quando trovi la prima donna brava a letto. E il secondo, è quando quella donna ti lascia. Fine della storia.

Perché l'uomo moderno non esce vivo dalla relazione su cui fonderà la vita sessuale del resto dei suoi giorni. Può essere bella, brutta, alta, bassa, ci può avere pure un neo pieno di peli o i piedi storti, ma la prima porca non si scorda mai. Più formativa di un padre, più importante di tredici anni di scuola dell'obbligo, la prima femmina brava a letto è la spina dorsale dell'esistenza di un maschio, la sorregge e fa passare tutti gli input sessuali futuri. Senza di quella, l'uomo non esiste, è un diversamente impotente, con un'erezione molto lontana da standard accettabili. E questa femmina non c'è nulla e nessuno che possa sostituirla nel ruolo che la natura stessa le ha affidato.

Quando ero piccolo e giocavo a pallone, sognavo di avere un muro, alto alto e lungo lungo, con uno spiazzale enorme di fronte su cui esercitarmi con il tiro forte, senza freni e senza paura di arroccare il pallone quando ti schizzava indietro. Il muro perfetto, quello che di sicuro avevano avuto il culo di trovarsi proprio sotto casa quelli che alla fine sono diventati campioni. La prima fidanzata davvero disinibita è come quel muro; e in base a quanto è brava, ti può portare dritta nella serie A del sesso, oppure lasciarti alle categorie inferiori o peggio ancora tra i dilettanti.

La brava insegnante, all'inizio, semplicemente ti lascia fare. Subisce, ma c'ha l'occhio sveglio mentre la prendi da dietro e non ti pare vero che non ti ferma, ti spiazza e te lo fa capire in una frazione di secondo che, ancora, non hai visto niente. Che sa fare di meglio. Perché poi, a un certo punto, possono volerci minuti, giorni oppure mesi, la porca prende la situazione in mano; ti ci puoi giocare la casa. E tu, finalmente, diventi veramente adulto. Perché pure se hai già trentacinque anni, solo allora lo capisci chi sei e dove puoi andare; e la vita si spalanca. E, come un mazzo di chiavi che ti scivola rocambolescamente dentro un tombino, quel briciolo di sanità mentale che avevi difeso a calci e pugni per tutta l'adolescenza, lo perdi in un attimo che è uno.

Perché non si trova da tutte la parti una con la quale allenarsi a letto senza freni, e allora pure che è talmente brutta che ti concentri sul comodino mentre è a novanta, la relazione dura comunque almeno almeno un anno. Cosa che in caso di femmina normodotata su una scala di misura della zozzaggine da zero a Sabrina Salerno, non succederebbe mai.

Il secondo momento nella vita di un uomo invece, più importante del matrimonio e della nascita di un figlio, è quando questa femmina ti lascia. Perché prima o poi ti lascia, la verità; di solito, subito dopo che te ne sei innamorato, come vuole la tradizione. Perché ti innamori di una femmina così, pure che c'ha l'alito che puzza di carogna. Perché l'uomo una cosa vuole, e se gli capita di trovare la femmina che gliela dà con passione, senza lamentarsi, quello può morire così, felice, senza muoversi più dal letto manco per andare al cesso. Ma quando ti lascia... quando ti lascia, allora non c'è strazio, non c'è frustrazione, non c'è finale dei mondiali persa ai rigori che sia paragonabile al vuoto lasciato da quella femmina. Pianto a dirotto, rigurgiti di sangue, perdita dei capelli; ho sempre pensato che essere lasciato da una donna del genere avesse un po' gli stessi sintomi di una malattia incurabile che porta alla morte. La ragione? Puoi essere siciliano, bello, brutto, ci puoi avere trenta centimetri di personale, ci puoi avere gli occhi azzurri e i capelli che sanno di gelsomino, puoi essere nervoso, pacato, cattolico, induista, ladro, accomodante o presuntuoso, puoi essere pure un fottuto presidente di qualche super potenza con tanto di armi nucleari nel garage di casa, ma puoi credere a Mimmo Calò che il chiodo fisso, il pensiero che ti manda a fare in culo ogni certezza, chiunque tu sia, sempre uno è: con chi sta facendo le cose che faceva con me?

E allora il pensiero diventa immagine, diventa il film di una vita che ti passa davanti agli occhi e che ti racconta tutta la sua vita sessuale futura, fatta di super dotati di ogni razza, migliori amici, tuoi e suoi, animali ed extraterrestri con piselli a due teste, mentre tu passi il resto dei tuoi giorni a cercare di fartelo venire duro con la prima puttana che hai raccattato, pagato in anticipo e che ora non riesci manco a scoparti perché continui a pensare a lei, il cesso mondiale che ami: la prima fidanzatina zozza.

E invece, pure che l'ho sempre pensata così, che non c'è niente di peggio del momento in cui si viene lasciati da una ragazza del genere, quel momento non è come morire. Essere mollati dalla numero uno che abbiate mai incontrato fino a quel momento sulla vostra strada, non è come morire, manco per niente. Ora che lo so com'è, ora che la morte è vicina, alla distanza degli schizzi di uno sconosciuto che mi piscia vicino, ora che è uno spiffero che mi arriva dritto sul collo a darmi un brivido, mi sento che le ho sopravvalutate molte cose di questa vita che avrei voluto fosse completamente diversa. Che avrei voluto piena di alternative.

Ma la morte non dà risposte alle alternative. E non dà alternative al pensiero, soprattutto. Ora che questa morte che ho pensato spesso quando non c'era motivo sta per succedermi di incontrarla da vicino per la seconda volta nell'arco di un'ora, lo so: non c'entra niente con la sofferenza per una femmina che ti molla.

E a differenza di quanto si possa credere, non è che quando stai per morire ti puoi mettere a pensare a chissà che, non è che diventi filosofo di colpo, non è che hai molte alternative in quei pochi minuti. Il cervello cerca di trovare un ragionamento che ti convinca a rassegnarti, ma non lo trova. E allora i pensieri se ne vanno per i fatti loro, a muzzo.

La rassegnazione è un giocattolo per i vivi. I quasi morti sono pieni di impeti e aspettative che non avevano considerato mai. Per questo non è bella la morte che arriva suonando al citofono, e che è molto peggio di quella che entra senza bussare: ti ricorda che se c'era un modo sbagliato per vivere i tuoi anni, tu l'hai seguito alla grande, fedele manco fosse una religione. Ti dà il tempo di pensarci bene, mentre lei sale le scale.

L'urina di un semi sconosciuto che si infrange sulla terra nuda, schizzandogli le scarpe; la colonna sonora dei miei ultimi pensieri. Ci provo a sentire altro, ma non c'è un cazzo di niente, solo alberi e terra che si perde a vista d'occhio, manco un fottuto stimolo che anestetizzi le idee. Morire in aperta campagna, coi pensieri *a muzzo*, coi ricordi che non c'entrano.

Come tutto 'sto pensiero dedicato alle femmine brave a letto e quindi a Giulia, la prima fidanzata che c'ha avuto il piacere di farmi impazzire veramente, quella che non lo so se mi c'ha portato nella serie A del sesso, ma minimo minimo mi ha portato fino ai play off. Giulia, una ex perduta, di quelle senza manco troppo senso. Giulia Lo Piccolo, che non lo so proprio per quale motivo la sto pensando proprio ora durante questa pisciata che vorrei non finisse mai, in mezzo alle alternative e alla rassegnazione, alle filosofie mancate e all'aperta campagna.

Giulia Lo Piccolo che non era bella. Che non era manco intelligente, però quella, e questo lo sapete, può pure essere una qualità. Che alla fine degli anni Ottanta, quando le femmine non si depilavano ancora manco le ascelle e il bigodino le rendeva leonine, lei si depilava già integralmente, visionaria, antesignana della felicità del genere maschile tutto. Una maestra per un'intera generazione di esibizioniste delle cerette estreme, di strisce e zig zag ambiziosi che da lei ha ricevuto il testimone, grazie a Dio, verso la fine dei Novanta.

Giulia che non era bella proprio per niente. Che il suo problema principale era il naso, che era non solo lungo ma pure un po' più strano del normale, più simile al piede di una sedia che a un naso vero. E che siccome quando la natura si mette a fare scherzi, può essere stronza per davvero, Giulia Lo Piccolo, che pure a culo era messa veramente bene, Giulia era pure quella che ci aveva anche un altro difetto che la rendeva, a una prima occhiata, sessualmente insignificante: le tette minuscole. Minuscole proprio. Giulia Lo Piccolo che non ci aveva semplicemente le *minne* piccole, Giulia Lo Piccolo che c'aveva un seno con lo stesso appeal di quelli che si disegnano sui vetri appannati delle macchine o sugli specchi del bagno dopo una doccia calda. Giulia Lo Piccolo che le sue tette sfidavano il concetto stesso di tridimensionalità, che la chiamavano due schiene. Giulia Lo Piccolo che mi voleva bene e non me l'ha detto mai. Giulia Lo Piccolo, che è morta di cancro a ventotto anni e non ci sono andato manco al funerale. *C'ho la diretta, mi dispiace*, ho detto ai quattro amici che ci erano rimasti in comune.

Giulia Lo Piccolo, che ha sfilato morta per Palermo senza di me, perché Mimmo Calò non li ha voluti vedere mai i morti, c'ha avuto sempre un problema con queste cose. Giulia Lo Piccolo che l'ha fatto divertire un sacco a Mimmo Calò, uno che non se la meritava proprio.

Uno che le avrebbe voltato le spalle nel momento più importante.

DICIOTTO

In sequenza: il rumore del getto del piscio di uno sconosciuto, la cerniera dei jeans che si alza, la mano che si asciuga sui pantaloni, la sicura della pistola che si sgancia, l'ultimo respiro e poi uno sparo. Ogni suono, esaltato nel silenzio della campagna. Questo sentirò, per colpa di un prestito che manco avrei dovuto fare, che mi ha portato in quella banca che sto maledicendo con tutto me stesso ormai da più di un'ora. Bisognerebbe essere tutti come a mia madre: contrari ideologicamente alle banche. Che beffa sarà per lei, che non c'ha mai messo piede, perdere l'unico figlio così, per colpa di una rapina.

L'autista non ha ancora finito di pisciare, e a me mi pare che da quando ha cominciato a farla sia passata una vita. La mia.

Gli altri tre, che si erano allontanati, si fermano e fanno capolino per un paio di secondi. Parlano e gesticolano, ma poca roba, un paio di movimenti della mano, lo standard per farsi capire.

Poi, all'improvviso, fanno per tornare indietro. Vengono verso di noi col passo spedito. Camminano come camminano i gangster nei film, col passo sincronizzato, al rallenty. Falcate lunghe, occhiali a goccia, braccia che penzolano sicure. Giaguari a *Super Quark*. Io li studio, sono il loro Piero Angela. Vengono a salvarmi, ve lo dico io, ve lo dice

Mimmo Calò. L'hanno capito che è una stronzata, che non c'è motivo: Mimmo Calò se lo sa tenere un segreto, lo capirebbe pure un bambino mezzo scemo, figurarsi dei gangster super fichi come loro, che fermano il tempo e camminano al rallentatore, quando è ora di decidere delle sorti di qualcuno. E loro hanno deciso: mi salvo. Pochi cazzi.

La santità ci vorrebbe per le persone intelligenti, quelle che hanno il coraggio di cambiare idea, quelle che tornano indietro, pigliano le pistole e dicono: fermi tutti, Mimmo Calò non deve morire in aperta campagna, anzi non deve morire proprio. E se qualcuno *pipitìa*, se qualche autista da quattro soldi si permette di parlare, gli piantano una pallottola in testa e lo lasciano a pisciarsi addosso, con l'arsenale ancora di fuori.

I Santi camminano ancora, sono ormai a un paio di metri dall'autista, a poco più da me. Fanno quello che sanno fare: salvare vite, sguainando le pistole. Non tutti, solo il Santo numero uno e il numero tre. Il numero due invece, il ferro se lo tiene nei pantaloni. Mi scappa un sorriso che mi dovrei conservare, si tende lungo la faccia come un elastico. Sto sbagliando, ma forse va bene. Mimmo Calò non deve ringraziare nessuno, o almeno non lo deve fare vedere con sorrisi di riconoscenza. Cerco di mettere a riposo la gioia, ma l'elastico si è tirato troppo e si è slabbrato: mi esce una faccia da cazzo da guinness dei primati. Mi sento uno scemo, ma me ne fotto, ora. Me li vorrei abbracciare tutti, i Santi. Uno per uno.

L'autista si gira, colto di sorpresa prova a rimettersi a posto tutto dentro le mutande.

«Oh, che succede?» fa.

Non ha il tempo di scrollarsi per bene, si bagna i jeans sulla coscia. Quando si gira, il santo numero uno gli ha già piazzato la canna sopra l'orecchio destro, cioè in testa.

«Oh piccio', ma veramente state facendo?» gli fa l'autista.

«Sì», gli vorrei urlare io, «sì, fanno davvero», ma ho il buon senso di starmi zitto, anche perché il Santo numero due viene verso di me. Angelico. Disarmato. Sorride. Vuole abbracciarmi, mi tende una mano, viene in pace e porta la vita. Mi sembra di provare qualcosa per lui, qualcosa che somiglia all'amore ma è di più, come se ci fosse Dio a guardarci dall'alto e a unirci in una benedizione che ci legherà per sempre. Una benedizione originale, senza filtri di *parrini*, un sacramento nuovo inventato solo per noi.

Il Santo numero due non cammina verso di me: fluttua. Allungo la mano verso la sua. Le nostre carni si toccano nel nuovo sacramento. A me mi sembra il momento più dolce di tutta la mia vita, c'ha un grembo quell'uomo, non un arto. *Ti amo*, c'ho scritto negli occhi. *Ti amo*.

È un attimo però, e mi sento tirare. Il braccio pare che si spezza e tempo niente mi ritrovo di spalle, col gomito dietro la schiena e una pistola puntata sul collo. Se mi spara, innaffio di sangue il gelsomino che è almeno a due metri da me. Il braccio tira, il polso è caldo come se gli stessero dando fuoco.

Mi esce un suono da femminuccia, l'ultima cosa che mi ci vuole: la sottomissione totale al traditore, la perdita definitiva del controllo sul corpo e sui nervi.

«Ahii», urlo coraggioso.

Se qualcuno me lo avesse detto qualche giorno fa che con una pistola puntata al collo, mentre qualcuno cerca di spezzarmi un braccio, avrei reagito con un *ahii*, l'avrei denunciato per diffamazione. E invece lo ripeto pure, faccio subito una doppietta, nel caso a qualcuno dei presenti fosse sfuggito quanto mi sto cacando sotto e quanto sarà ridicola la mia opposizione.

«Ahii… ahii!»

Mi fa fare un giro di cento ottanta gradi e mi mette faccia e faccia con l'autista. Lui c'ha ancora la pistola di quell'altro puntata sopra l'orecchio, cioè in testa, in pratica dove, se ti sparano, è sicuro che muori.

Il terzo mi si avvicina e mi punta pure lui la pistola contro la faccia. In faccia non è detto che si muore, ma se sopravvivi non è che te la passi tanto bene.

Il Santo che sta per spezzarmi il braccio però, non ha ancora finito di stupirmi. Piglia la pistola e me la stacca dal collo, la allontana.

Torno a respirare. Forse non mi spara. Me la mette nella mano che mi è rimasta libera, mentre continua a cercare di staccarmi il braccio. Sono faccia e faccia con l'autista, e ho una pistola stretta nel pugno.

«Sei pronto?» mi fa.

Mi sa che vogliono che lo ammazzi io. Io non voglio, ma non credo che la mia opinione sia tenuta in considerazione.

«Dimostrani ca ni putiemu fidari. Sparaci!»

Si è creato un triangolo. Tre pistole puntate: la mia e quella del rapinatore numero uno contro l'autista; la terza, quella dell'ultimo rapinatore, preme sulla mia guancia destra.

Continuo a ripetermi che sulla guancia non si muore, ma è ancora uno di quei casi in cui, pure che c'hai una pistola in mano, non hai proprio un cazzo da fare se non quello che ti dicono di fare.

E come argomento per convincermi, il numero due continua a usare il mio braccio, che diventa sempre più caldo e sempre più rotto. Non smette di tirare e piegarlo. Continua a gridarmi dietro alle orecchie.

«Spara!»

Tira, il gomito mi è arrivato alle scapole. Un contorsionista. Dall'esterno devo sembrare uno di quei fenomeni da baraccone che riescono a mettersi in bocca i talloni.

«*Spara! Spara o sparamu a tia!*»

Il gomito sale ancora. Non lo sento più. Lo sento solo quando sta per uscirmi tutto il braccio dalla spalla.

«*Ti rissi spara!*»

Siamo elettrici, tutti e cinque, ma io e l'autista di più. Ci guardiamo dritti negli occhi: in fondo ci siamo solo noi due. Devo averci una faccia da scemo, per colpa del dolore al braccio. Smorfioso, come un'undicenne, l'età peggiore per una femmina. Penso che non sparerò mai, che sono pronto a morire io, pur di non farlo. Il braccio continua a salire. Qualche centimetro ed esce, lo sento. Sale. Sale ancora.

«Spara!»

Sento un tac secco, ed è come se della lava rovente mi scendesse dal collo lungo tutta la schiena. Tac, di nuovo, più forte ancora. È fuori.

Sparo. Due volte.

Lo liscio. Due volte. L'autista si mette a ridere, ma lo vedo che è nervoso, che non gli pare vero. E infatti non è vero, dura poco. Perché col terzo colpo, lo piglio sulla spalla.

Cade a terra ma non muore.

Mi guardano tutti come a dire: *minchia, l'ha fatto vero; hai capito a Mimmo Calò?*

Io li guardo come a dire: *mi guardate? Che cazzo mi guardate? Mi avete messo in 'sta situazione di merda e mi guardate e basta? E pure come a dire: confermate che sono io? Quello che vedete che ha appena sparato a uno, sono io? Confermate, voi che mi vedete?*

Il numero uno si congeda da questa orgia di sguardi ed elettricità, e come se niente fosse si avvicina all'autista mentre quello fa *NO NO* e gli pianta una pallottola sul petto.

La tensione si scarica per terra, come un fulmine. Il numero due mi libera il braccio e io cado in ginocchio. Mi leva dalle mani la pistola. Un movimento dolce. Calmo.

«Ora vallo a dimostrare che non l'hai ammazzato tu. Ora è sicuro che non canti. Sei libero», mi fa il numero uno.

Fanno capolino qualche metro più in là, vicino alle auto parcheggiate. Si dividono i soldi della rapina e mettono il cadavere dell'autista nel bagagliaio di una macchina. Non quella della rapina però, quella la innaffiano di benzina.

Se ne vanno, ognuno con la sua macchina, ognuno per la sua strada. L'ultimo, accende un fiammifero e dà fuoco al veicolo, prima di farmi un cenno e andare via. È il numero tre.

Resto solo. La macchina brucia, la campagna pure. Io no. Io devo scappare.

PARTE TERZA

UNO

Due mesi dopo, la verità è che non ci penso più.

È finito tutto da qualche parte nel mio cervello, in una specie di universo parallelo della mia mente in cui per tutta la vita ho messo le cose che era meglio che non sapesse nessuno. Nessuno, manco mia moglie. Manco Pier Francesco, il mio migliore amico, quello seduto accanto a me proprio ora in un momento di difficoltà estrema: quella rompicoglioni di mia suocera a casa.

Oggi è il suo compleanno e ci sarà la solita festa, sempre uguale, con invitati ogni anno più vicini alla morte che commemorano, pure di più della festeggiata, quello fra di loro che quest'anno non ce l'ha fatta, che è morto qualche mese prima, che chissà che direbbe in questo momento se ci fosse, che era tanto caro. L'età media è di ottantotto anni, pure che ci sono ogni volta tipo venticinque bambini non si abbassa. Si parla solo di malattie, morte, libretti postali, figli ingrati, case di riposo a cinque stelle, nipoti e denti che cadono.

E di andarci, quest'anno soprattutto, non c'ho completamente voglia. Perché non avete idea del bordello che sto passando per aprire 'sta cavolo di sfincioneria. C'è tutta una lista di cose che devi fare: autorizzazioni, ispezioni, corsi, incontri, marche da bollo. E c'è tutta una lista di persone, soprattutto impiegati di uffici ed enti vari, che cercano di rendertele ancora più difficili, queste cose. Al confronto con la burocrazia che uno si deve accollare per aprirsi un'attività in Italia, tutta la storia della rapina, del rapimento, dei tre colpi sparati a quello, del cadavere nel bagagliaio, dell'auto che brucia, della fuga e del ritorno a casa, mi sembra una seduta di pedicure sotto una palma ventilata di un paese tropicale.

Fino a ora non ha bussato nessuno alla porta, non credo ci siano indagini su mio conto. Subito dopo che è successo mi hanno interrogato.

Mi hanno chiesto dove mi hanno portato e ho detto che i rapinatori mi hanno trascinato con loro in macchina, con gli occhi coperti, e che poi mi sono ritrovato allo svincolo dell'autostrada.

«Mi faccia capire, si è risvegliato direttamente allo svincolo per Trapani?»

«Glielo ho detto, sì.»

«Ma come, per terra?»

«Per terra.»

«Ma allora dobbiamo fare delle analisi del sangue, magari l'hanno drogata...»

«Okay. Facciamo quello che dobbiamo fare.»

«E del tragitto dalla banca alla macchina che cosa ricorda?»

«Poco e niente. Solo spintoni, rumori, urla. 'Ste cose qua.»

Le analisi erano un poco sballate, e non hanno insistito troppo. Solo qualche domanda strana qua e là, ma tutto nella norma.

E allora non c'ho pensato più. Ho delegato la faccenda a quella parte del mio cervello che c'ha una certa esperienza nella rimozione di tradimenti, bugie, figure di merda e cose del genere. Quella parte del mio cervello che è una specie di spiccia faccende e che mi ha permesso di tirare avanti. Si mette là e rimuove tutte cose, giorno dopo giorno, fino a quando il ricordo non se ne va completamente a fare in culo, come se il fatto non fosse successo mai.

E se non era per la televisione, avrei continuato a farlo. Perché oggi, in tv, non si parla d'altro che di Santi. E ormai a me, la parola santo, solo a una cosa mi fa pensare: a me che sparo a uno sconosciuto in mezzo all'aperta campagna del cazzo.

Stiamo aspettando che Barbara si finisce di preparare per l'inaugurazione. Mia suocera è di là, si fa la messa a punto pure lei davanti allo specchio dell'armadio nel corridoio. Siccome però stanno facendo Santi a due, a Padre Pio e a Wojtyla, la vuole sentire dall'altra stanza la televisione che li incorona rock star di primissimo pelo, icone pop a 360 gradi.

Perché il mondo veramente non si capisce dove sta andando. O almeno io non lo sto capendo. Ci sono contemporaneamente la scienza che si inventa di tutto, che supera Dio e se ne parte per lo spazio, e milioni di persone che ancora credono ai Santi. Nel 2014 la gente ancora sta appresso a 'ste cose. C'è ancora il Medioevo e uno non ne sa niente.

I ricordi di quella giornata assurda si accavallano a 'sti due, uomini normali, normalissimi, pure più calvi di me, ritenuti però superiori agli altri: Pio e Karol. E dico io: se è vero che Dio ti vuole bene, che ti preferisce pure agli atri, che sei il fico più fico, il Santo dei Santi, allora col cazzo che ti fa cadere i capelli. O no? Comunque…

Ci penso e ci ripenso a 'sta faccenda dei Santi, mentre le immagini di folla acclamante scorrono in mondovisione, convincendomi sempre di più, fra le altre cose, che quello a cui sto assistendo sia ambientato nel milleduecento.

Decido di liberarmi da questo peso, parlandone con Pier Francesco, per ingannare la noia, quanto meno. Ci è piaciuto sempre ammazzare il tempo con conversazioni non dico strane, ma fuori luogo. Perché la stranezza non la puoi controllare, il tempismo quello sì. E allora il problema non è che le dici, certe cose, ma quando le dici.

In tv scorrono le immagini di uno dei due supereroi in tunica, della rockstar della religione cattolica, tra i pochi abilitati a replicare il famoso gesto inventato da Gesù per aizzare le folle, mostrando le stigmate: Padre Pio. Comincio io:

«Oh ma la gente dice vero che crede ancora a 'ste cose? Ma che è, Medioevo?»

«Sì compa', assurdo. Peggio del Medioevo, se consideri il fatto che non siamo nel Medioevo. Capito?»

Pure Pier Francesco, come me, non è che sia esattamente un chierichetto. In più lui c'ha la bestemmia facile, io no. Per farmi bestemmiare a me mi devi fare incazzare di giusto. Sono contrario a un uso esagerato della bestemmia io, non ideologicamente ma per convenienza.

Perché la bestemmia gratuita, che pure ti può liberare in un batter d'occhio di un sacco di stress, porta più problemi che sollievo vero e proprio. L'ho scoperta a poco a poco questa cosa, con l'esperienza. E allora ho smesso. Devi stare attento a un bordello di cose: a chi c'è vicino, che non risulti di cattivo gusto; ci puoi pure perdere il posto di lavoro se qualcuno si impunta che non puoi bestemmiare in ufficio. E soprattutto ti devi accertare che la bestemmia sia creativa. Perché ti puoi mettere a fare una sceneggiata teatrale, di quelle che la gente vero si deve ricordare di te fino a quando campa, ma se la bestemmia finale non è creativa, se non tratta l'argomento insulto in modo originale, allora non vale un cazzo; può arrivare uno qualsiasi e, con un poco di fantasia in più, ti può rubare la scena.

Poi ci sono pure quelli che la storpiano la bestemmia, che il Dio in questione diventa Zio, Dinci, Disco… ma non vale manco la pena parlarne, che già a dimostrare a tutti la loro inferiorità sono bravi da soli. Gente che non si sa manco prendere la responsabilità di quello che gli esce dalla bocca.

Per far vedere che con me la conversazione procede a una certa velocità e mostrarmi più intelligente di quello che sono, me ne esco così, sviscerando il nocciolo della questione.

«A meno che…»

«A meno che?»

«A meno che non mi dicono che è tutta una cosa simbolica, che la santità è tipo il Pallone d'Oro per i calciatori e che quindi, il Santo, è il prete più forte di quella stagione. Allora ci sto. Però no il pallone d'oro degli ultimi anni, ma quello vecchio che premiava solo gli europei, quello che Maradona non poteva vincere; perché il Santo è il prete più forte solo di quella religione, quella cattolica, e non di tutte le religioni.»

Pier Francesco si fa una risatina, senza distogliere lo sguardo dalla tv. Insisto.

«Una specie di premio per decidere su chi fare le videocassette da fare uscire tra dieci anni con "Famiglia Cristiana", come fa la "Gazzetta dello Sport". Capito?»

È a quel punto però che quell'unica falla nel mio ragionamento, la stessa che mi tengo dentro da un'ora e che in fondo, spinto dalla voglia di venirne a capo, mi ha mosso a prendere quell'argomento, non viene notata dal mio interlocutore e rimane sopita. E allora lo sottolineo io, il problema.

«Perché il problema vero di tutta questa storia dei Santi, è uno e uno soltanto. E cioè che il Pallone d'Oro si dà ai calciatori vivi e non a quelli morti. Ma allora la Chiesa che sta facendo? Qualcuno glielo vuole dire che stanno sbagliando tutto? Che senso ha questa minchia di santità? A che serve?»

Pier Francesco non risponde, sembra stordito. Sonnecchia, ma è divertito, lo so. Solo che dopo tutti 'sti anni di amicizia e di dialoghi senza senso, uno ci si abitua un poco, non si scompone più come un tempo.

Arrivano le folate di profumo di mia moglie e mia suocera che si preparano davanti allo specchio nel corridoio. Mia moglie l'ha raggiunta, si danno consigli. La vecchia si spruzza pure tre litri di lacca per capelli. Tossiamo tutti e due, io e Pier Francesco; il gas della lacca ci brucia tra gola e naso. È a quel punto, dopo qualche minuto di totale passività alle mie stronzate, che lui decide che è il suo turno, che okay farsi le risatine, ma fare ridere un amico veramente è una gioia impagabile. E lui è una vita che ci riesce, la verità, che si nutre di questa gioia atavica. Ridere a certi livelli è una missione, andrebbe insegnata come valore nelle scuole, la risata, altro che Padre Nostro prima di iniziare le lezioni. Ridere forte, ridere sempre, ridere bene. Ridere, prima, dopo, durante, per ogni cosa, con o senza motivo.

E Pier Francesco è un professionista, non sarebbe amico mio, altrimenti. E allora col tempismo di una zanzara sul piede nudo nel mese di luglio, aspetta che mia suocera e mia moglie entrino nel salotto, *impupate* come ghirlande di fiori a un funerale. Approfitta di un attimo di silenzio alla tv, c'è un primissimo piano struggente di Wojtyla, una di quelle riprese con cui alla tv, parli con loro, ti vogliono raccontare tutto un uomo con un'inquadratura sola. I tacchi bassi di mia suocera avanzano, si fermano proprio in quell'istante: quello della battuta. La vecchia sta per parlare, sta per dire che sono pronte per uscire. Pier Francesco però la prende in contropiede, e facendo finta che non si sia accorto di loro, piglia e fa:

«Ma tu lo sai che la mia ex si arrapava di più se mi mettevo a bestemmiare Dio e tutti i Santi mentre lo facevamo? Ed era pure tipo super cattolica...»

Mia moglie lo capisce che l'ha fatto apposta e lo fulmina con lo sguardo. Mia suocera rimane impalata in mezzo al salotto.

«Forse è meglio se andiamo», fa Barbara, per rompere l'imbarazzo.

Ci alziamo e ci muoviamo tutti e quattro verso la macchina.

«Non hai idea di quanto *m'abbutta**!» gli faccio di nascosto a Pier Francesco mentre camminiamo. «C'ho altro per la testa.»

Non sono mai stato così sincero in tutta la mia vita. Quello che succede subito dopo, potrebbe essere una benedizione, e invece non lo è. Potrebbe essere una manna dal cielo per evitarmi il compleanno, e invece sarà una mano sulle palle pronta a stritolarmi la serenità.

«Che ha?» mi chiede Barbara allarmata.

«Non lo so...»

«E perché non parte?»

«Se lo sapessi ti avrei risposto.»

«C'è bisogno di rispondere così a sua moglie?» confida sottovoce mia suocera a sua figlia.

«Veramente sì. Non dico sempre, ma ogni tanto sì, c'è bisogno», faccio io.

È la prima volta in tanti anni che si fa beccare a dire mezza parola contro di me. Dopo tanti anni, mi cade il mito della sua perfetta ipocrisia per una macchina che non parte.

«Ma la benzina c'è?»

«Pier France', non ti ci mettere pure tu!»

«Te l'avevo detto di farla controllare. Te l'avevo detto o no?» insiste Barbara, che quando è ora di scegliere il momento peggiore per parlare non si *scanta* di nessuno.

«Più che dirmelo, ti sei portata proprio il cervello!»

«E infatti si è visto come mi hai ascoltata.»

«Ma tu niente gli dici che ti tratta così?» fa la vecchia, sempre sottovoce.

«Ho sposato un porco, che ci posso fare?»

«Ma la benzina sicuro l'hai messa?»

«Forse dovevo evitare di farci un bambino», riflette tra sé e sé Barbara.

«No, perché lo so che tu hai problemi coi distributori automatici, Mimmu'», insiste Pier Francesco.

«Anche perché che ci deve insegnare a 'stu figlio?»

Non li ascolto più. Respiro. Una, due, tre volte. E no, non è per quello che dicono, non è per le loro voci che pure vorrei si fulminassero come lampadine da un momento all'altro.

Okay, la macchina non parte, ma non è una tragedia. Non lo sarebbe se non ci fossero loro a trasformarla in una questione di stato. Ci piglieremmo un taxi e via.

Non sarebbe un problema, se il meccanico non mi avesse già detto che ci vogliono milleseicento euro per aggiustarla. Perché ci sono andato, dal meccanico, mica no.

Non sarebbe un problema se avessi in tasca almeno venti euro per il taxi.

Non sarebbe un problema, se i cinquantamila euro del prestito non fossero già finiti tutti.

DUE

Il vero grande problema della società moderna occidentale, è la madre. Quando me lo diceva mio padre non ci credevo, pensavo che era una cosa detta così, dettata dal nervosismo diffuso che ha accompagnato tutta quanta la sua vita.

«Io e mia madre non abbiamo segreti. E se abbiamo deciso di farla trasferire qui per questi mesi, non mi sembra il modo per farla sentire a casa.»

«Non ti preoccupare, amore mio», sussurra lei, serena.

«Veramente avete deciso tutto voi», sottolineo io.

Si piglia un momento per sé, e poi attacca col personaggio della falsa accomodante.

«Ci metto due minuti a preparare la valigia», precisa, senza cedere alla minima inflessione emotiva.

«No mamma, tu non vai da nessuna parte.»

«E poi ho capito che non avete segreti, ma ce la possiamo fare una litigata da marito e moglie in santa pace?»

«Perché, che ci impedisce di litigare, lei?»

La crisi dei valori, il femminismo, il boom economico, il libertinismo; tutte finte variabili di come sono cambiate le famiglie oggi. In peggio, mi pare chiaro. Perché il meccanismo, provate a contraddirmi, l'hanno inceppato le madri. Prima la gente si conosceva a sedici anni, faceva i doppi tuffi carpiati per scippare un bacetto sulla guancia e quando ci riusciva si sposava e si metteva a sfornare figli fino a quando la genetica lo accompagnava. Nessuno si preoccupava delle macchine rotte, e manco pensava a comprarne di nuove visto che siamo capacissimi di andare in carrozza o salire in groppa ai muli. Una macchina guasta poteva rimanere ferma per mesi, anni addirittura, in assoluta tranquillità. Non sono nemmeno completamente sicuro che ci fossero, le macchine. Una pacchia. Le femmine si occupavano della casa e i maschi potevano farsi tutti i debiti che volevano e finire i soldi tempo niente in santissima pace. E lo sapete perché andava tutto così incredibilmente liscio? Perché le madri dell'anteguerra non avevano ancora perso di vista la realtà: fare figli altro non è che una gara contro il tempo tra la soddisfazione fisiologica e il momento in cui si tolgono dai coglioni. Punto e a capo. E in virtù di questa visione illuminata e realistica dell'esistenza, crescevano maschi e femmine che non solo erano capaci di trovarsi tra di loro e vivere felici per il resto della vita spartendosi oneri e doveri, ma ci riuscivano pure al primo tentativo, come principianti che fanno canestro al primo colpo. Divorzi, infedeltà, cattiva politica, crisi economica; tutta colpa delle madri del dopoguerra che hanno perso di vista il senso delle cose e hanno cresciuto adulti che non sanno amare, vogliono scoparsi le minorenni, ambiscono a posizioni di potere nella speranza di farsi corrompere oppure non hanno voglia di fare proprio un bel niente; e mentre falliscono in tutte queste cose, trovano il tempo per essere profondamente infelici. Con i loro pranzi eccezionali, gli sguardi rassicuranti, i panni sulla fronte dopo due starnuti, queste mamme premurose hanno allenato con dosi quotidiane di moine materne il nemico che sta rovinando tutte quante le nostre vite di figli: la nevrosi. Ed è così, ci potete mettere la mano sopra alla tomba di Freud, non si discute proprio.

E non l'hanno fatto perché ci vogliono male o non sanno quale sarebbe la cosa giusta, no; l'hanno fatto perché non volevano lasciarci andare. E cosa ancora più grave, non si sono ancora rassegnate e non lo faranno mai. Hanno piazzato dentro di noi la bomba a orologeria della nostra esistenza. L'hanno fatto apposta a crescerci mezzi sballati, perché diventassimo completamente incapaci di dare senso compiuto alle nostre vite lontane da loro. Siamo tutti vittime di una congiura coordinata fra tutte le mamme del mondo, ordita a colpi di anelletti al forno, baci con lo *scruscio*, premure, e *gioia mia* con un unico scopo principale: tenerci incollati a loro in un abbraccio lungo tutta la vita.

«Ma poi dico, stiamo discutendo se comprare una macchina nuova, o riparare quella che abbiamo. Penso che mia madre può sentire tranquillamente.»

«Veramente non stiamo parlando di questo…»

«E di che stiamo parlando?»

«Sì, di che state parlando?» si infila la vecchia, esibendo il solito tono neutrale, mentre in realtà sta montando il nervosismo di Barbara come maionese pronta a impazzire.

«Stiamo parlando del fatto che non ci serve una macchina.»

Mia suocera scoppia a ridere come se ne avessi appena sganciata una di quelle rumorose. Mi sforzo di fare finta che non ci sia, ma è impossibile. Ogni volta che c'è lei di mezzo, arriva un momento in cui le cose prendono una piega inaspettata, una piega che non mi sentirei di dire che sto esagerando, se mi decidessi finalmente a definirla per quello che è: paranormale.

«Mimmo, ma che stai dicendo?»

«Se non cominciamo noi a pensare all'ambiente, chi ci pensa?»

Fare finta che non ci sia diventa sempre più difficile. La vecchia comincia ora a scuotere la testa e a guardarsi le mani sul tavolo, come se fosse imbarazzata per me. È nervosa. Perché tra me e sua figlia c'è ora un ingrediente che lei percepisce come nuovo all'interno della conversazione: la minaccia. La minaccia che possa privarla di qualcosa che le serve. *Mia figlia deve rinunciare a qualcosa? Mia figlia senza macchina? Sei morto,* pensa. E i pensieri le si collocano tutti negli occhi, che diventano rossi rossi come le spie di un serbatoio a secco, o come il Diavolo in persona, se si ha voglia di essere davvero precisi. La minaccia ha appena innescato il paranormale. Dalla finestra chiusa, entra inspiegabile uno spiffero di morte. È gelido. Fischia. Il collo le si muove come se fosse telecomandato, piano piano e con un leggero cigolio. L'anta della finestra sbatte all'improvviso, pure che fuori l'aria è ferma.

SBATAPAM!

Ma la cosa più grave è che, proprio come il demonio, mia suocera non scopre le sue carte, no; bluffa, ti adula, se ne esce pulita pulita di fronte alla figlia, mentre in realtà agisce sul suo cervello come un burattinaio che aziona le leve più pericolose: quelle della cattiveria. Un piano infallibile, manipolare la figlia perché si mangi le mie interiora senza mai esporsi in prima persona. Parla piano, con la voce calma e conciliante. Dentro però, le ribollono ettolitri di marciume.

«Calmati Barbara, prima senti che cosa vuole dire.»

«Grazie signora», rispondo io, compiaciuto.

Grazie? Grazie? Che cazzo mi esce dalla bocca? Riesce a manipolare pure a me, ora? Cerco di riprendere il controllo del mio cervello.

«Senza parlare del fatto che camminare a piedi fa benissimo. E che ci sono un casino di mezzi pubblici», aggiungo, scoprendo il fianco alla prossima pugnalata.

«Mezzi pubblici a Palermo? Ma sei completamente impazzito?» mi risponde Barbara, come se le avessi appena giurato di avere sentito il cane del vicino recitare uno scioglilingua.

«Ecco lo vedi? È un fatto culturale!»

«Io qua un fatto solo vedo: 'sta sfincioneria ti sta facendo i buchi nel cervello. Ma poi parli tu, che pigli la macchina pure per andare in cucina!»

È evidente: la vecchia sta prendendo a poco a poco possesso del suo cervello; è saltata a bordo mentre era già a centoventi all'ora; ora c'è lei al volante. Spinge fino ai duecentoventi. Spinge. Spinge ancora. La cattiveria sfreccia dentro al cervello di Barbara, il pedale è premuto al massimo.

Tutto questo lo fa rimanendo completamente ferma, ben dritta sulla sedia della mia cucina, con i polsi poggiati sul tavolo. Lo sguardo è assente. La tinta di rosso dei suoi occhi spia si incendia. Il tavolo trema come durante una seduta spiritica. E io abbocco.

«Quindi mi vuoi dire che oggi come oggi uno non riesce a vivere senza macchina?»

«Scusa, ma lo spirito civico ti sta spuntando tutto ora a te?»

«Lo sai che noi uomini maturiamo più tardi...»

Ci vuole molta intelligenza per accettare l'ironia all'interno di una conversazione molto tesa. O ce l'hai, o non ce l'hai. E mia suocera non ce l'ha. Da un momento all'altro passiamo da una situazione paranormale media, a una che pure un tribunale speciale della Chiesa definirebbe opera del demonio, passando la pratica a un esorcista qualificato. Qua però, ci sono solo io. E sta per scatenarsi l'inferno.

Barbara inizia a levitare, avvolta da un mantello di fiamme. Tutti gli oggetti presenti in cucina iniziano a volarle attorno; mestoli, padelle, bicchieri, forchette, *mappine**. Mia suocera è sempre accanto, seduta immobile e in trance. I polsi incollati al tavolo, unica cosa ad arrendersi alla gravità. Quando Barbara inizia a urlare, un tuono rompe il suono; e io non sento quello che dice, lo percepisco. Mi travolge come una folata di scirocco a cinquecento chilometri orari, mi inaridisce il testosterone. Mi lancia addosso tutto: difetti, rimpianti, errori commessi, bugie, paranoie, promesse non mantenute, male risposte, cattiverie; come se vent'anni d'amore si ritrovassero al centro di un uragano. Mi stringo alla sedia per non *accappottare*. La voce di Barbara esce distorta da rabbia baritonale e acuti d'isteria che rompono vetri e timpani. O forse sono io che la sento così. Non si capisce quello che dice, se non in una sintesi forzata che più o meno suona così: *e tu lasci una donna incinta senza macchina? E se c'è un'emergenza? Ti odio, vorrei che morissi ora, o almeno ti prendessi una bella malattia grave che ti faccia soffrire davanti ai miei occhi.*

Fischi acuti, vento ed energie negative si mischiano in una sintesi totale che non augurerei manco al peggior nemico: mia moglie incazzata per come è di giusto. La cattiveria impenna, si mette in bilico su una ruota. Ci siamo: mi fa la *masculiata* finale, come quando per il festino quelli dei fuochi d'artificio si lasciano andare con la polvere da sparo per dare una scossa finale ai palermitani. Per dirci di svegliarci. Mi sembra che la testa possa esplodermi da un momento all'altro. Ho voglia di svenire. Ancora. E ancora. Forse succede davvero. Ancora, ancora, ancora.

Silenzio.

Passati uragano e *masculiata*, Barbara smette di levitare e torna coi piedi per terra. È uno scatto secco, come un palloncino che sfiata e si affloscia. Succede sempre, dopo ogni incazzatura. Io cerco di riprendere le forze, mi guardo attorno per contare i danni. Gli occhi di mia suocera si spengono piano piano. *Ti ho fottuto di nuovo, Mimmu';*

questa è mia figlia, non la lascio indifesa tra le mani di una cosa inutile come a te. E mentre me lo dice usando l'antica arte della mimica facciale, in realtà a uno sguardo esterno e disattento potrebbe sembrare che sorride. Sorride, sì, quasi tenera. È invece è tutta scena, un piano perfetto che farebbe invidia pure alla famiglia Bush al completo. Una famiglia di complottisti e guerrafondai di prima categoria.

E infatti, dopo minuti e minuti di silenzio, con la solita tattica della brava suocera comprensiva dududù dadadà, appena parla mi massacra per l'ennesima volta.

«Ora calmati però, Barbara. Mi sembra solo che Mimmo è un pochino in difficoltà.»

«Mamma, non lo giustificare come sempre, però...

«È stato un periodo di stress e spese. Io lo capisco», continua.

Fa la pausa che le serve per prendersi ancora di più la scena. Poi cala l'asso di bastoni, la iattura finale.

«Se volete vi posso aiutare.»

L'ha detto. L'ha detto veramente. Voleva arrivare a questo, aveva programmato tutto.

«Non è un problema di soldi, signora», faccio io, risentito.

«Invece di ringraziare rispondi così?» si impettisce Barbara.

«Grazie, signora. Ma i soldi non ci servono», rettifico.

Grazie? Di nuovo? Ci sono cascato di nuovo? Bestemmio mentalmente in dodici lingue diverse, tra cui alcune molto antiche.

Non posso chiudere così, devo recuperare qualche mollica di dignità. Mentre se la divorava, deve avere pure lasciato qualche briciola per strada. Perché sta facendo quella comprensiva, quella che cerca di dare una mano, ma in realtà altro non vuole che mettere un germe letale e pericoloso dentro alla testa di mia moglie, un dubbio tanto inopportuno quanto realistico: *ma siamo sicuri che Mimmo si sa prendere cura di noi?* Anche perché, non dico Barbara, ma lei sì che potrebbe essersi accorta che ultimamente persino le provviste in dispensa sono meno generose.

«So benissimo come badare alla mia famiglia. Ci penso io», dico fiero.

Mi esce bene. Non è quello che dico, ma come lo dico. Sembro sicuro, mi stupisco per primo io. Sono un uomo impegnato sì, ma che tiene tutte le situazioni che lo riguardano completamente sotto controllo. Sono pure stato rapito di recente, uscendone completamente indenne. Manco un graffio, solo qualche valore sballato nel sangue. Sono io il maschio alpha, sono io il leone della savana. Il vecchio demonio mi guarda, mi sfida. E sorride. Vorrebbe il posto di capo branco, ma non ha dove andare. Lei ha vinto la partita, ma io ho fatto un gol all'ultimo minuto che ha fatto alzare i tifosi in piedi sugli spalti. Una platea di mariti mi acclama capitano e mi fa un casino dentro alla testa. *Mimmo! Mimmo! Mimmo! Mimmo!*

Qualche secondo dopo, quando di colpo si stacca la corrente e rimaniamo al buio, non so se è il destino a contraddirmi o ancora il sovrannaturale.

Al buio della cucina della casa che non ho ristrutturato mai, sento il loro sguardo preoccupato e cattivo puntato contro di me. La sicurezza si ammoscia e lascia il posto alle balbuzie dell'indecisione.

«Non è come pensate… la bolletta l'ho pagata!»

Ovviamente non è vero. Ma nessuno ti taglia la corrente se non paghi un paio di bollette.

Credo.

TRE

È la prima volta che ritorno in banca dopo la rapina. Pensavo mi avrebbe fatto più effetto, e invece no. Anche perché mi sono detto quello che mi dico sempre: è una questione di statistica, se mi è successo una volta è impossibile che mi succeda di nuovo. È pure vero che è stata proprio l'ultima volta che ho tirato in ballo la legge dei numeri, che poi sono finito sotto sequestro con le pistole puntate in testa in aperta campagna. Comunque, il direttore mi sta aspettando. Cerco con lo sguardo l'impiegata col culo ridicolo, ma non c'è. Non c'è più manco il cassiere, si vede che il direttore gliel'ha fatta pagare.

«Allora Calò, che succede?»

«Succede che i soldi che mi ha dato non erano buoni, diretto'. Sono finiti subito subito», scherzo io.

Il direttore si mette a ridere. La battuta gli è piaciuta.

«Comunque, prima di parlare di affari, mi volevo scusare per tutto quello che è successo.»

«Si figuri, non è colpa sua. È tutto superato.»

«Glielo dico in amicizia, io ho pure provato a chiedere un abbassamento straordinario del tasso per il suo prestito. Ma la direzione non ha voluto sentire ragioni.»

«La rapina ormai è cosa del passato. Ma la ringrazio per l'interessamento.»

«Era il minimo, Calò!»

Colgo il rimbalzo della conversazione e tiro fuori una battuta al volo.

«Se si vuole fare perdonare però, ora mi dovrebbe dare un prestito nuovo. Magari con dei soldi buoni, di quelli che non finiscono tempo niente.»

Il direttore cambia espressione. Non ride più, fa uno scarabocchio su un foglio di carta per non guardarmi in faccia. Si concentra.

«È cambiato qualcosa nel frattempo?»

«In che senso?»

«Buste paga, proprietà, cose del genere...»

«No niente.»

«Sua moglie non lavora?»

«Sì, ma mia moglie non c'entra in questa storia.»

Fa un altro paio di scarabocchi, poi torna a guardarmi.

«Sarò sincero e diretto, signor Calò. Il prestito che vuole non glielo posso fare.»

«Vi sono rimasti solo soldi *scatò*? Non ce ne sono piccioli buoni per me?»

Sorride, apprezza l'ironia. Mi piace che non si formalizzi.

«Lei non ha le garanzie necessarie.»

«E non si può fare niente?»

«Non si può fare niente. Io la vorrei aiutare, mi deve credere, anche in virtù di tutto quello che è successo.»

Allarga le braccia come a dire: stavolta si attacca al tram, Calò. Ci appoggiamo tutti e due allo schienale della sedia. Raccogliamo le idee e scarichiamo la tensione.

«Ma di che cifra stiamo parlando?»

«Andrebbero benissimo ventimila euro.»

Torna dritto sulla sedia. La concentrazione gli ritorna sul viso. Lo seguo con lo sguardo e con l'anima. Sono nelle sue mani.

Scrive qualcosa sul foglietto.

«Allora, diretto'?»

«Pensavo le servisse molto di più.»

«E quindi? Me lo può fare il prestito? Ci sono ventimila euro buoni per me?» ammicco.

«Il prestito non glielo posso fare. Però le posso fare un fido. Ma mi deve dare un paio di risposte.»

«Tipo?»

«Tipo quando la apre 'sta benedetta attività, signor Calò?»

«Aspetto solo l'ultima ispezione. È tutto pronto. I soldi mi servono per emergenze familiari e per le ultime spese. Il grosso è fatto.»

«Bene. Mi quantifica quanto manca all'apertura?»

«Appena mi fanno l'ispezione, sono pronto a partire il giorno dopo. Che so, al massimo due settimane.»

«Siamo sicuri, signor Calò? Il fido è un rischio che mi piglio personalmente io nei suoi confronti. Garantisco io con la banca che possiamo avere fiducia in lei.»

«Non lo diceva lei che avrei fatto un sacco di piccioli? Ci siamo quasi.»

Il direttore premia con lo sguardo la mia sicurezza. Tutti gli indizi mi lasciano credere che l'ho convinto.

«Va bene Calò. Facciamo questa cosa.»

La mia fiducia nei confronti dei direttori di banca sembra ritrovata.

QUATTRO

È tutto pronto: l'insegna, il bancone, i bagni su misura per disabili, i guanti in lattice del cazzo e tutte le altre stronzate che ti chiede la legge per farti passare la voglia di metterti a fare l'imprenditore. E nel romperti i coglioni, la legge italiana è campionessa mondiale dei pesi massimi, non c'ha paragoni.

È tutto pronto da sessanta giorni, ma non posso aprire, perché effettivamente una cosa c'è che manca, pure che non dipende da me: l'ispezione dell'ASL.

Sono due mesi che la aspetto. Stamattina piglia e mi vado a informare, per l'ennesima volta. E per l'ennesima volta trovo un'impiegata nuova. Ne sono cambiate cinque o sei in un mese. Quella di oggi tiene gli occhi fissi sull'agenda che ha davanti. Il foglio è completamente bianco ma lei continua a fissarlo come se fosse un complicatissimo ingranaggio di cui vuole scoprire il funzionamento. In realtà prega. Prega che nessuno le chieda niente.

«L'ispettore assegnato per il suo locale è in malattia.»

«E quando rientra? È da due mesi che lo aspetto.»

«Dipende...»

«E da che cosa dipende?»

Sbuffa. Fa di tutto per farsi odiare e ci riesce benissimo. Non è facile, visto che per comunicare tutto il suo disagio può usare solo la parte di corpo che riesco a vederle, dietro alla postazione che la copre dalla cinta in giù. Ma c'ha un talento naturale, la stronza; comunicherebbe tutta la sua pigrizia pure con un sopracciglio solo.

«È malato da tre mesi, faccia un po' lei.»

«Ho capito, ma io aspetto l'ispezione da settanta giorni. Ma non si può trovare una soluzione? Non lo possiamo chiamare? Io ho bisogno di aprire. C'ho i debiti che mi citofonano a casa.»

«Non è previsto.»

«Non me ne potete assegnare un altro?»

«Non è previsto.»

Torna con gli occhi bassi sull'agenda e prova a ignorarmi, ma io non smetto di guardarla. È un gioco di nervi. E Mimmo Calò a questi giochi non ha perso mai. Mi viene una pazienza di quelle che uno non pensa proprio di avere, quando voglio dare fastidio a certe facce di culo. Mi *spizza* con la coda dell'occhio. Ritorna sul foglio. Spera che io la lasci in pace, ma non ha dove andare. Lo soffre lo sguardo che le ho appiccicato addosso. Sono il cittadino che per una vita ha pagato le tasse perché gli hanno promesso dei servizi, e ora è qui per estorcere il suo credito. Sono la nemesi dell'impiegato statale. Perché dalla mia ho un'arma che non ho avuto mai fino a ora, impegnato come sono sempre stato in mille cose da fare, un martello pneumatico capace di bucare il muro che qualsiasi impiegato pubblico decide di alzare contro il fruitore di servizi, pur di continuare a fare quello che stava facendo, e cioè una beata minchia: il tempo.

E io, disoccupato novello, il tempo in questo periodo della mia vita me lo potrei vendere alle fiere. Mi potrei fare il giro di tutte le feste dei paesi con la mia bancarella piena di lattine di tempo e farci un bordello di soldi. Quindi non posso perdere. Pure la stronza comincia a capirlo. Il suo sguardo sull'agenda bianca comincia a essere incerto, le pupille le fanno degli scatti di qua e di là. Sta per cedere. Sto per costringerla a fare per la prima volta quello per cui viene pagata: rispondere alle mie domande.

«Allora? Che faccio?» le dico.

Capisce che non sono uno che molla. Fa finta di non avere sentito bene. Torna a guardarmi un attimo, poi si dedica di nuovo al foglio. Deve solo darmi qualche chiarimento in più, ma pare che mi sta facendo un favore assurdo, come se le avessi appena chiesto un passaggio andata e ritorno ad Addis Abeba il giorno di ferragosto.

Alla fine decide che è ora di avere pietà dell'uomo che la sta torturando costringendola a fare quello che ha tentato per tutta la vita di evitare, come se fosse una malattia sessualmente trasmissibile: lavorare.

E l'impiegato pubblico se c'è una cosa che non capisce proprio è perché debba farlo. *Se volevo lavorare mi cercavo un lavoro vero*, si ripete ogni mattina mentre si spara un solitario al computer. L'impiegato statale crede che l'impiego pubblico sia un diritto, una specie di sussidio. La stronza sbuffa, stanca come se non avesse appena risposto a qualche domanda ma avesse scavato una miniera a mani nude con quaranta di febbre. Mi concede la grazia, però. E spiega.

«O l'ispettore rinuncia, oppure non è possibile che la pratica passi da un ispettore a un altro.»

«Ah, bene...» gli faccio, ironico.

«A meno che...»

«A meno che?»

«A meno che non muore.»

«Mi faccia capire: quindi devo sperare che muore?»

«Ognuno è libero di sperare quello che vuole...» mi risponde.

E allora mi sono fatto dare il nome dell'ispettore e ho scoperto dove abita. Non è che ci fossero altre soluzioni. Lo voglio vedere se vero questo è malato come dice, o è solo l'ennesimo cornuto che si fotte un sacco di soldi senza fare niente.

Mi sono portato dietro Pier Francesco. Già è la terza sera che veniamo sotto casa dell'ispettore ma niente, quello non scende. Così stasera abbiamo deciso: saliamo noi. Sta in una bella zona, sarà arricchito da almeno due generazioni. I soldi si dispongono a zone, a Palermo. La città la raccontano i quartieri e le famiglie che ci vivono. Ci sono i Poveri, i Nuovi Poveri, gli Arricchiti, i Popolani e gli Aristocratici. Pochi. Poi ci sono Tutti gli altri, le fasce di mezzo che si dispongono a cazzo, dove capita. Privi di un'identità sociale vera e propria, spesso provenienti dai paesi, in passato hanno scelto senza criterio dove vivere, schiavi dell'occasione immobiliare. Solo ora stanno cominciando a trovare *risetto*, serenità geografica, ordine. Aristocratici e Popolani – esclusi quelli di borgata – invece, ce l'hanno sempre avuto, il loro posto: il centro storico. E il centro storico, che è come un pallone di cuoio di quelli all'antica, non lo puoi scalare. Non tutti sanno come era fatto un pallone, così come pochi sanno analizzare il cuore di una città. Il pallone all'antica, aveva una forma irregolare e veniva fatto con le vesciche dei maiali attorcigliate tra di loro. Quando pioveva, si *assuppava* di acqua; tu lo pigliavi a calci, ma quello non si alzava manco con le cannonate. Quelli che vivono nel centro di Palermo sono come quel pallone zuppo. E sono il nodo più profondo dell'intreccio: non si spostano, non ci può niente. Più la singola vescica si trova in profondità, più è indice di due cose: benessere, o popolanità. Si intrecciano, convivono; si *assuppano* d'acqua, fanno peso, resistono. Ci sono gli

Aristocratici di prima, di seconda e di terza generazione. Gli Aristocratici veri, quelli di prima qualità, lo sono da almeno due generazioni. Ora hanno sessant'anni e sono cresciuti nella bambagia, accuditi ed educati da padri e madri che non hanno visto la fame manco in cartolina, dato che si sono potuti mettere a studiare e coltivare rose e nevrosi. Questo li distingue da quelli di prima generazione, che invece stanno vivendo il recente crollo della loro categoria. Più è lunga la carriera familiare nei meandri del benessere, più i membri vivono nella parte più interna del pallone, nello zenit dell'intreccio intestinale, più sono immobili, *assammarati*, zuppi d'acqua. Impossibili da spostare. La stessa cosa vale per i popolani, i palermitani con la crosta spessa, con la doppia panatura di palermitanità. Il nostro uomo non ha raggiunto lo zenit del pallone, ma come molti degli arricchiti, ci vive molto vicino.

Aspettiamo che uno esce dal portone e ci infiliamo noi. C'è una lunga passerella con una tettoia in mezzo a quello che è un bel giardino, davvero notevole per essere in una zona centrale. Ci leggiamo i nomi sui citofoni per scoprire in quale scala abita. È tutta una sfilza di cognomi sofisticati. Ovviamente non c'è manco un Calò, né nessun altro di quei cognomi che ho incontrato nell'arco della mia infanzia e adolescenza. Sono cresciuto in mezzo a quelli come me, con i cognomi corti e le madri con la quinta elementare. Scorrere col dito è come scorrere la storia di una città che non conosciamo. Una città parallela che non vivremo mai veramente, nelle cui strade saremo sempre turisti. Troviamo il nostro nome, quello dell'ispettore, ma il portone è chiuso.

«Che facciamo?»

«Aspettiamo che esce qualcuno», faccio a Pier Francesco.

«Sono tre sere che aspettiamo. Mi sono rotto la minchia.»

Citofona: Lanzafame, così si chiama. Bussa pure a un certo Bonaccorso, così, per provare. A culo, qualcuno apre, senza manco rispondere. Non mi pare vero che sta andando tutto così liscio. Mi viene in mente che forse fare il ladro non deve essere tanto difficile, se la gente ti apre le porte di casa così, senza pensarci troppo. Se va male la sfincioneria è l'unica strada che mi resta. Ammesso che me la facciano aprire, 'sta cazzo di saracinesca di trenta metri quadrati in cui vendere questo prodigio a lunga lievitazione che a Palermo chiamiamo sfincione.

Entriamo in ascensore. Ci guardiamo allo specchio, tutti e due. Sembriamo due scemi e smettiamo subito.

Al quarto piano, la porta di casa dei Lanzafame è bella che spalancata. C'è un via vai di gente che entra ed esce con la faccia scura. Sulla porta ci ferma una donna. Stringe un cleenex accartocciato, ha gli occhi rossi come se avesse appena pianto.

«Siete amici di mio marito?»

«Colleghi», fa Pier Francesco, prontissimo.

«Accomodatevi.»

Ci accompagna in una sala d'attesa, piena zeppa di gente.

«Sono tutti qui per lui. Vedete quanti amici aveva?»

Sono davvero tanti, la stanza è strapiena, c'è gente pure in piedi. Le si rompe il fiato in gola. Le scappa da piangere. Imbarazzata, fugge via. Si allontana singhiozzando, seguita da quella che sembra essere la sorella. Ha un vestitino a fiori casto casto, però l'effetto, nel complesso, non è male. Bella femmina.

«Incredibile: sta male vero!»

«Vedi che non ho intenzione di vedere gente che muore», faccio io a Pier Francesco.

Mi hanno fatto sempre impressione, i morti. E soprattutto la cosa che non ho capito mai è perché bisogna andarli a vedere. Che cambia? Se uno è morto è morto, mica succede niente se lo vedi. 'Sti ultimi saluti qua, questi congedi macabri, non hanno senso. È come se uno incontra per strada a un amico e gli dice ciao pure che quello non l'ha visto e ha tirato dritto con la macchina. Chi è che lo fa? Nessuno. Logico come il rituffo dell'acqua del cesso quando fai la cacca: i saluti non si sprecano. La morte però la sovverte la logica. Dovrebbe essere libera e invece non fa che creare vincoli. Anzi sono gli uomini stessi a non fare altro che crearseli per rendere la situazione sempre più imbarazzante, più macabra, più assurda in generale. Perché più assurdo dei funerali non esiste proprio niente. Pure quelli più normali, i pochi superstiti alle nevrosi moderne, personaggi in estinzione che andrebbero tenuti nella bambagia come i panda, pure loro ai funerali si riempiono di ansie, di paure e formalità che come risultato provocano una cosa semplicissima: si mettono a dire e a fare minchiate. Matematico. Pure loro che sono normali. Il funerale è la fiera delle gaffe e, superati i quaranta, diventa pure la prova generale della propria morte. Perché tutti, superata la soglia di età in cui puoi morire senza preavviso, quando si ritrovano ad accompagnare un morto al cimitero, pensano, si guardano intorno, ascoltano le battute, immaginano di invertire gli interpreti principali e di spostare le luci, studiano la scenografia. Insomma, fanno le prove.

Quello che mi dà soprattutto fastidio a me però, sono tutte le ore precedenti al trasporto della bara in senso stretto. E cioè la visita al morto. E non mi va di argomentare troppo la faccenda, perché la cosa è semplice semplice. Ci sono un bordello di motivi che rendono un cadavere una cosa che non c'è proprio motivo di andare a visitare: è freddo, non si muove, è vuoto e se lo baci sembra di plastica.

Insomma, i morti fanno schifo. Si pisciano e si cacano pure addosso, prima di cominciare a diventare verdi. Non mi pare che sia una questione che ha bisogno di essere dibattuta, perché la dimostrazione della mia tesi è sotto gli occhi di tutti, solo che questi tutti fanno finta di niente perché se no le famiglie dei morti si offendono. E non perché ci tengono veramente a tutta 'sta messinscena, ma perché vogliono che lo subite pure voi quello che loro hanno subito a qualche altro funerale di qualche altro sconosciuto o parente. È un cane che si morde la coda, un gioco di vendette al rilancio, di lutto in lutto, di ripicca in ripicca.

Quindi se questo qua, 'stu Lanzafame, deve morire, non lo deve fare mentre sono a casa sua.

Ci sediamo nella sala d'attesa che è piena zeppa di persone. Più che addolorati sembrano tutti piuttosto incazzati. Prendiamo posto accanto a uno con la faccia simpatica e i baffi arricciati. Ci guarda, pare che ci sta studiando. Pier Francesco lo guarda pure lui e gli fa un cenno col capo come a dire *quindi? Che vuoi?* Fresco come una Pasqua l'uomo coi baffi ci fa:

«Macelleria?»

«Come scusi?» rispondo io.

«Che cosa dovete aprire voi?»

«Non capisco», fa Pier Francesco.

Io inizio capire, a dire la verità.

«Qua tutti quelli che vedete devono aprire qualcosa. Secondo voi perché sono qua?»

Lo guardiamo sbigottiti. Poi seguiamo il suo sguardo che si mette a circumnavigare la sala, ospite per ospite. Ci sono una cinquantina di persone, forse di più. L'uomo coi baffi comincia il suo elenco. A ogni faccia, fa corrispondere un'attività.

«Gelateria...panificio...pizzeria...torrefazione...friggitoria…ristorante…ristorante…ristorante…pizzeria. Volete che continuo?»

Facciamo intendere di aver capito perfettamente.

«Qua tutti stanno aspettando l'ispezione per aprire. Sono tutti fermi per colpa di 'stu cornuto. Voi che aprite?»

«Una sfincioneria.»

«Strano. Avrei detto macelleria.»

Ci dà un'ultima controllata, come se ancora non ci credesse.

«Comunque, siamo tutti qua tipo da un mese. Se non si riprende lo ammazziamo noi. A quanto pare è l'unica soluzione.»

Io e Pier Francesco scoppiamo a ridere, ma quello rimane serio serio. Anzi ci guarda storto come a dire: che cazzo ci ridete? Poi, continua.

«Non ve l'ha detto l'impiegata?»

«Sì ce l'ha detto», rispondo.

«Se volete potete entrare con me, così saltate il turno. Io sono il prossimo.»

Non ho intenzione di vedere né malati né moribondi. Decido di rifiutare categoricamente.

«No ma veramente io…»

Interviene Pier Francesco in contropiede, proprio mentre escono due persone dalla sala visite e scatta il nostro turno.

«Molto volentieri.»

Mi afferra per un braccio e mi alza. Seguiamo il tipo coi baffi. Attraversiamo un corridoio stretto che ci porta fino alla camera da letto. Il signor Lanzafame, ispettore dell'ASL in servizio dal '79, è immobile a letto. Da ogni arto gli esce un tubo. C'ha una mascherina per l'ossigeno.

«Questo sta morendo per davvero», faccio sottovoce a Pier Francesco.

«*Assittamuni*», fa l'uomo coi baffi.

«Sediamoci a fare che?» gli risponde Pier Francesco.

Nel frattempo quello si è già piazzato su una sedia; ce ne sono quattro, messe in fila. Esce un rosario. Si mette a recitarlo tutto concentrato. Le labbra gli si aprono e chiudono con un ritmo regolare, le dita scorrono veloci sulla corona. Una catena di montaggio religiosa. Prega perché tiri le cuoia. Gli occhi sono chiusi; ogni tanto li apre e controlla che l'ispettore sia ancora vivo. Per tre volte, rimane deluso. Per tre volte, ricomincia la nenia.

Finisce di pregare e rimette a posto il rosario. Si alza, comincia ad andare avanti e indietro. Nervoso.

«Che facciamo, andiamo?» gli faccio io.

«Aspettiamo altri cinque minuti. Magari muore...»

«Appunto dico di andarcene», gli rispondo.

Quello però non smette di camminare avanti e indietro. Pier Francesco resta zitto. All'uomo coi baffi gli si accende un sorriso stronzo.

«Almeno passiamoci il tempo», fa.

Va verso Lanzafame. Gli prende il tubicino della flebo. Glielo ostruisce per un po'. Afferra la mascherina dell'ossigeno. Gliela allontana dalla bocca. Lanzafame va in apnea per qualche secondo, prima che l'uomo gli salvi la vita ridandogli l'aria che gli serve. Gioca al gatto col topo. Sorride. Tutto quello che può toccare lo tocca: tubi, tubicini, fili, macchinette. A noi scappa un gemito di divertimento. Facciamo finta di sentirci in colpa e gli chiediamo di smettere. In realtà ci stiamo pisciando sotto dalle risate.

Il signore coi baffi però si esalta e comincia a esagerare. Dilata i tempi di tutto. Le apnee cominciano a durare di più, i liquidi nella flebo di bloccano per tipo quaranta secondi a botta. Dal gioco si passa allo scherzo pesante. E sia io che Pier Francesco ne abbiamo vista di gente non dico morire, ma farsi male seriamente per minchiate del genere sì. E l'ispettore dell'ASL, il signor Lanzafame, non si può certo permettere di farsi male seriamente, conciato com'è.

Pier Francesco continua a ridere e gli dà corda. L'uomo coi baffi è spietato. L'ispettore sono quasi sessanta secondi che non vede ossigeno. Gli arriva pure qualche schiaffetto sulla faccia come a dire: *oh, tutto okay… scemo?*

Negli occhi del sadico baffuto si accende una scintilla. Qualsiasi cosa significhi, non mi piace. Questo è pazzo, ve lo dico io. Se ne accorgerebbe chiunque, pure uno con i biglietti del tram in testa, ma Pier Francesco no, è troppo divertito. Ride forte, non si riesce a trattenere. E quello continua. Gli ridà l'aria ma poi piglia un cuscino e fa il gesto di metterglielo sulla faccia. Si guardano, complici. Sembrano i compagnetti dell'ultimo banco, quelli che si divertono sempre per qualche motivo che sanno solo loro e che di solito dopo qualche anno vengono arrestati per spaccio. Mi escludono, a me che non faccio che sperare che non entri la moglie dell'ispettore per risparmiarmi la figura di merda e contemporaneamente pregare che entri a salvargli la pelle. Perché se continua così, vero lo ammazza a quel povero Cristo. Gli comincia qualche spasmo alla gamba sinistra. Ora mi alzo e lo fermo, mi ripeto. Ora mi alzo e lo fermo.

«Finiscila», gli faccio a Pier Francesco, che mi risponde con lo sguardo del ragazzino che si sta divertendo e non vuole rotture, «non gli dare corda.»

Si calmano un poco. Mi sembra il momento migliore per metterli a posto definitivamente.

«Basta piccio'! Vedete che sta male…»

Salta la corrente. Rimaniamo al buio. Black out. Non si vede niente *manco se*. Tutto il quartiere deve essere rimasto al buio, perché dalla finestra non entra uno spiraglio di luce che sia uno.

«Che cazzo è?» faccio io.

«Sarà saltato il contatore», risponde Pier Francesco, «lei tutto ok?» chiede al tipo coi baffi.

Silenzio. Quello non risponde. La domanda si dilata nel vuoto.

«Tutto ok?» insiste.

Mi accodo pure io:

«C'è ancora?»

Niente. Un tonfo di parole. Se ne resta muto. Lo sappiamo che c'è però, lo sentiamo respirare. Ansima.

Aspettiamo qualche secondo. Torna la luce.

Lanzafame è ancora lì, sereno come solo un moribondo sa stare. I tubicini sono tutti al posto loro. Sembra che sta bene. L'uomo coi baffi invece, è seduto accanto a noi, come se si fosse teletrasportato lì.

«Scusate, al buio mi vengono gli attacchi di panico.»

Lo guardiamo ed effettivamente sembra turbato. È umido, le luci della stanza sono bianche e la faccia gli brilla per il sudore.

«Andiamo?» fa.

Ci alziamo e usciamo dalla camera, proprio mentre fa il suo ingresso la moglie dell'ispettore. Salutiamo.

«Arrivederci signora. Torniamo presto.»

Quella però ha occhi solo per il marito. Ci saluta distrattamente. Percorriamo il corridoio in silenzio. Arrivati all'altezza della sala d'attesa, sentiamo delle urla.

«Nooo, nooo… bedda matri!»

L'uomo coi baffi è davanti a noi e mantiene il passo, puntando dritto verso la porta. La sorella della signora Lanzafame si alza e corre a vedere cosa è successo. Come in un riflesso, tutta la sala si mette in piedi appresso a lei. Anziché seguirla, ognuno rimane sul posto. Sembra la curva di uno stadio, mentre sul campo da gioco c'è la vita di un povero disgraziato. Il portiere è fuori dai pali e l'attaccante ha fatto un pallonetto. La palla rimbalza piano verso la linea di porta, pronta a depositarsi in rete. Tutti aspettano solo che l'arbitro dica, col triplice fischio: è morto. E alla fine, l'arbitro soffia nel fischietto; si sentono i singhiozzi della neo vedova. Piange, ogni suono che le esce dalla bocca le si arrotola dentro al petto. La curva esulta. Si abbracciano tutti. Gol e fine dell'incontro.

L'uomo coi baffi si ferma sulla porta. Anzi è Pier Francesco che lo ferma. Li vedo che parlano sottovoce. Mi avvicino pure io per sentire un poco meglio.

«Ma chi minchia facisti?» gli fa Pier Francesco.

«Io? Picchì?»

«Stavi facendo quello che stavi facendo, se ne è andata un secondo la luce ed è morto...»

«*E chi buoi 'i mia?*»

«Come che voglio da te?»

Pier Francesco l'ha afferrato per un braccio, ma quello si divincola e prende le scale. Appena vede uscire il primo, tutta la curva si allontana dagli spalti e comincia a sfollare anch'essa sulle scale. Procediamo piano, come all'uscita dagli stadi. Perdo di vista Pier Francesco e l'altro, li vedo in lontananza che discutono sempre più animatamente.

Qualcuno accenna un piccolo coro. È una pioggia di pacche sulle spalle, di occhi che si guardano, di sospiri di liberazione. Sembra che hanno fatto la rivoluzione e invece è solo morto un cazzo di ispettore. Ora possono aprire le loro attività. L'unico merito che hanno è avere gufato forte, tifosi sfegatati di una squadra che si sostiene a convenienza:

la morte. Siamo così tanti che creiamo una serpentina umana sulle scale, allungandoci poi in una fila indiana lungo la tettoia del giardino.

Mi divincolo dal gruppo e cerco di raggiungere Pier Francesco. Lo tiro per la camicia.

«Dov'è?» gli faccio.

Dell'uomo coi baffi però, non c'è traccia.

CINQUE

Con la scusa di provare la macchina nuova e recuperare un minimo di sintonia, io e Barbara questa domenica ci facciamo una gita fuori porta.

Alla fine l'abbiamo comprata, sì. Tra spenderne milleseicento per la nostra che era già vecchia e seimila per una nuova, mia moglie e mia suocera non hanno avuto dubbi e hanno optato per la seconda opzione. C'era questo usato di qualità in ballo, potevamo farcelo sfuggire? Ovviamente no.

In realtà la gita fuori porta ha un doppio fine, almeno per quanto mi riguarda: acquistare una fornitura di olio bio per la sfincioneria da una coppia di vecchietti di Collesano, un piccolo paesino alle porte delle Madonie. Un paesino immerso nella campagna, tra colline piene di ulivi, campi di grano, mucche che pascolano in mezzo alla strada, balle di fieno e gente che parla usando le sillabe in modo strano mentre si gode la natura selvaggia. In pratica, una vera merda. C'è solo una sensazione positiva che ti arriva qualunque cosa tu faccia qua: se c'è un posto in cui hai qualche speranza di non morire mai, di sconfiggere il sonno eterno, probabilmente è questo buchetto di culo a dodici chilometri dal mare. Solo che nel frattempo, per colpa della noia, la voglia di morire ti arriva più veloce dell'eiaculazione di un tredicenne ai primi spruzzi.

In realtà usare olio biologico, pure che è cento volte

meglio e costa dieci volte di più di quello che compri al supermercato, va contro a non so quali normative della legge. Ma siccome il mio sfincione deve spaccare i culi a trecentosessantagradi, non posso rinunciare a un ingrediente importante come un olio di qualità. Quindi, muto muto, comprerò l'olio che mi serve e lo travaserò dentro a delle bottiglie di Bertolli comprate ovunque. Tanto alla fine, chi va a controllare cose del genere?

Per trovare la casa dei vecchietti, siamo costretti a chiedere informazioni, bestemmiare tutti i santi, affrontare strade mai asfaltate, fare la gimcana tra mucche e pecore e soprattutto, ed è un dato non trascurabile, goderci l'aperta e odiosa campagna. E devo fingere per davvero che mi piace, mica posso rovinare la giornata a Barbara, visto che già la nostra relazione è appiccicata con le *sputazzate*.

Siamo a fine giornata; abbiamo mangiato, bevuto, passeggiato a piedi e a cavallo, abbiamo assaggiato formaggi di tutte le tipologie e razze, avvistato cinghiali, pastori con qualche simpatia di troppo per le loro pecore. Abbiamo fatto quello che di solito le persone normali farebbero in tre o quattro anni di vita agreste, non sono nemmeno sicuro che il nostro corpo di città fosse temprato per tutta questa salute. Potremmo avere una reazione allergica, un attacco di panico, un black out cardiaco da un momento all'altro. E infatti, ora che prima del tramonto dovremmo fare quello per cui alla fine siamo venuti, mia moglie si è addormentata alla grande e la strada per la fattoria dei vecchietti l'ho dovuta trovare da solo.

«Barbara...»

Non si sveglia.

«Barbara...» insisto, spostandole leggermente avanti e indietro il gomito.

«...siamo arrivati.»

Apre gli occhi e sbuffa come se dovesse assistere a una lezione di uncinetto incrociato in vietnamita. Mi sa che sperava di risvegliarsi direttamente a Palermo.

«Ti secca se resto a dormire?»

«Dai, non ti va di aiutarmi a trattare sul prezzo?»

Lo dico solo per coinvolgerla un poco: le femmine nelle trattative sono zero totale.

«Va be, ho capito; ti spaventi», mi fa, sforzandosi di aprire gli occhi.

«Ma mi spavento di che?»

«Insetti, scarafaggi, gechi, ragnatele. Devo continuare?»

...

«Hai paura del novantanove percento delle cose presenti fuori da questa macchina Mi'...»

«Non è paura. È antipatia reciproca.»

«Scendiamo, dai!»

I vecchietti ci accolgono come se fossimo marziani. Parlano piano, non capisco se perché si sforzano di trovare l'italiano o perché pensano che veniamo davvero da un altro pianeta.

Superati i macchinosi convenevoli, ci portano all'interno di un garage adibito a mo' di casa. È pieno di piccole cisterne, botti, panari, barattoli di estratto, salami appesi alle pareti, mazzi di origano, cime d'aglio. Sembra la bancarella di un fruttivendolo disposta in verticale. Ci sono due galline morte appese a testa in giù. Barbara mi fa lo sguardo doppio: *ma dove mi hai portato? E non volevi che scendessi con te, eh?*

Ora io non so se ci siete passati mai, ma a quanto pare i paesani prendono l'assaggio dell'olio come una cosa molto seria. All'improvviso i due vecchietti, da campagnoli imbarazzati si trasformano in due perfetti sommelier. Dopo una serie di evoluzioni raffinate, movimenti di gomito e strane shakerate, tre piattini diversi di olio ci vengono serviti, accompagnati da altrettante molliche di pane.

«E che cambia?» chiedo io.

«La spre-mi-tu-ra», fa il marito.

Quando mia moglie chiede informazioni aggiuntive, i vecchietti ci rimbambiscono con le loro frasi lente ma tecniche. Non ci capiamo definitivamente niente, ma stringiamo le tempie come se collegassimo tra loro le varie informazioni.

Assaggiamo.

«Ma sono tutti e tre buonissimi», fa mia moglie.

«Eh, diciamo che vanno bene. Soprattutto questi due. Sul terzo non ci siamo proprio», mi inserisco io, scacciandole l'occhio per farle capire che la trattativa è appena iniziata.

«Si ve-de che sie-te degli in-ten-di-tori», fa la moglie del vecchietto, «effet-ti-va-mente chesti due sono meg-ghio».

«An-che se sem-pre di ol-io di altis-si-ma gualità sti-amo di-scu-ten-no. Can-cia so-lo la quali-tà del-le ali-ve», precisa il marito.

«Possiamo riassaggiarli tutti?» fa mia moglie, reggendomi il gioco.

Andiamo per allungare le mani verso i tre piattini, ma i sommelier ci fermano come se stessimo per pisciare su un originale di Van Gogh.

«La molli-ca con-ta-mi-na!» sentenziano, come se avessero appena pronunciato vade retro.

«Contamina», ripete Barbara, guardandomi come se fossi uno scemo a non saperlo.

I vecchietti buttano i tre piattini nella spazzatura e ripetono il rito: evoluzioni raffinate, movimenti di gomito, strane shakerate e le tre molliche di accompagnamento; tutto da capo. Ci servono di nuovo e di lì a poco finiamo a parlare di soldi.

«La richie-sta è di ot-to eu-ri al li-tro.»

«Otto euro? Ma mi ci vengono sei litri di benzina! State attenti: vedete che se si sparge la voce, gli Stati Uniti vi vengono a bombardare.»

La battuta non li fa ridere.

«Poi dipe-nne da quan-to ne pigli-a-te», si inserisce la moglie.

«Almeno ottanta litri», rispondo io

«Allo-ra possi-amo scen-nere a se-tte eu-ri.»

«Facciamo sei euro e non ne parliamo più», si intromette Barbara.

La guardo un poco storto, la trattativa era appena iniziata. Vorrei incazzarmi come una suocera, ma lei l'ha presa a ridere e non posso rovinarle il gioco, pure che dentro c'ho i vermi che mi friggono e cercano la strada per risalire fino al cervello.

Ce ne andiamo.

Durante il viaggio di ritorno le chiacchiere sono al minimo sindacale.

«Che hai?» mi chiede Barbara.

È quasi dolce nel tono. Non la sentivo così da un pezzo. Distrarsi le ha fatto bene.

«Niente, perché?»

«Non hai parlato più.»

«E che dovevo dire?»

«Niente. Fai finta che non ti ho detto niente.»

Faccio finta benissimo e continuo a guidare. Guardo dritto sopra al volante.

«Comunque è stata una bella giornata. Sono stanca. Ti scoccia se mi addormento mentre guidi?»

«Dormi pure...»

Barbara si allunga sul sedile. Un sorriso di serenità le si apre sul viso, prima che il mio tono stronzo glielo ammazzi sul nascere. L'unica trovata che mi esce per chiudere in bellezza la giornata e rovinare questa parentesi di otto ore di serenità tra me e mia moglie, è più o meno la seguente.

«...tanto il danno che dovevi fare l'hai fatto. Li avrei fatti scendere almeno a quattro euro al litro», le dico fissando l'asfalto.

Poi mi giro duro verso di lei, quasi minaccioso, come se il futuro dei miei affari dipendesse tutto da quei due euro al litro in più.

«La prossima volta fai parlare a me!»

SEI

Le persone si ammucchiano, sembrano macchie, si spargono a muzzo davanti a «La diagonale». L'ho chiamata così la sfincioneria, in onore dei bravi terzini, in onore di una delle prime cose che ti insegnano a fare su un campo da calcio, ma che tutti tendono a dimenticare coi primi spasmi della fatica. La diagonale è un'arte, come il tiro a giro, il colpo di testa o la veronica. È come lo sfincione, quello vero, quello all'antica. Quello che mancava a questa città, affollata solo da sfincionari ambulanti, approssimativi e *fitusi* sulla loro Ape. E invece lo sfincione ha una tradizione che lo eleva dall'etichetta di cibo da strada. Perché c'è sfincione e sfincione, ed è inutile che i Baarioti, quelli di Bagheria, si *allattarìano** tutti, che si vantano; è inutile che lo fanno bianco, perché lo sfincione lo sappiamo fare solo a Palermo. Perché nello sfincione ci va la salsa e si fa lievitare due volte. Anzi, tre, come faccio io.

Le persone aumentano. I suoni fanno il resto. È un concerto di voci, applausi, il coro di qualche tifoso che è venuto. E poi ci sono i suoni della città, del centro storico. Di una nave che sta entrando nel porto. Oggi è uscito pure un bel trafiletto sulla stampa locale. Fa notizia Mimmo Calò che si apre una sfincioneria e smette di raccontare il Palermo; e poi dopo tutti questi anni in mezzo ai giornalisti, era inevitabile che qualche favore indietro mi spettasse per diritto. È venuto pure il nuovo ispettore dell'ASL, quello che mi hanno assegnato dopo la morte di Lanzafame. A proposito, pare che è morto da solo, pure che io e Pier Francesco rimarremo sempre col dubbio. Il nuovo ispettore invece ha fatto il tranquillo; abbiamo parlato più di calciomercato che dei controlli che stava facendo, quando si è presentato in sfincioneria. È il giorno dell'inaugurazione, e quello che ora sembra perfetto, da qualche parte dentro di me lotta con questa sensazione che continua a ripetermi che non durerà.

Quando uno apre un'attività è annebbiato dall'entusiasmo. L'inaugurazione, poi, ci mette il carico. Ti dicono tutti che verranno a mangiare da te, che è il locale che serviva non solo alla tua città ma a migliorare la qualità di vita dell'intero universo.

Ti sembra che non stai rischiando niente. Che hai avuto l'idea giusta, che alla gente tutto gli puoi togliere tranne il mangiare. Ti senti come quando la tua squadra vince due a zero a dieci minuti dalla fine. Mica puoi perdere se mancano dieci minuti al novantesimo.

Quello che ancora non sai invece, è che non solo stai rischiando, ma che stai proprio giocando d'azzardo. Altro che due a zero. Perché quando apri un'attività, pure che all'inaugurazione ti sembra che sei in vantaggio di due gol, in realtà stai già perdendo. Non hai manco cominciato la partita che già, tra debiti, incognita sulla riuscita del business, dipendenti da pagare, forniture e lo stesso banchetto dell'inaugurazione che ti costa un occhio della testa, manco te ne sei accorto e sei già sotto di tre gol. Tre a zero. Palla al centro. E siamo ancora al decimo del primo tempo.

Se poi ci metti, come nel mio caso, la maternità di tua moglie, la madre tirchia e neo separata che non ti dà una mano; il padre con la paghetta che ti fa i ricatti, la macchina che si rompe e altri imprevisti che sono lì pronti ad aspettarti al varco, prima di andare negli spogliatoi hai già preso un altro gol, sei sotto di quattro e la *cafìata** è dietro l'angolo.

Insomma, manco hai aperto e sei già definitivamente nella merda. Quindi è inutile che tutti si sprecano in strette di mano, pacche sulle spalle e promesse che non manterranno. Perché dal giorno dopo, a tutti questi non li vedrai più.

Se la sfincioneria andrà bene o male, dipende solo da me. E dalla dose di culo che deciderà di accompagnarmi lungo 'stu viaggio.

C'è un sacco di gente che non conosco. Il primo che noto è un uomo solo, anziano. Si è seduto sulla panchina di fronte al locale. Si fa notare perché mangia lo sfincione col coltello e la forchetta. Come faccio io.

Quando mi avvicino, mi accorgo che gli ha tolto tutto il bordo e lo sta conservando su un tovagliolo di carta. Sotto alla panchina, si è seduto un cagnolino. L'ho già visto mentre facevamo i lavori. Se ne sta in giro, sempre su questo marciapiede: qualcuno deve averlo abbandonato.

Gli faccio un cenno con la mano, all'anziano; tanto pure se parlassi manco mi sentirebbe bene, con il casino che c'è. Risponde, indicandomi con gli occhi e con il mento come a dire bel lavoro, compa'.

Piglia il tovagliolo, libera i bordi dello sfincione e li dà al canuzzo. Quello se li mangia, felice. La scena mi mette in pace gli occhi, e l'anziano se ne accorge.

Allora mi guarda e, ad alta voce, mi fa:

«Ci l'avi un nome?»

Gli allargo le braccia. Non lo so, significa. L'anziano lo capisce, perché ritorna a farsi i fatti suoi, mentre il trovatello continua a mangiare.

Mi faccio un giro. Saluto amici e parenti. Sorrisi; troppi, inutili.

Resto comunque interessato di più a quelli che non conosco. Fra questi, ce ne sono altri due in particolare. Poggiati al muro, vicino all'ingresso.

Uno si presenta, l'altro resta in disparte, gli fa da ombra. Non mi piacciono. Subito. A pelle.

«Buonasera signor Mimmo.»

«Buonasera.»

«Bel locale.»

«La ringrazio.»

Quello continua a guardarmi con un leggero movimento della testa. Annuisce in modo sicuro, e soprattutto senza che ce ne sia completamente motivo.

«Tutto okay? Ha preso qualcosa da mangiare e bere?» gli dico gentile, nella speranza di farlo stare fermo due minuti.

Mia suocera si avvicina, si vuole infilare nella conversazione. Poi però è distratta da una portata calda calda e si allontana di qualche metro.

«No grazie, sto bene così.»

Quello non se ne va. Si prende ancora qualche secondo per fissarmi dritto negli occhi e muovere il collo avanti e indietro.

«Piuttosto ci sono un paio di persone che non sono potute venire. Eppure le vorrebbero assaggiare due cose fatte da voi...»

«Faccio solo una cosa: lo sfincione», preciso io, «ma se vi volete portare un piattino...»

«Un piattino mica basta», mi fa.

L'ho capito cosa vuole dire, ci sono tutti i sintomi. La situazione mi piace ancora meno, ora. Uso una strategia che funziona sempre, un classico: faccio quello mezzo scemo.

«Vuole una scodella grande?»

Si fa una risata di quelle strozzate. *Ci rivediamo presto, è inutile che fai lo spiritoso*, mi vuole dire. *Mimmo Calò non ne paga pizzo*, gli voglio dire io con un gesto della mano del tipo *talìa a questo.* Lo indico proprio, col palmo verso l'alto e le dita chiuse e tese, come si fa quando uno ha appena detto una stronzata. Accompagno il gesto con una risata di rito. Mi esce così bene che penso che la mia è una faccia rubata al teatro.

Si fanno un giro. Non li perdo mai di vista. Non parlano con nessuno, stanno altri cinque minuti piedi piedi e poi li perdo. Mi sembra che se ne sono andati, ma non è così. Perché quando li rivedo, stanno parlando con mia suocera. La fanno ridere. E mi guardano.

Mi salgono i cinque minuti: manco ho aperto e già ci scassano la minchia con il pizzo. Come se non bastassero tutte le altre cose che uno deve pagare. Entro dentro, vado dietro al bancone e mi metto a cercare un pezzo di cartone. Ne trovo uno che va bene, ma lo taglio perché è troppo grande. È bello liscio, l'ideale per scriverci di sopra.

Non trovo manco una penna, né un pennarello. Niente. Vado da Barbara. Sta parlando con quel coglione di nostro cognato, quello che difende i mafiosi. Giusto giusto. I cinque minuti diventano dieci, sono incazzato a puntino. Non mi esce una bestemmia solo perché non voglio spaventare la clientela.

«Ce l'hai una penna?»

«No.»

«Un rossetto?»

«Cosa?»

«Ce l'hai o no?», le dico secco.

Lo cerca nella borsa. La gente intorno si comincia a chiedere: che ci deve fare co' 'sto cartone?

Me lo passa. Gli levo il tappo e faccio uscire l'estremità rossa. L'odore dei cosmetici mi ha fatto diventare sempre mezzo maniaco, ma non è il momento, me ne rendo conto. Lo passo sul cartone, usando l'altro braccio a mo' di scrivania.

Mi sento un genio. Scrivo con le idee chiarissime, mentre tutti mi guardano. Mafiosi da quattro soldi, gli faccio vedere io che figura di merda che gli fa fare Mimmo Calò.

«A che ti serve?» mi chiede Barbara.

«A niente.»

Entro dentro e prendo un pezzo di spago e un pezzo di scotch. Faccio un buco sulla parte superiore del cartone e ci infilo lo spago. Faccio un nodo in alto. All'altezza del nodo, appiccico la striscia di scotch e vado verso la porta d'ingresso. Controllo che il verso sia quello giusto, con la scritta rivolta verso l'esterno del locale e attacco il capolavoro.

Faccio due passi e mi porto fuori, per rileggerlo e vedere l'effetto che fa. Il rosso sgargiante spicca meglio di un pennarello vero. Sono fiero di me.

Mi guardo intorno per vedere se ci sono ancora i due malandrini, ma non li trovo. Procedo con la lettura, tra le labbra: *QUI NON SI FANNO SCONTI, NON SI TIFA CATANIA E SOPRATUTO NON SI PAGA IL PIZZO.*

Il corpo mi reagisce prima della testa, mentre tutti hanno fatto capolino attorno a me. Divento tutto rosso e non capisco ancora perché, come se la pelle sentisse il pericolo prima ancora che la mente lo decifri. Parte un applauso, che fa da colonna sonora a questa figura di merda senza filtri che sto per mettere nella bacheca dei ricordi, fatta di trofei, primi posti e targhe che commemorano tutte le figuracce che ho fatto in quarant'anni.

E infatti lo vedo che qualcuno comincia a parlare sotto voce, indicando il cartello. C'è qualcosa che non va e sto per rendermene conto. Questione di secondi. La testa però non si è ancora messa al pari col corpo, che invece ha già capito tutto e soccombe all'imbarazzo.

«Sopratuto?» mi chiede Barbara, ironica e pure un po' umiliata.

SOPRATUTO. Così ho scritto. Una sceneggiata di tre ore, teatrale da morire, e mi mangio due T come un analfabeta qualsiasi. Gli stessi che prima indicavano il cartello li vedo che si mettono pure a ridere e si allontanano. Pier Francesco, da lontano, si congratula con un ironico pollice all'insù. Mio padre, con la faccia da pesce, invece non c'ha capito niente. Mia madre, che continua a tenergli il gioco in questa sceneggiata della coppietta perfetta pure che si sono lasciati, è troppo impegnata a nascondersi pezzi di sfincione nella borsa. I malandrini, ora che li vedo di nuovo, se la ridono peggio di tutti.

Io rimango impalato, con quel pezzo di cartone scritto male, con quel rosso sgargiante che è un presagio e un riassunto perfetto di tutta una vita, la mia.

Perché ogni volta che ho fatto qualche cosa, pure che l'idea era buona, per quarant'anni non ho fatto altro che realizzarla sempre un po' a cazzo.

Ed è ora di finirla con questa storia.

SETTE

La prima settimana non è andata male, ma manco troppo bene. Vendere abbiamo venduto, ma senza cifre da fare girare la testa. Abbiamo lavorato soprattutto a pranzo. I malandrini del pizzo non si sono visti più, così come tutti quelli che avevano fatto mille promesse durante l'inaugurazione. Oggi però è un grande giorno, perché sta per succedermi quello che ogni ristoratore sogna che accada alla propria attività: l'apertura di un ufficio postale vicino al proprio locale; una botta di culo esagerata che porterà nella mia sfincioneria frotte di impiegati statali e clienti. E considerati gli stipendi da miseria, questi qua chi possono scegliere per la pausa pranzo se non la sfincioneria di Mimmo Calò, la più buona ed economica in città?

È tutto pronto, fra dieci minuti scatta l'ora x. Fino a ora ho fatto tutto da solo, senza camerieri. Per l'occasione però ho deciso di chiamare i rinforzi, la mia ex assistente alla trasmissione che sogna ancora di diventare magistrato e ha bisogno di pagarsi gli studi.

«Vedi che non si guadagna assai a fare il magistrato», le dico ogni volta.

«Non è per i soldi. È per fare quello che mi piace.»

«Lavorare non è mai un piacere. Pure se fai una cosa che ti piace.»

«Ne dobbiamo parlare di nuovo?»

«Piuttosto lo sai cosa ti può aiutare a fare veramente quello che vuoi?»

«I soldi?»

«La libertà. Ma la libertà la possono comprare solo i soldi. Qualche anno di sacrifici e poi ti compri tutta la libertà che vuoi. Altro che magistratura...»

Non lo penso, ma glielo dico lo stesso, ogni volta. Mi piace fare il santone con i giovani, fargli credere che col tempo uno le cose le capisce, che a poco a poco ti arriva una consapevolezza delle cose che in realtà non esiste *manco se*. Perché non si impara, mai. Non esistono strategie da affinare. Si è bambini, giovani, vecchi che resistono e vecchi; e la cosa non influisce minimamente sugli eventi. Cambiano solo le energie fisiche per affrontarli. Vorrei poterle dire che un giorno avrà le idee più chiare, ma non è così. E allora bluffo, mi atteggio a grande saggio, ma l'unica cosa che ho capito veramente è che a poco a poco ci si rassegna. C'è una presunzione nei giovani, un'utopia di comprensione che non si realizza mai, che finisce piuttosto per essere continuamente frustrata, e che è l'unica cosa che li distingue dai vecchi che resistono e dai vecchi, quelli che l'hanno capito e si sono rassegnati. Per questo sono belli, i giovani. Combattono contro i mulini a vento convinti che un giorno capiranno. Ma poi non capiscono.

Ci guardiamo io e Giada, in attesa che lo sciame di impiegati venga a reprimere la propria infelicità con la nostra magia a lunga lievitazione: lo sfincione. Ne ho infornato assai stamattina, più del solito. È caldo caldo. L'odore riempie il locale e sembra che tutto abbia senso. L'olfatto è meglio dei filosofi, decifra l'esistenza.

Scoccano le 13.00, l'ora x. Tra sguardi e odori esistenziali, passano i primi cinque minuti. Poi dieci. Quindici, ma ancora non arriva nessuno. Locale vuoto, pure peggio degli altri giorni.

«Dai, magari la pausa è più tardi», mi fa Giada.

«Magari...» le rispondo.

Io però lo so che non è così. Mi sono informato. Cerco di nascondere il panico e mi alzo dalla postazione alla cassa, direzione porta d'ingresso. Guardo di fronte, invoco il carro della Santuzza, ma quello mi lascia sbattere. Piazza Kalsa mi ignora. I turisti manco sanno che esisto. Il cartello scritto per i malandrini c'è ancora, corretto con un pennarello blu, con un segnetto con la punta a imbuto che si usava alle elementari. Fa un effetto strano, ma ormai mi ci sono affezionato. E poi era tutta la vita che pensavo una cosa, senza trovare mai risposta: a Palermo, il 90% di quelli che c'hanno una bancarella con le cose da mangiare, c'hanno l'insegna scritta rigorosamente a mano e con almeno un errore di grammatica. E allora penso: *ma non glielo dice nessuno? Un cugino con la terza media, un cliente stronzo, un maestro delle elementari di passaggio?* Lo sapete che vi dico? Che secondo me lo fanno apposta. E allora l'insegna sbagliata, nella mia testa e a Palermo, è diventata sinonimo di qualità, di genuinità del prodotto. E quindi io, se non c'è scritto "Melloni agghiacciati", o "arancie", o "quardate che prezzi" non mi fermo proprio, vuol dire che non sono buoni. Così ho deciso di tenerlo il mio cartone appeso all'ingresso, a tipo portafortuna.

Più mi avvicino alla porta d'ingresso della sfincioneria, più sento un leggero vociare. È il brusio di una folla. Stanno venendo da me, me lo sento. Mi si apre un sorriso di quelli che so fare io, che se ci fosse una telecamera farei impazzire le casalinghe a casa. Mi giro un attimo verso Giada, che mi guarda con gli occhi che brillano. Più avanzo, più li sento.

Più li sento, più immagino il tintinnare dei soldi che mi porteranno. Immagino impiegati statali che prosciugano i loro stipendi a «La diagonale», li immagino insaccare euro con la pala e portarmeli in dono in cambio del cibo più povero che possa esistere, solo farina, lievito, salsa, olio, cipolla e formaggio: lo sfincione, un prodotto su cui puoi solo fare utile. Immagino mio figlio già nato, ed è la prima volta che lo faccio. Lo immagino a tre anni, a vivere nel lusso, vestito come un rapper americano, con le collane d'oro, i jeans a vita bassa, le mutande Hermes e le buttane in piscina, mentre fa un tuffo a bordo della sua limousine giocattolo. Immagino franchising, società per azioni, isole intestate a mio nome. Immagino il mio sfincione mangiato in tutto il mondo, lo immagino superare cannoli, pizza e mandolino nell'iconografia dell'Italia all'estero. Immagino missioni umanitarie, elicotteri pieni di sfincione lanciato ai bambini africani che lo afferrano al volo, e che lo ringraziano coi loro dialetti strani e le pance gonfie a Mimmo Calò, magnate così diverso eppure così generoso.

Arrivato alla porta però, mi accorgo di avere fatto qualche errore di valutazione. La folla di impiegati c'è, ma fa capolino attorno a un venditore ambulante. C'è la fila che arriva fino al mio locale, con i potenziali clienti che danno le spalle alla mia vetrina. *E questo chi minchia è?*

Una lambretta che a una prima occhiata non penso rispetti le condizioni igieniche che mi hanno fatto perdere il sonno in questi mesi. Un'insegna che è una scritta fatta col pennarello, che non credo manco quella rispetti tutte le minchiate che ti impone la legge: DIO TI AIUTA. La cosa definitivamente più sconvolgente però, è che lo sfincionaro in realtà vende di tutto. Dalle gomme da masticare ai super alcolici, dalle cover per il cellulare alle merendine, fino al valore aggiunto, il non plus ultra del contrabbando: le sigarette. Apre uno sportellino nascosto nella parte posteriore della lambretta, infila un braccio e accontenta tutti quei clienti che, insieme allo sfincione, vogliono pure qualcos'altro.

È grasso, indossa una maglietta bianca con la svolta alle maniche da cui fuoriescono dei peli praticamente da ogni lato: petto, schiena, braccia. C'ha un modo di fare alla mano, ogni pezzo di sfincione offerto a chicchessia è una battuta, un sorriso, uno sconto.

Giada mi viene accanto, con le mani sui fianchi.

«Ma chi è?» mi fa.

«Un problema», le rispondo io.

La gente continua ad arrivare. Guarda la mia insegna, butta uno sguardo dentro, vede che è vuoto e si mette in fila per l'abusivo, che nel frattempo si è accorto di me.

Mi fa spallucce da lontano come a dire: *che ci posso fare? È la legge del marketing, amico* – ma dubito abbia mai pronunciato una parola in italiano, figuriamoci in inglese. Nel frattempo sento Giada che parla al telefono.

«Sì. Certo che sono sicura. Ci sono duecento persone e non ho visto uno scontrino. Vende pure le Camel…»

È al telefono con la Guardia di Finanza. Gli dà l'indirizzo preciso: a quanto pare verranno per un controllo.

E in effetti, dopo mezz'ora, arrivano.

Nel frattempo pure i genitori dell'asilo accanto hanno portato i figli appena prelevati da scuola a mangiare dal mio rivale. Da me è entrato solo un signore che viene spesso, quasi ogni giorno. È lo stesso dell'inaugurazione, quello che dava i bordi dello sfincione al bastardino che, infatti, si presenta alla porta dietro di lui.

«*Stay there!*» gli fa.

Il cagnolino lo ascolta e resta fermo. Ubbidiente.

Poi l'uomo viene al bancone. Non è la prima volta che gli sento dire qualche parola in inglese. Per il resto, ha sempre ordinato in siciliano.

«*Du' pezzi di sfinciuni. Cavuru c'è?*» mi chiede.

«Certo.»

«*Ma 'stu canuzzu sempri ca' è?*»

«Sempre», gli dico passandogli lo sfincione.

Se ne va anche questa volta a mangiare sulla panchina di fronte.

Qualche minuto dopo, entra una signora.

«Un pezzo di sfincione e un pacco di Marlboro rosse», chiede.

«Guardi, non abbiamo sigarette.»

«Come non avete sigarette? Qua di fronte le vendono.»

«Non so che dirle signora: senza la licenza mica le posso vendere.»

«Mi sta dicendo che mi devo fare tutta la fila?»

Mi dà dello scemo con lo sguardo, cerca l'euro e cinquanta per lo sfincione nella borsetta e se ne va, delusa come se l'avessi lasciata dopo vent'anni di matrimonio per aver condito male l'insalata.

Sulla porta incrocia i finanzieri che le controllano lo scontrino. Poi si mette in fila per l'abusivo, probabilmente per le sigarette.

La Finanza entra e nel giro di cinque minuti me la fa a me, una multa.

«Le fatture dell'olio? Ma chi le controlla le fatture dell'olio?»

«Noi. Ma poi che domanda è, ci scusi?»

«Ma non vi bastano quelle degli altri prodotti?»

Dice che sospettano che l'olio dentro alle bottiglie Bertolli sia biologico e quindi non autorizzato.

Gli metto su un bordello e li accompagno fuori a vedere quante leggi vengono evase dall'abusivo in lambretta.

«Fuori c'è una situazione da guinness dei primati dell'evasione, e voi rompete le palle a me?»

«Ci lasci fare il nostro mestiere.»

Quando arriviamo fuori però, quello ha smontato baracca. A me mi sembra un film horror.

E invece è Palermo.

OTTO

Esiste un asse cartesiano mentale che ogni donna utilizza per classificare gli uomini, all'interno del quale, stranamente, io non figuro.

Ai quattro estremi dell'asse, quattro categorie: bello, bono, ricco, pettorali. Al centro esatto, ci sono alcune star di Hollywood, a seconda dei periodi e delle mode.

Ci sono quelli boni, belli, ricchi e con quel filo di pettorale che non guasta. Ci sono quelli un po' più boni che belli, e decisamente pettorali, e che di solito vengono scelti per fare i protagonisti nei film con i supereroi.

E ci sono quelli come noi, anzi non ci sono, perché noi, quelli normali, in quell'asse cartesiano non ci rientriamo *manco se*. Qualche fortunato si colloca sull'estremità dell'asse, ma la maggior parte degli uomini che conosco io non figura completamente.

Viviamo tranquilli e troviamo pure delle femmine, per carità. Questo perché quegli uomini non esistono veramente, sono prototipi da laboratorio non presenti sul mercato e, non potendoli avere, le femmine finisce che per dimenticarseli si comprano le scarpe e si sposano a noi, quelli normali, con le pance ovoidali, gli occhiali storti e i peli pure sui palmi delle mani. Chi più chi meno, abbiamo tutti almeno un difetto che ci proibisce l'accesso in quell'Olimpo della sensualità di prima mano. Tutti. Un occhio storto, il naso grosso, sei dita a un piede, un porretto sul mento, le mani piccole, i peli nelle orecchie o più semplicemente, deterrente cruciale per aprire le gambe di una donna: la povertà. Tutti hanno almeno un difetto. Tutti tranne il ginecologo che mia moglie si è scelta per seguirla durante la maternità. E per seguirla, intendo fare tutte quelle cose che i ginecologi fanno alle donne.

«È il migliore, ci sono andate tutte le mie sorelle.»

«Sì, ma duecentocinquanta euro per una visita sono normali?»

«Se a visitarti è lui, sì.»

E così, proprio in questo momento, questa specie di fotomodello che nell'asse cartesiano non dico che sarebbe dove sono stati Brad Pitt e Alain Deloin nei periodi di massimo splendore, però lì vicino sì, tiene le mani dentro a mia moglie e sfoggia il suo sorriso marpione. Ha le spalle così larghe che trasmetterebbe sicurezza pure a uno che si è appena giocato la casa a scala quaranta. E le femmine impazziscono per gli uomini che le rassicurano.

«Se si gira un attimo, posso dirvi il sesso. Lo volete sapere?»

«No», risponde Barbara senza manco interpellarmi.

«No», aggiungo io, come un automa.

La verità però, è che non lo so se lo voglio sapere. Non c'ho pensato. Anzi, a dirla senza filtri, è a tutta 'sta storia di avere un figlio che avrò dedicato al massimo un paio di secondi.

Sta bene? Sta male? È maschio? È femmina? Ma soprattutto: chi è? Aspettare un figlio è un po' come il calcio mercato. Rimani lì a cuocere nel tuo brodo per tutta l'estate, fai la collezione di giornali, indiscrezioni, fantasie, ma tanto le cose si decidono sempre durante le ultime ore. La tua squadra può comprare un campione o una cosa inutile, un attaccante da venti gol a stagione oppure un mala minchiata. Può succedere di tutto. E la cosa peggiore, è che tu non lo sai che c'ha in testa il tuo presidente, così come non sai a chi si sta tenendo dentro tua moglie.

Perché quello, maschio o femmina che sia, può essere pure che dopo sei mesi ti accorgi che è un pacco di prima categoria e, nel caso della femmina soprattutto, appena fa diciott'anni la devi vendere a parametro zero al primo punkabbestia di turno che non è bravo a fare la retromarcia e la mette incinta.

«Dottore, ma tutto okay? Il bambino sta bene?» chiede mia moglie.

«Il bambino sta benissimo.»

Barbara si mette a sorridere. Io, per non essere da meno a quella sagoma di testosterone, tenerezza e conoscenze vaginali inaccessibili che ho di fronte, decido di riconquistare mia moglie con la caratteristica migliore che ho, quella che l'ha fatta innamorare di me: la risposta pronta. D'altronde, come le vuoi fare fesse femmine del genere, più belle, più intelligenti e che, in generale, si meriterebbero di più di quello che tu potrai mai offrire loro? Con quello che io ho sempre chiamato lo yoyo. Giocattolo mediocre e destinato all'oblio, lo yoyo una cosa aveva di buono, e cioè che se ti distraevi un attimo, se non gli davi una botta una volta che la corda si era fatta tesa, il gioco si fermava. Questo almeno all'inizio, quando non eri bravo. Perché appena ci pigliavi la mano, diventava la cosa più facile del mondo e la potevi continuare a fare mentre ne stavi facendo altre cinque. La risposta pronta è come lo yoyo, se la eserciti, quella arriva, sempre, al momento giusto, pure che sei distratto e non te ne frega niente dell'argomento di cui si sta parlando. Tiene viva l'attenzione degli altri, crea un botta e risposta continuo che rende interessante la conversazione, perché, come in un rimpallo, non sai mai dove va a finire il pallone. La risposta pronta ha solo una regola: funziona sempre, ma funziona meglio quando la situazione non te la chiede ma tu gliela metti in mezzo lo stesso.

Mi ci sono giocato le migliori occasioni di lavoro, con la risposta pronta. C'ho evitato pure qualche fermo, quando da ragazzino i malandrini provavano a fottermi il portafogli. E c'ho fatto sesso, la maggior parte delle volte. Tutti stanno là a pendere dalle labbra di quello che in quel momento, per posizione e ruolo, è Dio: il capo, il politico, la femmina, il malandrino. E invece no. Perché Dio lo sapete che cosa vuole vedere? Che non state con la lingua a ponte, pronti a leccargli il culo e che, se è il caso, fate una battuta che non si aspetta completamente di quelle che resta lì a pensare: *aspetta, ma questo chi è?* Vuole vedere che non ve ne frega un cazzo che è amico a San Pietro e può mettere incinta vostra madre senza manco toccarla, vuole vedere che non ci pensate proprio a mangiarvi la mela, ma che sareste capaci di rivendergliela a lui a diecimila Lire al chilo.

La risposta pronta, questo coltellino svizzero che ho tenuto sempre in tasca. Mio figlio sta bene, mia moglie è felice, pende dalle labbra del mio rivale, da questo Antonio Banderas della medicina. Infilo la mano in tasca, perché ho bisogno della mia arma, di una risposta. Avrei bisogno pure che qualcuno mi svegliasse, magari questo figlio, che se ne sta dentro a Barbara senza dirmi niente, senza farsi sentire. Non lo sento.

Mio figlio sta bene.

«Mi fa piacere per lui.»

Non riesco a dire altro. Non mi esce. Lo yoyo si è rotto, non avrei potuto dire niente di più stupido. Non c'è niente dentro, nell'anima; il coltellino in tasca è sparito. C'è solo la bozza di un pensiero isolato: speriamo non si sbrighi a nascere.

NOVE

Ci sono un sacco di luoghi comuni sulle donne incinte, tutti clamorosamente sbagliati: mangiano tanto, sono nervose, hanno sbalzi d'umore, non possono fare sesso – anche se, all'atto pratico, io non ne sto facendo veramente. Ci sono però due cose che nessuno dice sulle donne che aspettano un bambino: la prima, è che pure che sono figlie a qualche serial killer pluriricercata del Nevada, legano esageratamente con le loro madri; la seconda, è che le donne incinte spendono, spendono come se il concetto di conto in banca fosse una di quelle teorie complottiste che nessuno calcola, tipo le scie chimiche o la carne rossa che fa male. Il pensiero ti attraversa in punta di piedi il retro del cranio, lo guardi con la coda dell'occhio ma poi te ne freghi definitivamente e vai avanti, come se avessi visto male.

È per questo che stamattina ho deciso di seguirla. Sì lo so, un bravo marito non si mette a pedinare la moglie. Ma ho mai detto di esserlo, io?

E poi ho bisogno di pensare; e non c'è niente di meglio di dare la colpa a qualcun altro per aprirvi il cervello, ve lo posso garantire. Ci avete la vita incasinata e non sapete dove mettere le mani? Date la colpa agli altri; forse non servirà a risolvere le cose, ma vi sentirete leggeri come i personaggi delle pubblicità, ve lo dico io.

Ovviamente, mia moglie a fare spese ci va con mia suocera. Ormai sono diventate inseparabili, ci manca solo che si mettono a camminare con la manina come fanno le tredicenni, mi dico, ma vengo smentito all'angolo tra Via Roma e Via Cavour. Se le intrecciano per attraversare, e poi non se le lasciano più. In mezz'ora le ho viste entrare e uscire da almeno quattro negozi: abbigliamento, arredamento, sanitaria, cinesi. Che cazzo ci va a fare una donna incinta dai cinesi? Vuole vendergli nostro figlio? Il pensiero mi dispiace tanto? Quanto ci si potrebbe fare vendendo un bambino ai cinesi? Duemila? Cinquemila? Ma che sto dicendo? Ok, non lo sto dicendo, ma che sto pensando? E comunque si farebbe sicuro fregare sul prezzo, quella cosa inutile. Un bambino sei euro al litro. Ma che madre è una che non si fa pagare il giusto per vendere il proprio figlio? Mia madre ci farebbe i milioni su di me. Quelle sono madri. Mia madre non è mai entrata in quattro negozi in tutta la sua vita, figurarsi in mezza mattinata. E se mi nasce femmina e mi cresce fissata con lo shopping pure lei? Meglio maschio. E se mi esce ricchione? Quelli sono peggio delle femmine quando è ora di negozi. Ma lo sfincione invenduto si può dare ai *picciriddi* piccoli? Non camminavo a piedi da un bordello di tempo. E se si sfascia pure la macchina nuova? Che vuol dire usato garantito? Dovessi vendere Barbara potrei definirla così? La troverei un'altra femmina alla mia età? La troverei una femmina senza picciriddi dentro? Hanno guardato verso di me? Si sono accorte che le seguo? Ci sono attenuanti per l'omicidio di suocera? Uno ce l'ha il diritto di seguire le persone, se stanno spendendo i suoi piccioli, no? Se escono da un altro negozio piene di sacchetti le metto sotto con la macchina. A scoparsi una incinta si rischia l'effetto matrioska? La macchina è nuova nuova, devo ammaccarla così? Va be', tanto è parcheggiata. Se escono dal negozio gli dico di aspettare che devo prendere la macchina e investirle. Lo sfincione lo fai meglio di me? I sacchetti li stai pagando tutti tu perché a tua figlia Barbara non ci deve mancare niente? Sai che ti dico? Secondo me dovresti morire. Morire, sì. Hai vissuto abbastanza, no? Che motivo c'è di vivere ancora? E cerca di non reincarnarti e fare figli, vedi di non scassare la minchia come suocera pure nella prossima vita. Ma a che ti serve un corso di yoga da seimila euro? È utile per partorire? Ti autorizzo a darmi tutti gli schiaffi e i mozziconi che vuoi, in sala parto. Mi puoi infilare pure gli spilli sotto alle unghie, se vuoi. La violenza non risolve le cose? E chi l'ha detta 'sta stronzata? Posami due boffe, accavallami due schiaffi e non ci pensare più. Lo yoga! Che cazzata colossale, lo yoga! Forza Catania? Lo sapevo che eri una catanese fitusa, non la dovevo sposare a tua figlia! Svegliati? Ma svegliati a chi? Sono vent'anni che mi rompo la schiena e campo tutto l'universo! Ah, si vede che non ho fatto yoga? E allora vedi di non scass…

«Svegliati…»

…

«Oh Mimmo! Svegliati!»

Apro gli occhi e sono nella mia camera da letto. Tiro un sospiro di sollievo relativo: mia moglie non è a fare shopping, ma di sicuro ci andrà in mattinata. Dice che con un bambino piccolo bisogna farsi trovare pronti. Lo dice sette, otto volte al giorno.

«Che c'è?» le faccio mezzo insonnacchiato, guardando la sveglia che segna le 04.01, «fammi dormire.»

«Ti ho svegliato perché tanto fra mezz'ora ti dovevi alzare comunque.»

«E non potevi aspettare più?»

«Ho avuto un'ideona. Anzi, l'abbiamo avuta insieme.»

Si gira verso sinistra. Seguo il suo sguardo e incrocio gli occhi di mia suocera, seduta ai piedi del nostro letto a tipo fantasma coi bigodini in testa. Un giorno a settimana mi lascia dormire con mia moglie, risparmiandomi il divano. Abbiamo concordato così, ma mica per me; dice che se no il bambino non sente la mia presenza.

Di scatto mi tiro il lenzuolo e mi copro; a quest'ora di solito ho una minchia che tutto sembra tranne che quella di un uomo sposato.

«Dimmi...»

«La stanza del bambino.»

«Che cosa...»

«Lo capisco che non è il momento per ristrutturare casa, lo so...»

«Ecco appunto», rispondo io.

«Ma lo vogliamo fare crescere in mezzo alla carta da parati di tuo nonno?»

Mi tiro su con la schiena, appoggiandomi alla spalliera del letto. Sopra di noi il capezzale di Padre Pio che mia moglie metteva solo quando veniva a trovarla sua madre, e che ora è dalla notizia della gravidanza che dorme fisso sopra di noi. Mia suocera tiene le braccia incrociate sopra alle gambe. La luce del lampione della strada che entra dalla finestra la disegna in silhouette. Il viso pallido, i capelli bianchi, la vestaglia di seta bianca. Sembra morta, ma è meglio non illudersi.

«Perché che ha che non va la carta da parati di mio nonno?»

«Tutto.»

«Fammi un esempio.»

«È triste.»

«La vita è triste. Crescerà imparato.»

«La vuoi smettere di scherzare sempre?»

«Vieni al dunque, Barbara. Che cosa vuoi?»

Si guarda con la vecchia, che gli fa cenno di continuare con un movimento della testa. Già l'ho capito dove vuole andare a parare; con la faccia tradisco rassegnazione.

«Stavo pensando…»

«Stavi pensando…» le faccio il verso, io.

«Stavo pensando: perché non diamo una bella rinfrescata solo a quella?»

Quando sei in una situazione come la mia, certe volte pure gli incubi peggiori sono molto meglio della realtà. Socchiudo le palpebre, cerco la pace ma le risorse non ci sono. La cosa più grave però, è che ho pure perso la voglia di lottare contro di loro.

«Mica può costare assai, no?» insiste Barbara.

Mia suocera annuisce come di fronte a una verità inconfutabile. Mi guardano, mi inchiodano alla spalliera con lo sguardo.

Il massimo che mi esce, è un mezzo sospiro fatto con il naso, uno sguardo perso nel vuoto davanti ai piedi del letto. La luce del lampione comincia a mescolarsi con i primi bagliori dell'alba.

DIECI

Quando entra il mio cliente più affezionato, mi trova che sto leggendo il titolo sul «Giornale Di Sicilia»: *COPPIA DI ANZIANI ARRESTATA PER TRUFFA A COLLESANO: OLIO IN BOTTIGLIA SPACCIATO PER PRODUZIONE BIO.*

Se il titolo mi lascia ancora qualche dubbio, la foto che ritrae insieme i due vecchietti se li porta dietro a tipo valanga.

«Chiedo sorry…» mi fa.

Ci metto un paio di secondi, prima di riprendermi dalla botta. Ho travasato nelle bottiglie di olio Bertolli altro olio Bertolli. Hai capito i vecchi sommelier? La Finanza mi ha fottuto per un olio bio che non era manco bio. Mi ripiglio e cerco di recuperare.

«No mi scusi lei. Ero sovrappensiero.»

Poso il giornale sul bancone.

«Problems?»

«Di quelli quanti ne vuole. Li vendiamo al chilo. Li vuole da portare via?» gli dico scacciando l'occhio.

Si mette a ridere. E allora mi sciolgo pure io.

«Ho preso la multa più scema della storia delle multe», gli faccio.

Sorride.

«*Picchì, existunu multi intelligenti?*»

«Pure questo è vero», gli faccio.

Mi chiede due pezzi di sfincione. Mentre lo servo, insiste

perché gli racconti la storia. Lo fa in modo naturale, con la chirurgia degli sguardi e delle parole che c'hanno solo quelli che hanno vissuto veramente. Che mette curiosità. Quando gli racconto dei vecchietti, dei travasi e della Finanza, ride; e sa ridere, lo fa con un rispetto negli occhi che mi si apre il cuore come lo sportello del pappone di fronte alla moldava. Lo capisci quando uno sa ridere: ti sembra sempre che è la prima volta che il buonumore ti si para davanti. Piglia una sensazione di infinito, quando succede, come se quella risata avesse attraversato tutto l'universo per infilarsi dentro a quella bocca.

«I bordi li vuole tolti?»

«*E al canuzzu chi ci rugnu?*» mi fa, schiacciandomi l'occhio lui, stavolta.

Mentre si siede fuori a mangiare, mi fa altre domande. Nel frattempo ritaglia i bordi e li serve all'amico suo a quattro zampe. Mi chiede se è difficile aprire un'attività, cosa mi piace, cosa non mi piace. Mi fa parlare, e io mi sbilancio. Mi dice di tenere duro, che il lavoro lo so fare. Dice che un altro non si sarebbe accorto che lui gli leva il bordo, allo sfincione. Dice che è importante, sì. E continua a passare pezzetti di bordo al canuzzo, come se imboccasse un picciriddo piccolo.

«Ci piaci!» fa, tenero in direzione del cane, «e iddu piaci a mia.»

Non parliamo più. Me lo guardo, me lo godo tutto il mio cliente migliore che si gusta la mia melodia di lievito e farina. Non è uno sfincione, è la decima sinfonia di Beethoven.

A me invece, nelle orecchie mi risuona un accordo solo; non ci puoi fare le canzoni, ma è pur sempre il punto da cui partire: lo sto facendo per i clienti come a lui, per momenti come a questo. Lo sto facendo per quelli come a lui.

Me lo ripeto un po' di volte e mi pare che mi convince.

Vale la pena di tenere duro.

«Calò, con tutto il rispetto, ma lei mi sta diventando peggio dell'ernia inguinale con cui combatto da anni.»

«E cioè, direttore?»

«Ogni due mesetti, piglia e si fa sentire. E per di più non mi ha neanche invitato all'inaugurazione.»

«C'ha ragione diretto', ma che vuole, nella frenesia delle cose...»

«Sono contento che le cose stanno andando bene, comunque.»

«Bene?»

«Signor Calò, veda che lei non si deve lasciare demoralizzare da qualche meno sul conto corrente. I movimenti che vedo sono buoni. Lei è in fase di start up, è ora di investire. Arriverà il momento di tirare a bordo la lenza. Non si preoccupi.»

«Se lo dice lei...»

Fa una pausa ragionata, che indirizza la conversazione e la fa svoltare.

«Allora Calò, a cosa devo?»

«Vede direttore, lei sogna?»

«E certo, Calò. Tutti sognano.»

«E che cosa sogna?»

«Mah, di tutto. I prati, i tramonti, di volare. Quello che sognano tutti.»

«Mi sta dicendo tutto tutto, diretto'?»

«E certo che non le sto dicendo tutto, Calò. Sogno pure un altro genere di cose. Però ho la sensazione che mi vuole fare perdere tempo.»

«Non me ne frega se sogna femmine, maschi o principi azzurri con le orecchie all'ingiù, diretto'. Numeri se ne sogna?»

«Numeri?»

«Sì, numeri, bollette, scontrini, carte di credito, olio biologico. Se ne sogna suocere? Suocere che spendono i soldi suoi in cose completamente inutili?»

«Venga al dunque, Calò.»

«Si dice che quando uno sogna, rielabora tutte le preoccupazioni e le ansie della giornata.»

«Mi fa piacere.»

«Io ho bisogno di sognare di meno, diretto'. Ho bisogno di dormire in santa pace. Mi è piaciuto sempre un sacco, dormire.»

«E i soldi del fido che fine hanno fatto?»

«Stanno finendo quasi tutti. E con la gravidanza di mia moglie, ogni due passi inciampo in un imprevisto.»

«Ma quale gravidanza, Calò? Lei mi ha garantito che figli non ne faceva.»

«Gravidanza? Ma quale gravidanza. Era un modo di dire...»

«Sì, un modo di dire. Venga al dunque: come la posso aiutare?»

«Me lo dica lei. L'esperto lei è!»

«Io dal suo conto vedo che inizia a esserci un movimento buono. Vedrà che tra qualche mese l'attività sarà in salute.»

«Quindi me la può dare un altro poco di fiducia?»

«E no, Calò. La fiducia ce la siamo giocati al giro precedente. Però le posso consigliare di stringere i denti. Anche perché i segnali positivi ci sono tutti.»

«E il trauma del coinvolgimento nella rapina dove lo mette?»

«E mi pare che il fido di ventimila dell'altra volta dovrebbe averglielo fatto passare, il trauma…»

«E quindi niente?»

«Niente. Mi dispiace.»

«Mi abbandona così? Dopo che mi ha fatto il pacco con il primo prestito? Glielo devo ricordare io che non erano soldi buoni?»

Si mette a ridere. La tensione si distende un poco.

«Mi dispiace signor Mimmo, non glielo posso fare un altro fido.»

Sto per riattaccare il telefono quando il direttore mi ferma.

«Calò…»

«Mi dica.»

«Minchia, non ce la faccio a sentirla così…»

Sembra che ha un'indecisione. La voce tradisce un pensiero che non si decide a pronunciare.

«Lei mi vuole consumare!»

Fa un respiro per prendere coraggio.

«Facciamo una cosa, va: ha da segnarsi un appuntamento?»

«Ho carta e penna proprio qua.»

«E allora si scriva l'indirizzo. Forse ho una soluzione per lei.»

DODICI

Il giorno dopo la telefonata al direttore, tutto mi sarei aspettato tranne che di ritrovarmi seduto insieme a lui a un tavolo di plastica di un garage in zona Zisa, a bere birra Forst, mangiucchiare patatine al formaggio e progettare un colpo insieme ai miei rapitori. Ma in un modo o nell'altro, è andata proprio così. E le patatine al formaggio – che ho sempre odiato dal profondo del cuore perché dopo che le mangi le dita ti fanno puzza di piedi – non sono l'unica cosa sgradevole che i tre, più il direttore quattro, hanno da offrirmi.

«E questo è il piano», fa in chiusura il rapitore numero uno.

Il garage si trova a qualche centinaio di metri dal Castello Della Zisa. Non è zona mia, siamo in Via Guglielmo il Buono, dentro alla saracinesca di una casetta *sgarrupata* e bassa che fa ad angolo con Via Salomone. C'è *rivugghio*, un via vai di motorini e facce, certune curiose e rilassate altre schive e con lo sguardo in aria tipico di chi non ne vuole sapere niente. La saracinesca è rimasta aperta, ce lo godiamo tutto, il *passìo,* ammorbidito da una tendina traforata con i girasoli stampati. Entra un fascio di luce di taglio che ci disegna precisi; un ring di wrestling; al posto di capriole e cazzotti, evoluzioni di parole e *annacate*. Di fianco alla saracinesca c'è una via di fuga naturale, un'insenatura stretta che sparisce lì dove affonda il palazzo accanto, che sembra essersi gonfiato come le radici di un albero che sapeva quando fermarsi per non rompere le scatole al vicino. Pure i palazzi conoscono il senso del limite, a Palermo. Si azzeccano giusti giusti.

Sono il protagonista di una scena che ho visto più volte: gente che nei garage a pianterreno decide cose illegali da fare, fregandosene di tutto e di tutti. Uno dei tre è appena tornato: era andato a pigliarsi le sigarette dall'autoambulanza che ha parcheggiato in doppia fila. Chissà chi è, fuori dalle coordinate surreali di borgata.

«Ora che ho sentito tutto me ne posso andare?» faccio io, secco.

«Okay che ormai la nostra fiducia te la sei guadagnata standoti muto. Ma ci piacerebbe avere una risposta, prima», insiste.

«Quello che i signori ti offrono, è un prestito a tasso zero più un premio in contanti per la collaborazione.»

«Diretto', me lo fa un piacere, lei? Si stia zitto.»

Il direttore non si risente troppo e fa una mezza ritirata. Io lo guardo e non faccio che pensare a quanto sia venduto, alle persone che ci sono andate di mezzo per colpa della rapina organizzata da lui, d'accordo con queste tre *munnizze* di cristiani. Nei miei pensieri, rivaluto il cassiere. Il direttore mi guarda, mi sfida; poi si rivolge ai tre.

«Ve lo avevo detto che era un tipo particolare.»

«Ah, il tipo particolare sarei io? Ma dopo tutto quello che è successo, dico io, ma vi rendete conto o no di quello che mi state proponendo?»

«Diretto', ma chista è 'a disperazione di cui parlava? A mia mi pare che Mimmuzzo non è che è proprio disposto a fare tutto tutto», si infila il numero due, che fino a ora ha parlato poco.

«Una cosa è chiedere un fido, un'altra è rapire le persone.

Voi in questo siete allenati, io lo so, ma di tutta 'sta storia di Totò Schillaci, io meno ne so, e meglio è…»

«Ma ti rendi conto o no, Mimmo? Questo è il colpo dell'anno», precisa il numero uno, avvicinandosi con tutto il corpo verso di me e spostando di un poco il tavolo di plastica.

«Il colpo dell'anno? Ma voi veramente vi credete che da una minchiata del genere riuscite a tirare fuori quattro piccioli? Quello non c'ha più manco i soldi per dare a mangiare al topo morto che c'ha in testa!»

«Ma a noi mica ci servono i soldi di Schillaci.»

Mi fermo un attimo a pensare. È ufficiale: non ha senso.

«E la famiglia con che cosa lo paga il riscatto? E allora perché pigliate a lui?» gli faccio.

«Calò, ora veramente mi fai girare i coglioni, però. Tre ore a insistere per farti sedere a 'stu tavolo. Tre ore a insistere per farti mangiare quattro patatine. Si' peggio *'i na suoggira*!» mi dice duro il numero due, quello a cui una volta ho detto *ti amo*.

«Dipende dalla suocera che c'hai tu!» gli rispondo, mezzo disinteressato.

Si mettono a ridere. Apprezzano la battuta. Fa sempre piacere, a prescindere dalla platea. Ironia e immoralità non si lasciano intimidire l'una dall'altra.

«Ma l'hai capito o no a chi li vogliamo chiedere i piccioli del riscatto? Ma che c'hai preso per dei rapitori da quattro soldi?»

«Lo stai dicendo tu…»

Ora non ti allargare a fare il simpaticone, Calò – fa minaccioso il numero uno.

Rimetto a posto la lingua.

«Con i rapimenti vecchio stampo non ci fai piccioli manco se riesci a fottere la famiglia Agnelli al completo.»

«E di che cosa stiamo parlando, allora?»

«Il nostro non sarà un rapimento normale. Sarà un rapimento social!»

Alla parola *social*, distorce bocca e suono per dargli enfasi. Ne esce un cortocircuito che in qualche modo attira tutta la mia attenzione.

«Ma si può sapere di che cosa stiamo parlando?»

La palla ripassa in mano al numero uno.

«I soldi non li chiediamo alla famiglia. Li chiediamo a tutta Palermo…»

Rimango un filo interdetto, ma la faccia resta finto concentrata.

«Lui è un esperto di comunicazione, di queste cose se ne intende», aggiunge il numero tre, fiero delle abilità dell'amico, prima di restituirgli la palla che le conoscenze pubblicitarie gli hanno donato per diritto.

«Eravamo indecisi. All'inizio volevamo rapire il carro della Santuzza che c'è di fronte alla tua sfincioneria. Ma era troppo eclatante come cosa.»

Butta la battuta lì, come se fosse una sciocchezza di gioventù da dimenticare.

«E poi è sempre meglio non mettersi contro i parrini, questo lo sanno tutti», – precisa.

«E allora?»

«E allora la soluzione più logica ce l'avevamo sotto il naso senza saperlo: pigliamo la seconda istituzione cittadina dopo a Santa Rosalia! Pigliamo a Totò Schillaci!»

Muove tutto il corpo in avanti e indietro in un unico gesto ad accompagnare la testa e dare personalità al piano geniale. Convinto.

«Non escludiamo che se la possa accollare per primo lui, ah! Ma non possiamo rischiare a dirglielo prima e bruciarci tutto il piano. Poi, se si mette bene e vuole collaborare, meglio ancora. Gli facciamo un'offerta economica pure a lui e ce ne usciamo puliti puliti. Facile facile.»

«Una specie di *scoutfunding*», si infila saputello il numero tre.

«*Craufaunding*, testa di minchia!» lo corregge l'Oliviero Toscani della Zisa, «la cittadinanza si mobiliterà tutta e organizzerà una raccolta fondi per liberare a Totò.»

«Sì, ma non ho capito che volete da me…» intervengo io.

Mi guarda. Mi studia. Cerca di capire che cosa mi passa per la testa. Poi ci rinuncia. Afferra un pugno di palline al formaggio dalla ciotola e parla.

«Gli devi chiedere un'intervista. Ci devi fare da esca.»

Mi piglio un paio di secondi per me stesso. Non è una brutta idea, non c'è che dire. Chissà per quale motivo i palermitani impazziscono tutti per Totò Schillaci, farebbero follie per lui, pure organizzare una raccolta fondi per farlo liberare. Io la penso diversamente sul suo conto, lo sapete. Vi ripeto solo questa, non c'è bisogno di aggiungere altro: nello Jubilo Iwata e nel Messina sì, e nel Palermo no. Assurdo! Al solo pensiero mi vengono le vampate al colon, mi vengono.

Tranne Mimmo Calò, lo amano tutti a Totò Schillaci, ma da qua a funzionare per davvero la cosa, ce ne passa. E fattore non meno trascurabile, io non ci voglio avere a che fare completamente con uno come lui, la più grossa ferita calcistica che il mondo del pallone mi abbia inferto. Non voglio averci a che fare niente con il direttore e questi *fitusi* di prima categoria girone C.

Mi alzo in piedi, solenne. Sembro un imperatore romano, c'ho la fierezza dei grandi condottieri perché dalla mia c'è una cosa che nessuno mi potrà togliere mai; né i debiti, né le pistole e manco tutti i nervi che mi fanno fare mia moglie e mia suocera; la stessa cosa che viene narrata nei grandi poemi, a proposito degli uomini eccezionali, pure quando abbandonano sconfitti il campo di battaglia; una cosa che cammina a braccetto con onestà, valori e bene comune: la fede. La fede nel Palermo Calcio.

Quando stendo tutte le gambe sono alto tre metri. Sembro un gigante onesto, c'ho lo sguardo giudicante che *cafudda* sentenze sopra a questa marmaglia di cose inutili con le mani dentro alle Puff. Che patatine definitivamente ridicole, le Puff. Non parlo, pontifico. Non gesticolo, dirigo un'orchestra di parole.

«Andatevene a fare in culo. Voi, Totò Schillaci e tutta le vostra settima generazione! Io 'ste cose non le faccio.»

Esco di scena, magnifico come un astronauta che atterra su un pianeta sconosciuto e se ne torna dai compagni della navicella a dirgli: *è tutto secco, ragazzi; torniamocene a bere Amaro Montenegro al bar; qua non c'è niente da vedere.*

E con la leggerezza degli eroi, me ne torno a spaccarmi la schiena in sfincioneria.

TREDICI

Mi capita ogni sacrosantissima volta. Ed è una regola che mi sforzo di smentire, ma non ci riesco *manco se*: quando provo ad avere un moto di gentilezza verso un altro essere umano, il risultato, centodieci volte su cento, è che ci rimango fregato; spreco energia, come con la noce schiacciata troppo forte. E quando cresci con una convinzione del genere tanto radicata dentro di te, ci credo che poi la vita se ne va per i fatti suoi, che si va a rintanare dentro pieghe inaccessibili, fa come il pallone quando giocavamo in mezzo alla strada; si va a infilare sotto a una macchina, e non è detto che lo riesci a recuperare se non ci perdi un poco di tempo.

Non sono libero di ripropormi di fare del bene verso gli altri, che la cosa mi si ritorce sistematicamente contro. Per ogni carezza ben pensata, ricevo in cambio solo sputi ben assestati. È una condanna. Tutti ne abbiamo una. C'è chi ogni volta che guarda l'orologio vede sempre i numeri accoppiati (14.14, 16.16, 20.20) e non gli può pace, chi è fissato con le cifre pari e fa tutte cose a due a due, chi non può cenare dopo le nove di sera se no poi non dorme. E io c'ho questa: la mia gentilezza dà fastidio alle persone. Chissà perché, ho smesso pure di chiedermelo.

E no, non stiamo parlando di grandi gesta, per carità; ho sempre avuto troppi impicci da risolvere per mantenere una soglia minima di dignità, per potermi permettere di perdere tempo a cercare la grandezza. Sto parlando di cose spicciole, come restituire un portafogli a uno se gli è scivolato fuori dai pantaloni, cose così. Mi è successo, una volta. Ve lo giuro: io glielo porgo con tutta la serenità di questo mondo, e questo stronzo con il pedigree se lo piglia e se ne va senza manco degnarmi di uno sguardo. Né un grazie, né un cenno, né una stretta di mano; niente. O quella volta al cinema che ho prestato due euro a quello al botteghino accanto a me e una volta dentro, con la sala completamente vuota – io e lui, sconosciuti, nessun altro – quella grandissima cosa inutile con una chioma gonfia così, che fa? Piglia e si viene a sedere esattamente nel posto davanti a me. Cioè, ma vi rendete conto fino a che punto può arrivare la pochezza umana?

E ora questi sono solo un paio di aneddoti, perché veramente tutta la mia vita è stata puntellata da episodi del genere.

Ma io non me le dimentico le gentilezze sbagliate. Tutte, una per una me le sono appuntate, in quella parte di memoria in cui i ricordi prendono la forma del graffito. Per raccontarvele tutte dovrei stare qua mezza giornata a perdere tempo, e finirebbe che farei una cosa gentile a mettervi in guardia dallo schifo che c'è là fuori. E ci rimarrei fregato pure stavolta, mi pare chiaro; fareste qualcosa che mi spezza il cuore e mi conferma la regola. Perciò evito. E vado avanti. Alla fine questo ci tocca: ricevere conferme e tirare a campare.

E poi non mi dimentico di quella volta che lo stavo per invitare all'inaugurazione de «La diagonale», al direttore della banca. Stavo per cedere alla gentilezza, ancora una volta. Ma poi non l'ho fatto.

Dopo avere scoperto che era d'accordo con i rapinatori,

ho avuto la conferma che avevo fatto bene a non fidarmi. L'istinto mi era venuto fratello.

Ora che mi è arrivata *posto casa* una lettera della banca firmata da lui, con la richiesta di rientrare entro quindici giorni i ventimila euro del fido, ho capito che è proprio per farla pagare ai pezzi di merda come lui che mi devo sbrigare a ottenere qualche cosa di buono. È per quelli come lui, che 'sta città non cambierà mai; e io tutti li voglio fottere, a uno a uno.

Insomma, mi devo muovere a trovare questi benedetti piccioli. Prima però, devo evitare che mamma e papà si ritrovino senza un tetto sopra alla testa, che finiscano a giocare a fare i single sotto al ponte di Via Giafar.

QUATTORDICI

Umiliate le parole, ci restano solo gli sguardi.

Da quando la parola si è intorpidita, con questa vasectomia ventennale che le ha aspirato la grinta, lo sguardo si è autoproclamato ultimo baluardo dell'imprevedibilità umana. La parola non sorprende più, solo gli sguardi resistono agli ormai noiosi faccia a faccia mammiferi, solo loro tradiscono vivaci l'imprevedibilità, schegge sincere di sangue e anime.

Io ho sempre preferito la parola; più divertente, più legata all'esercizio, più creativa nella sua manifestazione barocca delle nostre semplicità e pochezze. La parola è limpida; lo sguardo, invece, si annida.

E fa irruzione, quando meno te lo aspetti. L'ho scoperto che ero ancora in preda agli entusiasmi della gioventù.

C'avevo vent'anni e per alzare due lire in più, ingaggiato dalla sua famiglia, mi ero messo a fare assistenza domiciliare a uno che faceva la collezione di problemi mentali. Aveva cominciato tipo a sedici anni e non aveva smesso più, anno dopo anno andava completando l'album delle figurine della deviazione mentale con una patologia nuova.

In poche parole, arrivato a cinquant'anni, era pazzo completo. Alla fine però, era buono: un gigante di uno e novanta che non faceva che chiederti tipo seimila volte al giorno – e la stima è realistica – se sarebbe andato in Paradiso e se i suoi ragionamenti fossero o no matematici, precisi e senza sbavature.

«Certo che ci vai in Paradiso, Peppone!»

«Sicuro?»

«Sicurissimo!»

«Quindi il Paradiso è mio?»

«Certo che è tuo!»

Qualche secondo di pausa. Poi di nuovo.

«Ma ci vado in Paradiso, Mimmu'?»

Facevo turni di otto ore, pagato una miseria per mettere alla prova i miei nervi. Il momento migliore del turno era quando gli dovevo preparare da mangiare. Mi mettevo là e gli organizzavo dei pranzi e delle cenette di lusso. Sperimentavo, erano i primi approcci alla cucina.

E Peppone mi dava soddisfazioni, la verità. Per quei dieci minuti si tranquillizzava, sorrideva e si fotteva tutte cose con la voracità di uno che cibo non ne ha visto mai. Pure la ricetta più azzardata e peggio riuscita, Peppone se la spazzolava in una manciata di secondi.

«*Sugnu manciataru?*» mi chiedeva come se dalla mia risposta dipendessero i destini dell'umanità.

«Un mangione di prima categoria», gli rispondevo io.

E quello tornava a mangiare tranquillo, sereno del fatto che il mondo fosse in buone mani.

Solo che dopo decine e decine di mangiate insieme, in serenità, una sera Peppone si blocca. Gli metto il piatto davanti, delle fettuccine con polpa di granchio niente male. Ma niente, quello non solo non mangia, ma non si muove completamente, c'ha il collo e gli occhi bloccati nell'unica direzione che avrei preferito evitasse: la mia.

«Oh, Peppone… tutto okay? Non le vuoi assaggiare le fettuccine?»

«Niente. Non risponde.»

Ci riprovo.

«Allora Peppo', che facciamo? Mangiamo?»

Resta muto e completamente immobile. Mi guarda, anzi mi fissa. Lo sguardo ha la quantità di vuotezza giusta per farmi cacare addosso seduta stante. Ed è fisso, punta dritto verso di me senza possibilità di fraintendimenti. *Che cazzo vuole ora?*

Le provo tutte. Rispolvero ciascun tormentone, ogni hit di Peppone, tutto ciò che lo può fare stare tranquillo: il paradiso, la matematica, il fatto che lui è un grande sportivo e che il suo corpo riesce a resistere anche a bassissime temperature.

Ma quello niente, non si sblocca. Vorrei sapere che cazzo vuole, capirci qualche cosa, ma inizio a intuire di non avere speranza.

Provo ad alzarmi: magari è morto sulla sedia. Lo vedo che respira, ma faccio comunque un tentativo disperato.

Quando mi alzo però, lo sguardo di Peppone non mi molla, mi segue per tutta la cucina. Il che, non si presta a fraintendimenti: mi vuole.

Mi guardo intorno. Inizio a calcolare il pericolo.

Visto che è una cucina, dove ti giri ti giri la stanza è piena di coltelli e possibili armi. Cerco di considerare tutte le ipotesi, ma c'è poco da fare ipotesi: è il doppio di me, se vuole mi incula a sangue tenendomi fermo in una morsa tra pollice e indice. Indietreggio. Si alza e mi segue, rimanendo sempre a due metri di distanza. Ci fermiamo: la cucina è finita e io sono col culo poggiato sul lavello. Non ho più dove andare. *E ora che cazzo fa?*

Il vero problema però, è che Peppone non fa proprio niente, se ne resta là fermo a guardarmi. Le pappardelle sono ancora sul tavolo, si stanno facendo fredde. Se facesse qualche cosa Peppone, una qualsiasi, pure caricarsi il frigorifero addosso e provare a tirarmelo, sarebbe meglio; potrei scappare, avrei una scusa per mettermi a correre. Lui è grosso, ma io sono agile e soprattutto non sono imbottito di psicofarmaci che ti mandano a puttane la mobilità. *Muovi un dito, un solo dito e salto fuori dalla finestra e non mi vedi più* – ripeto come se potesse sentirmi.

E invece, se Peppone continua così, io non posso fare proprio niente. Alla fine sto facendo il mio lavoro: fare compagnia a un pazzo che non ha mai torto un capello manco a una bambola, per quanto è insicuro. Fino a ora…

Le riflessioni però, non distolgono l'attenzione dai possibili risvolti della scena. Faccio un calcolo a mente delle possibili quote che i bookmakers darebbero a diverse ipotesi di risultato finale.

A 1.20 è quotato l'omicidio. Peppone ha alla sua destra un ferro da stiro. È mancino, ma considerando la forza che c'ha non è da escludere che riesca comunque a farmi un buco in testa, brandendolo con la mano *manca*. Appena mi ha ucciso, sevizia il mio cadavere marchiandolo a fuoco in più punti sempre con il suo inseparabile compagno di avventure: il ferro da stiro. La polizia ci trova dopo tre giorni. Io puzzo, assaltato dalle mosche, ustionato e morto. Lui mangia e mi guarda, mangia e mi guarda, illuminato da quell'unica luce tremolante che funziona in tutto il suo appartamento.

A 5.00 invece, è dato il pareggio. Io e Peppone rimaniamo così, fermi, a fissarci senza muovere un dito per le prossime due ore, quelle che ci separano dal cambio di turno. E

Peppone rinvia il momento della mia uccisione a un altro giorno.

A 25.00, quota per gli scommettitori più azzardosi, è data la mia vittoria su Peppone a colpi di kung fu. La quota è così alta per una serie di motivi abbastanza evidenti, tra i quali il fatto che io non conosco manco una mossa di kung fu che sia una. Però le ho viste in qualche film e, forse non ve l'ho ripetuto ancora abbastanza, ma oltre all'udito io c'ho una memoria visiva allucinante.

Peppone piglia il frigorifero e me lo lancia di sopra, ma io lo devio con uno *Tsuo Pu Nei Fang*, che per chi non lo sapesse è una parata media interna in posizione seduta. Peppone torna alla carica, armato del ferro da stiro. La cucina è piena di coltelli ma lui sceglie quello: che volete fare, mettervi a discutere con lui? Lo schivo e procedo con un *Pu T'ui*, anche noto come calcio sugli stinchi. La gamba di Peppone si spezza ed io lo immobilizzo con facilità. Con estrema facilità.

Come nella maggior parte delle scommesse però, a vincere sono quelli che rischiano senza esagerare e che, in questo caso, sono quelli che puntano sul pareggio.

Perché alla fine finisce così, con me e Peppone che rimaniamo a guardarci per due ore e dieci minuti – chi mi doveva sostituire, ovviamente, è arrivato in ritardo – fermi, immobili, dritti in piedi dentro alla cucina fino a quando, al cambio del turno, non sono scappato coi piedi in culo senza dire una parola e senza tornare mai più dentro a quella casa.

La famiglia di Peppone ha provato a telefonarmi, qualche volta, ma io non ho risposto mai, pure che mi dovevano dare ancora i piccioli di quel mese.

Ora, più di vent'anni dopo, sono tipo dieci minuti che

mia moglie e mia suocera non mi tolgono gli occhi di dosso. Siamo disposti a triangolo, loro due accanto e io di fronte, seduto sul tavolo della cucina in mezzo a calcolatrici, fogli, preventivi, bollette, libri mastri. Le finestre aperte, ad asciugare le pareti appena imbiancate nella stanza del bambino.

«Ma si può sapere che stai facendo?»

«Conti.»

«Che conti?» insiste Barbara, in modalità *Signora In Giallo*.

Potrei risponderle con la verità, che cerco una soluzione per rientrare con i ventimila del fido di cui non sa niente entro pochi giorni, ma mi è rimasto un briciolo di istinto di sopravvivenza.

Fatto sta che secondo me iniziano a sospettare qualcosa. Perché pure che rispondo e fingo che sia tutto sotto controllo, mi guardano. Mi fissano proprio, in stile Peppone, sprofondate in un silenzio assoluto in cui rimbalza l'eco di un'indagine contro di me.

«Ho preso una multa per l'olio biologico. Sto facendo due conti per apparare l'uscita», provo a rispondere io.

Poi insisto.

«Una stupidaggine.»

Controllo con la coda dell'occhio se le ho convinte, ma la delusione è dietro l'angolo: mi guardano ancora. C'hanno gli occhi come fari a mille watt, puntati dritti contro di me.

Le ipotesi sono due: o sono pazze pure loro, oppure, per qualche motivo, dubitano di me. C'è una domanda che comincia a fare un a solo di danza dentro alla mia testa: che cosa sanno?

«E tu fai tutti questi conti per una semplice multa?» se ne esce Barbara sospettosa dopo due minuti di silenzio.

Mi si gela il sangue ma non posso darlo a vedere, perché

mia suocera è messa che mi guarda che pare che mi vuole fare i *pirtusi* con gli occhi. Comincio a fare mente locale delle mosse di kung fu, nel caso le semplici bugie non dovessero bastare.

«Bisogna stare attenti a tutte le uscite. Non si può sottovalutare niente.»

«E tu non stai sottovalutando niente, è giusto?» insiste.

Avrei bisogno di spostare gli occhi, accertarmi che la busta della banca sia ancora nascosta sotto alla pila di scartoffie, ma quelle non mollano il contatto visivo. Me ne esco con un'alzata di mento che è l'ennesima bugia:

«Nzu…»

Abbasso lo sguardo, imbarazzato come il bambino dopo la marachella. Torno alla calcolatrice, ai segni meno sul conto corrente della sfincioneria. Mia moglie mi studia, mia suocera pure. Non ci vedono chiaro. E soprattutto, non vogliono essere prese per il culo.

In definitiva dovrei smetterla di prendere in giro per primo me stesso. Perché dopo ore di numeri, carte, telefonate e un tetris di conti e fatture, la verità si manifesta sotto ai miei occhi palese come i deliri di Peppone sul Paradiso: non ho come restituirli, 'sti benedetti ventimila euro.

Sta per andare in onda in mondovisione e a reti unificate una mala figura col copione anticipato: il fallimento imprenditoriale di Mimmo Calò.

QUINDICI

Come ogni mattina da quando ho aperto la sfincioneria, oggi mi sono svegliato presto. Ho ascoltato in anteprima la rassegna stampa, ho fatto colazione e ho pensato a un sacco di cose. A corto di filosofie, ho guardato fuori dalla finestra, sperando che qualche forma di romanticismo mi lanciasse un segno. Palermo ha dei bei colori la mattina presto. Il sole si infila tra il mare e le montagne, crea un bagliore sovrannaturale. Dalla finestra della mia camera da letto si vede un semaforo che detta legge su un incrocio bello grande. Soprattutto quando piove e le gocce se ne vanno sul vetro, questo cambia colore e segue il ritmo fuori fuoco del traffico: rosso, verde, arancione. Stamattina però non pioveva, il semaforo rifletteva ma non era la stessa cosa. Ho dovuto fare uno sforzo per immaginarmelo.

Ho visto un tizio giocare con la propria ombra sotto un lampione, l'ho visto provare e riprovare, cercando le forme più bizzarre. Ho pensato che fosse bello vedere qualcuno in grado ancora di giocare da solo, con cose semplici tipo la propria ombra. E più lo pensavo, più in realtà quello cercava forme così strane da obbligarmi a pensare che fosse completamente pazzo. Perché questo è: ogni volta che vediamo qualche cosa che non ci convince, mettiamo le etichette. E allora, con la direzione della fotografia del semaforo sotto casa mia, ho cercato di non pensarci, di provare a trovare un senso a quelle forme, a quel gesto strano di giocare con la propria ombra. E per qualche secondo ci sono pure riuscito, la verità.

Poi però, quello che ho capito essere il complice dell'uomo che giocava con l'ombra, è uscito dal palazzo di fronte con un quarantacinque pollici sotto braccio. Sembrava di corsa.

Scappotta... scappotta! gli ha fatto cenno con gli occhi, tutto elettrizzato.

I due sono saliti sull'auto e sono scappati, sgommando forte sull'asfalto e inseguiti dalla puttana semi nuda che avevano derubato.

Per questo non mi è piaciuta mai la mattina presto, perché le prime ore del giorno, tutte poesia, romanticismo e minchiate del genere, in realtà sono fuffa. A te ti pare che stai vivendo un momento magico e indimenticabile e invece no, è una truffa, e al posto del cellulare di ultima generazione che hai appena comprato, dentro alla scatola ti trovi un limone marcio.

Tutte queste ore che non ho vissuto mai, i colori e la poesia della vita che parte, non valgono neanche meno della metà di una bella dormita di quelle di lusso, di quelle che ti sei fatto solo a diciotto anni, quando ti risvegliavi con la testa gonfia di sonno e lo sguardo giudicante di tuo padre e delle sue prime nove ore di lavoro sulle spalle che ti seguiva per la cucina mentre facevi colazione e che tu scambiavi per affetto incondizionato, trattenendo un sorrisino tenero per non metterlo in imbarazzo e che invece era uno sguardo carico di odio sottotitolato dalle tre semplicissime parole che non riusciva a dirti: sei una merda.

Quando io ho deciso di aprirmi 'sta sfincioneria però, mica lo sapevo che gli orari sarebbero stati questi, o meglio ci avevo pensato, ma tra i sogni di grandezza irrealizzati c'era quello che sarebbero stati altri a farli al posto mio, dipendenti che ora non posso permettermi *manco se*. Quindi, pure stamattina, si comincia praticamente all'alba. Alle 6.00 sono già al lavoro in sfincioneria. E a me che non ci sono abituato, mi sembrano orari senza senso, come se fosse un'esistenza parallela senza possibilità di essere felice.

Per fortuna il tempo vola quando fai da solo le cose che dovreste fare in tre, e alle 7,30 ho già finito di fare tutto. La pasta per lo sfincione è bella che impastata e tra poco chiudo bottega per sbrigare le mille beghe che un'attività ti impone ogni giorno, tra uffici, fornitori e problemi da risolvere. Ritornerò verso le undici per cominciare a infornare, per essere pronto con lo sfincione caldo caldo per ora di pranzo, quando comunque non verrà quasi nessuno per colpa dell'abusivo, che ormai è il vero re della zona. E infatti, quelli che vengono, sono solo i pigri, quelli che non hanno voglia di fare la fila per mangiare da lui. Praticamente, con l'attività che ho aperto, ci pago le spese.

Sono le 7,30, sto per chiudere la saracinesca. Le spalle rivolte alla strada e alla Santuzza, i pensieri pure. Una mano mi ferma il gomito, blocca il gesto.

«Ce la vogliamo fare una chiacchierata?»

I due malandrini dell'inaugurazione se ne stanno muti, perché a parlare è quello che ha tutto l'aspetto di essere il loro titolare, il capo della malandrineria della zona, che si atteggia a Dalai Lama, tutto saggezza e fare riflessivo.

«Sto chiudendo. Non abbiamo niente da dirci. Anche perché ho premura», gli faccio.

Mentre io parlo però, i due malandrini sono già dentro.

«Dottor Lo Bue, venga dentro. C'è un *ciavuru 'i sfinciuni* che non le dico...» fa uno dei due alla loro guida spirituale.

Alzo la saracinesca di quel poco che l'avevo abbassata e faccio entrare pure al «dottore». I malandrini sono già seduti. Uno, quello che sta sempre muto, tiene i gomiti sulle ginocchia. L'altro è *sparapanzato* con le gambe larghe larghe. Lo Bue entra, chiude la saracinesca e comincia a girare intorno, a toccare tutte cose. Fa una pausa lunga dalla prima battuta, quella sulla chiacchierata. Lunghissima. E di solito, chi fa pause così lunghe, o non ha niente da dire e cerca solo di darsi un tono oppure sa che può pure permettersi di non parlare, che c'ha un corpo e una gestualità che fanno mille discorsi da soli. Nel corso di una rissa sono quelli che se ne stanno muti muti, senza reagire verbalmente, ma che poi, appena cominciano a *cafuddare*, li lasciano *stinnicchiati* per terra a quelli che avevano parlato assai. Li massacrano.

Se voi lo poteste vedere ora a questo, non gli dareste due lire, eppure è il boss della zona. Praticamente dovrei sentirmi onorato che sia venuto direttamente lui a farmi visita. In teoria.

È giovane, massimo trentacinque anni. Faccia da palermitano in pietra, mascella spigolosa, capelli neri, incarnato olivastro. Bel ragazzo. Il look è curato; grezzo, *tascio**, ma curato. Ha un maglione bianco a V, con una camicia nera sotto e un rosario di legno che si affaccia in mezzo al petto depilato. Ha le mani curate, fresche di manicure. I pantaloni neri stringono sulla coscia e accompagnano le gambe lunghe fino alle caviglie, da cui partono degli stivali molto più eleganti rispetto al resto. Degli stivali lucidi davvero brutti che lui porta con la sicurezza di un modello. Li muove agile in avanti, li fa ruotare sui tacchi, li lascia strisciare sul pavimento e poi li ferma di colpo. Gioca coi passi. È una danza, lui è il ballerino e il coreografo. Sembra una sfilata, non un'estorsione. La sa catturare l'attenzione, Lo Bue. Se avesse un minimo di gusto potrebbe essere una rock star. I due malandrini se la godono la danza, seduti sulle sedie del mio locale. C'è qualcosa di sessuale in quei movimenti, fra loro tre. Io ne resto fuori, ne sono rimasto sempre fuori. E ve lo dico io che a Palermo, col lavoro che ho fatto, con la trasmissione e la popolarità, non è stato facile. I primi tempi anzi, è stato proprio un inferno. Ogni due tre giorni mi arrivava una chiamata per una festa, un matrimonio o altri tipi di ricorrenza in cui ci fosse di mezzo qualche mafiosetto di bassa, media o fascia alta. Visto però che sono diventato famoso con quel GOOOOOL che durava due minuti di fila, alla brasiliana, su chi poteva fare presa Mimmo Calò se non sui *picciriddi*? E allora inviti a comunioni, cresime, compleanni arrivavano a profusione. E a un certo punto, siccome già mezza Palermo criminale si era offesa per i miei rifiuti, una volta ho deciso di accettare, ma no per reverenza o curiosità, quanto piuttosto per mettere in pratica la strategia che mi avrebbe definitivamente liberato da quel supplizio di inviti: rovinarmi la reputazione mandando a puttane la festa di uno di 'sti bambini. L'unico problema era che non avevo ancora un piano. E stranamente, non avevo manco un invito.

L'occasione però, arrivò tempo niente. La telefonata quella volta non era stata diretta. Ero il ripiego di un cantante neo melodico che avevano beccato la sera prima con addosso ottocento grammi di coca. La faccenda quindi era urgente.

«Vedi che è il figlio del boss di Porta Nuova. Sarà una cosa in grande stile. Va pazzo per la tua esultanza», mi hanno mandato a dire.

Era l'occasione giusta. Non era il figlio di Totò Riina ma manco dell'ultimo scemo: la notizia avrebbe girato veloce, se me la giocavo bene. Dovevo solo stare attento a non offendere nessuno, anche perché i mafiosi c'hanno un senso dell'umorismo tutto loro.

Arrivato a 'stu ricevimento scopro che non è una comunione: sono le nozze di una regina. Ci sono i cavalli bianchi che portano Piero, il figlio del boss, su una carrozza. Ci sono cameraman ovunque, almeno cinque o sei. Vassoi di confetti che sono vasche da bagno a ogni angolo della sala. Fontane, fontane ovunque; dalle forme umane, animali, vegetali, ultra terrene, visionarie; di pietra, marmo, acciaio; ce n'è pure una piccola fatta di confettura che si scioglie un poco a ogni passaggio d'acqua. Insomma, la sobrietà se la sono venduta al migliore offerente barattandola con la stella polare che indica il cammino alla maggior parte degli esponenti di questi ambienti: il pacchianesimo. E poi ci sono squadroni di bambini, tutti vestiti male, coi papillon e i sorrisi brutti. Perché i bambini dei mafiosi, pure che sono innocenti e sono nati dove sono nati non per colpa loro, c'hanno espressioni tutte loro, adulte, appuntite, involgarite, che sfiorano la cattiveria. Pure quelli belli, con una faccia apparentemente simpatica, appena ridono rovinano tutto. Hanno sorrisi mostruosi, criminali, macchiati.

Tutto attorno a me ha un aspetto regale, fiabesco, da Principessa Sissi de borgata. E la cosa è un filo strana, visto che il protagonista della storia si chiama Pietro, è il figlio del boss e a nove anni pesa già cinquantasei chili.

La cosa però si fa oltre che strana, interessante, appena me lo presentano. C'ha i capelli lunghi e un viso morbido morbido. E a dire la verità, ho tutta l'impressione che non sappia manco chi sono.

«Mimmo questo è Pietro, il festeggiato», mi fa uno.

Poi si rivolge al piccolo:

«Pietro, gliela vuoi dire qualche cosa al tuo idolo?»

Pietro se ne sta zitto. A dispetto della boria che si è fatto scenografare per l'evento, nasconde male una profonda timidezza. Si ripara dietro al braccio del suo accompagnatore, che ho intuito essere lo zio. Ma è troppo grosso, il gesto si trasforma in farsa.

«E allora Pie', sei emozionato per la comunione?» gli faccio io.

Quello niente però, si rintana sempre di più dietro al culo del parente.

Una fiondata di bambini continua a sfrecciargli alle spalle, durante tutta la scena. Pietro li snobba, pure che quelli lo chiamano se ne resta nella sua posizione di ritiro.

Fino a quando non arrivano due bambine sui dieci a chiamarlo. A quel punto il timido Pietro cambia completamente atteggiamento. Negli occhi gli si accende una scintilla.

«Ci vuoi vedere mentre ci trucchiamo?» gli fa una delle bambine.

«Vieni?» insiste l'altra.

Felino, si stacca dallo zio e segue le amichette, saltellando e sculettando come una cagna in calore.

Lo zio mi guarda, cerca di trattenere una certa rabbia, ma c'ha una ferocia compressa tutta nella mascella che la dice lunga sulla vergogna che prova a ogni gesto del nipotino, che nel frattempo si atteggia a troietta insieme alle sue amiche.

Questo gli esce tutto frocio a mio fratello, dice ogni muscolo della sua faccia. *Ora vi fotto a tutti*, penso invece io.

Perché se c'è una cosa che i mafiosi non hanno ancora sdoganato, figurarci se l'avevano fatto dieci anni fa quando 'sta cosa è successa, è l'omosessualità. Succederà pure quello, ma si vede che i tempi non sono ancora maturi.

In ogni caso, io ho appena trovato il nervo scoperto della serata. Un rapido ripasso all'arredamento per la festa, rimette a posto ogni tassello del puzzle: il figlio del boss di Porta Nuova c'ha la fissa per le principesse e ha davanti un futuro fatto di cazzi di ogni dimensione e colore. Metto il pilota automatico in modalità simpatia e mi guadagno un'elusiva fiducia in attesa del momento propizio.

Mi presentano il padre di Pietro e me ne esco con due o tre battute di livello. Lo faccio ridere, faccio ridere mezza sala. Sciorino GOOOOOL a comando per un totale, come mimino, di venticinque/trenta minuti di acuti. Fino a quando, dopo ore di musica live di pessima qualità – e non è che io sia un critico musicale pluridecorato – arriva il mio momento, quello per cui sono stato invitato: gli auguri al microfono con tanto di in bocca al lupo al festeggiato per una felice carriera criminale.

Cala un silenzio che manco al Renzo Barbera durante un rigore contro il Catania. Ho seminato splendore per tutta la sera e non posso che raccogliere attenzione. Mi sento come "topolino" Vasari all'esordio nel *Palermo dei picciotti,* quando in Coppa Italia infilò una doppietta di lusso nel tre a zero contro il Parma.

L'occasione di mandare a fare in culo per sempre questo mondo di merda, con i suoi inviti impossibili da declinare a queste orge di potere e cattivo gusto, è un tiro a porta vuota. Devo solo trovare le parole giuste, misurare bene, giocare per sottrazione. Una gaffe, questo ci vuole; la voce si spargerà sola sola. E di spunti per farne una di quelle eclatanti, la futura Drag queen Pietro me ne ha dati a centinaia nell'arco della serata.

Il rischio è alto ma mi faccio due calcoli: tutto vogliono lo zio e il padre di Pietro tranne che sottolineare l'evidenza. Lo zio ha preso coscienza, ma il padre vive nella negazione totale del fatto, cercando di compensare ai gusti da checca del figlio con il proprio. Come? Invitando me, ad esempio, icona del maschio medio tifoso palermitano. Sono un manifesto ambulante dell'eterosessualità sicula.

Mi passano il microfono. Alzo la voce di tre toni. Sembro un esaltato, peggio di loro. Devo annunciare l'ingresso in sala di Pietro, che verrà portato su un pony color panna davvero adorabile, con le orecchie ricoperte da due cappellini rosa.

Si abbassano le luci. Sta per partire il mio monologo. Immaginatevelo pieno di sospiri di troppo, acuti, parole attaccate una con l'altra, effetti alla voce da malato di mente egocentrico. Insomma, sembro uno di quegli idioti che parlano alla radio convinti che le loro parole resteranno nella storia, e invece si perdono nell'etere il secondo dopo.

«È il futuro, è il presente. Oggi è il suo giorno e siamo tutti qui per onorarlo, per augurargli di crescere forte, coraggioso e tenace. E da quello che vediamo, i presupposti ci sono tutti. Mi raccomando fatevi sentire calorosi... facciamo entrare il nostro festeggiato, il personaggio protagonista di questa giornata e di molte altre a venire. È il giorno della sua comunione e siamo fieri di lui... non risparmiate il vostro applauso per Pietro, il nooooostroooo piccoooolo princiiiiiipeeeeessaa!

Mi correggo subito, ma me la gioco bene. Mi esce naturale e tutti ci credono che mi è scappato. Si crea il gelo per una decina di secondi. Ho dato della principessa al futuro figlio gay del boss. In sala non vola una mosca. Si guardano tutti. Lo zio di Pietro si muove sulla sedia, nervoso. Accarezza la pistola. Pietro non entra, pure il pony si rifiuta. *Che cazzo ha detto?* – pensano tutti. *Ora qualcuno gli spara?* – pensano alcuni.

A togliermi le castagne dal fuoco però è proprio il super

boss, il padre, che fa partire un applauso che non vi dico. È risentito ma non con me, ma col fatto che ha dovuto farla partire lui la standing ovation per il figlio. Tutti lo seguono a ruota. Si alzano in piedi. Parte qualche risata, ma per la gaffe, senza presa per il culo. In fondo sono tutti sollevati dal fatto che il boss non ci abbia capito niente. Pure lui infatti se la ride e sembra divertito. Io attacco con l'ennesima sfilza di GOOOGOGOGOOOOL e l'applauso impenna. Un'ovazione.

La cosa passa in cavalleria perché così vuole lui. Perché il boss è Dio. Perché non c'è motivo di pensare che ci fosse malizia nella mia gaffe, visto che lui la nega la futura omosessualità del figlio, che pure è precoce nel manifestarla.

È andata più o meno così, senza ripercussioni né conseguenze. A parte una: la voce si è sparsa. Così nessuno se l'è sognato più di invitare Mimmo Calò a cose del genere. Sono passato di moda.

Lo Bue è ancora a fare i suoi passi di danza nel locale. Si decide a parlare. I malandrini abbassano la saracinesca e ci chiudono dentro.

«Per lavorare qua, in questa via, sono duemila all'anno.»

«Duemila lire?» gli faccio io, ironico.

A Lo Bue gli scappa un sorriso, non se l'aspettava una risposta del genere. Lo yoyo è tornato.

«Sei simpatico, Calò.»

«Faccio del mio meglio.»

«Non mi è piaciuta mai la gente che si cala subito le corna. E tu non te le cali. Solo che la maggior parte delle volte, chiddi comu a tia, si mettunu ne' guai.»

Per non lasciare scampo agli equivoci, faccio di tutto per fargli capire che non ho intenzione di pagare.

«Mi potete chiedere quello che volete, dott. Lo Bue. Ma io non pago. Non posso pagare. L'attività fra l'altro sta andando una merda totale.»

«E si vede che non state facendo del vostro meglio.»

«Con tutto il rispetto, ma questo lo dice lei.»

«E qual è il problema? Quel fituso che si mette qua davanti? Quello col lapino?»

«Diciamo che è uno dei problemi.»

«Vede signor Calò. Ci sono quelli che pensano che i problemi siano figli del caso, che non c'hanno padrone. E quindi non hanno proprio idea di come risolverli. E quelli che invece pensano che ogni problema c'ha un padre e una madre. E loro li risolvono i problemi. E allora io vengo e dico: li vogliamo risolvere 'sti problemi?»

«Sì ma è un poco cara la vostra tariffa.»

Fa un gesto con la mano, come se lo sapeva che prima o poi me ne uscivo co' sta frase.

«E no, questo non si può dire. Noi facciamo indagini di mercato precisissime.»

«E se non mi interessassero i servizi?»

«Ti interessano, Calò. Ti interessano...»

Qualcuno bussa sulla saracinesca. Una volta. Due.

Lo Bue fa segno a tutti di stare zitti. A me mi dice di avvicinarmi e rispondere.

«Chi è?» faccio io.

«Mister Calò, mi putissi grapiri?»

Faccio finta di non sapere chi è ma l'ho capito. È quello che viene sempre solo e parla mezzo siciliano e mezzo americano. Giusto giusto ora.

«Sì, ma chi è?» gli faccio io, cercando il consenso di Lo Bue.

«*You know who i am. Sugnu chiddu ca ci runa sempri a manciari o canuzzu.*»

Se voleva essere chiaro non poteva esserlo di più.

Lo Bue mi fa segno di mandarlo a cacare. I malandrini mi fanno vedere le pistole, scostando il giubbotto.

«*'U sacciu ca 'unn' è sulu. 'A vitti tutta 'a scena. O grapiti o chiamo a police. Okay guys?*»

Alla minaccia di chiamare la polizia, le cose cambiano. Se l'atteggiamento è strategia, l'italo americano c'ha un atteggiamento di quelli da fare invidia. Va dritto come un mulo. Non può perdere. A me mi viene un istinto di protezione che non riesco a controllare.

«Forse è meglio che se ne va...» provo a dirgli io.

Lo Bue però mi ferma e fa cenno di aprire. Questa storia che quello ha visto tutta la scena non gli piace e vuole andare più a fondo. Fa cenno ai suoi uomini di abbassare le pistole e a me di alzare la saracinesca.

L'uomo entra. È più anziano di come me lo ricordavo. Lo lasciamo entrare e si prende la scena. È una sfida tra lui e Lo Bue su chi ha più carisma che finisce, tempo niente, con la vittoria definitiva del nuovo entrato. Sembra uscito da un gangster movie, ma non è un gangster, si vede. C'ha una faccia perbene, pure che addosso è pieno di anelli d'oro anni Settanta e altri accessori che ti portano fuori strada. Somiglia un bordello a Tom Bosley, per intenderci il padre di *Happy Days* e lo sceriffo de *La signora in giallo*.

«È tutto okay, Mimmo?»

«Diciamo di sì. Ci stavamo confrontando su alcune divergenze. Ma tutto okay.»

«Pozzu fare qualchi cosa for the guys?» fa, rivolto ai tre mafiosetti.

«I signori si servono da soli», risponde uno dei due malandrini.

Lo Bue se ne sta zitto, se lo studia, torna nei panni del Dalai Lama da due lire, fa il riflessivo. Si guardano. Poi il vecchio torna a parlare con me.

«*Quant'è 'u dannu, Mimmo?*»

Io mi guardo con Lo Bue, poi mi sposto sui malandrini, fino a tornare dal vecchio senza la minima idea di quello che posso o non posso dire.

«Quant'è? Mille? Dumila? Quant'è?»

Lo Bue sorride. Inizio a pensare di avere sbagliato valutazione. Fa le pause perché non c'ha proprio un cazzo da dire. Da quando è entrato il vecchio pare che gli ha risucchiato il carisma a tipo ghost busters. Se c'è una cosa che ho pensato sempre è che non c'è posto per tre persone col carisma in una stanza sola. E qua, oltre all'italoamericano ci sono io, pure che il mio l'ho messo in stand by.

«*Allura? Quant'è? How much*?» continua a chiedere quello, uscendo dalla tasca un rotolo di dollari.

Ne piglia un pugno e li mette sul bancone.

«*Allura faciemu accussì. Chisti sarannu tipo dumila dollari around. Now, your friends go out, spririsciunu almeno pi un annu. Oppuru io chiamu 'a police, 'a polizia.*»

Lo Bue fa cenno ai suoi di pigliare i dollari. Escono dalla sfincioneria.

«Ci vediamo presto», mi fa Lo Bue sulla porta.

Rimango solo con il vecchio. Lo guardo tra il confuso e l'incazzato.

«Come si chiama?»

«Chiamami Franco. Dammi il tu.»

«Franco, io ti ringrazio e tutto quanto. Ma 'un ti putievi fari i cazzi tuoi?» gli dico io. «Anche perché non avevo completamente intenzione di pagare...»

Franco si fa una camminata fino agli sgabelli. Si siede.
«*Mica 'u fici pi tia. 'U fici pi mia. We need to talk.*»
Mi guarda dritto negli occhi, deciso.
«*'Amu a parrari.*»

SEDICI

Quando ti fanno una proposta come quella che mi ha fatto Franco, uno sano di mente pensa: va be', o sono pazzo o mi stanno pigliando per il culo. E sinceramente, della mia sanità mentale, io non ho dubitato mai. Pero, contemporaneamente, quando due si parlano, lo capiscono subito se la conversazione è di quelle che non portano da nessuna parte o se la cosa può avere un senso.

E io e Franco pare che siamo sintonizzati sulla stessa frequenza.

Lui c'ha un modo per rimediare dei soldi subito, se io lo aiuto. E io c'ho i debiti che mi dormono ai piedi del letto. Praticamente siamo due anime gemelle.

Sarebbe tutto perfetto se non fosse per un semplicissimo dettaglio, che poi è quello che mi ha permesso di essere ancora vivo a quarantaquattro anni e non sotto terra con una pallottola in testa come la maggior parte di quelli che giocavano insieme a me sotto casa: non ho nessuna intenzione di commettere un crimine. Manco lo so come mi sono salvato da un certo tipo di vita, cresciuto dove sono cresciuto io e come sono cresciuto io, figurarsi se mi metto a fare minchiate a quarantaquattro anni suonati.

«*Chistu mica è crimine. Erano picciuli di me patri. Una bega china china!*»

«Una bega?»

«Una bega, una *bag…*»

«Una borsa?»

«*'Na borsa!*»

«Sì, ma se tuo padre li ha nascosti là dentro, un motivo ci deve essere stato.»

«A tia chi ti cancia?»

«Mi cambia, soprattutto se dobbiamo entrare dentro una proprietà privata. E se ci dobbiamo entrare facendo un buco dal mio locale.»

Franco vuole che recuperiamo un borsone pieno di soldi che dice che è nascosto nell'appartamento – anzi nel *bildingu*, come dice lui – che confina con la sfincioneria, dove c'è un asilo. E dice che se lo aiuto, me ne posso prendere la metà.

«Ma poi scusa, se era così semplice, perché non se li è andati a prendere lui?»

«*Picchì c'era 'na caserma di carabinieri, pi' tanti anni. E, nel frattempo, appi a partiri p'a' Merica, to Detroit.*»

«*E picchì ci stai pinsannu ora?*»

«*Picchì prima ero impegnato, 'un mi putieva muovere. Era rintra: Detroit prison.*»

Apprezzo la sincerità, ma la cosa ancora non mi convince, soprattutto se proposta da uno che è appena stato in galera. E ancora meno mi convince che questo abbia speso duemila dollari solo per attirare la mia attenzione. Glielo dico, più schietto di un panino con la milza senza formaggio. Non voglio essere fregato.

«*'Un è ca mi vo' futtiri?*»

«*Picchì t'avissi a futtiri?*»

«*Dimmillu tu…*»

«*Completamente no. Anzi, mettiemu tutti cuosi in chiaro: i dumila dollari li sottraiemo du nostru budget, dalla bega.*»

«Sempre se accetto.»

«Accetti, accetti.»

«O magari hai buttato duemila dollari...»

«*Tantu dda dintra ci ni sunnu almeno settecento vuoti di più.*»

Settecento volte duemila dollari non riesco a fare manco il conto di quanti sono. Mi gira la testa comunque. Non pensavo che stavamo parlando di cifre del genere.

Franco mi guarda con un'espressione sicura.

«*Tu mi sierbi Mimmo, i need you. Senza di tia unn'a'puozzu fari sta cosa.*»

Io non c'ho fatto caso mai, ma dice che tutte le entrate dell'asilo sono super blindate, quindi bisognerebbe sfondarle. E soprattutto, sono proprio sotto al raggio d'azione di tutte le telecamere di servizio delle poste, le stesse che mi avrebbero dovuto fare arricchire portandomi clienti.

«Insomma Mimmo, *tu si' completamente 'nta merda. A to sfincioneria va down. To mugghieri aspetta un picciriddu, si' chinu chinu 'i debiti. Io puozzu helpizzariti.*»

C'ha ragione, mica no. Sono nella merda più totale, pieno di debiti e col figlio in arrivo. Ma non è che uno si sveglia la mattina e si mette a fare buchi nei muri della propria sfincioneria per recuperare borsoni pieni di soldi. Ci vuole un poco di tempo: sia per dire di sì, sia per dire di no. Perché, in entrambi i casi, hai qualche cosa da perdere. Cerco di prendere tempo.

«Ma me la vuoi spiegare una cosa? Picchì 'un parri italiano?»

«*Io 'un ma firu a parrari italiano. Me patri avia' a prima elementare, parrava sulu sicilianu. E io criscivi a Detroit cu iddu. E quindi ma firu a parrari sulu sicilianu e miricanu.*»

Franco però non perde di vista l'obiettivo e mi continua

a guardare senza pietà. C'ha uno sguardo che fa i *pirtusi*. Tutto mi sarei potuto aspettare tranne che da questa faccia perbene, da papà di telefilm americano, potesse arrivarmi una proposta del genere. La verità però è che le occasioni di questo tipo, quelle per fare soldi, arrivano sempre. Di solito una volta nella vita, al massimo due. Certe volte ce ne accorgiamo, certe volte no. Certe volte sono legali, altre volte no. E io la prima me la sono già fatta scappare con Jean e i robottini mangia soldi.

«Quanto hai detto che c'è?»

Con la mano destra fa prima il segno uno e poi cinque.

«Tu quanto hai di debiti?»

«Cinquantamila euro di prestito. E ventimila di fido da rientrare subito subito.»

Si mette a ridere, ma il suo sguardo non si sposta, come se non volesse perdermi di vista manco per un secondo. Sembra uno che sa quello che fa. Chissà perché è stato in carcere. Ho bisogno di conferme su altro però, ora.

«Un milione e mezzo?»

Fa cenno di sì con la testa. Poi parla:

«*E senza di tia 'un pozzu fari nienti.*»

DICIASSETTE

C'è un altro dato di fatto che ha accompagnato tutta quanta la mia vita: se io vado da una parte, il resto del mondo va dall'altra. E no, non sto facendo lo splendido con qualche metafora rubacchiata chissà dove e chissà perché, no. È proprio così, nel senso più letterale. La cosa si concretizza quando è ora di manifestazioni di massa; quando la folla, fisicamente, si muove sempre in una direzione opposta alla mia. C'è una processione, un concerto, una partita allo stadio, una carica degli hooligan e migliaia di persone si muovono verso nord seguendo la stessa identica Stella Polare? Metteteci la mano dentro all'acido muriatico che io devo andare centodue volte su cento a sud.

C'ho sempre le urgenze sincronizzate al contrario con il resto del mondo, una specie di algoritmo personale che mi racconta all'interno dell'umanità. È come nuotare controcorrente col mare a cento nodi, sfidare la città che sfila in una direzione opposta alla tua.

Oggi è il quattordici di luglio, e a Palermo c'è il Festino. E per la prima volta nella vita in una situazione del genere, non vado controcorrente: seguo il flusso. Siamo in pace, io e la città, oggi. Mi accompagna per tutto il Cassaro fino a Porta Felice come una rockstar che si butta sopra al pubblico e si lascia sollevare. Siamo tutti rock star che fanno lo *stage diving* – mi pare che si dice così – quando le feste religiose scendono per strada. È un pianterreno sociale la processione religiosa, fa sentire tutti sullo stesso livello, inferiori solo a Dio. Per questo scatena i deliri più pericolosi. In questa sensazione di sospensione a mezz'aria, io e Franco ci godiamo la *cassariàta* su Corso Vittorio Emanuele. Da qua è nata la città, da questo asse lungo lungo che, ai Quattro Canti, si unisce a croce co' Via Maqueda e scivola fino al mare con una pendenza leggera. Ti agevola la felicità.

«*Avutru chi Champes Elysees. Avutru chi Rambla*», mi fa Franco, come se fosse la considerazione più logica che abbia mai fatto.

«*Picchì, tu c'ha statu mai?*»

Si gira e mi guarda. Punta il naso verso il cielo con un gesto che vale in tutto il mondo ma che solo i siciliani sanno fare per come è di giusto: *nzu*.

Me lo tiro per un braccio e ci sfiliamo dalla folla poco prima di Porta Felice, per infilarci in una stradina che ci porta dritti dritti fino a Piazza Kalsa.

«Pigliamo da qua!»

«*Allright!*»

Il carro non c'è più, di fronte alla sfincioneria. È il suo momento; è tornato galeone, si sta tirando dietro Palermo. La piazza è completamente deserta. C'è solo qualche ritardatario che si affretta a raggiungere al Foro Italico il resto dell'umanità per i fuochi d'artificio. Perché è il centro del mondo, Palermo, quando la Santuzza si solleva magnifica e ci guarda le stempiature dall'alto.

Ci fermiamo davanti alla saracinesca. Ci fissiamo. Poi torniamo indietro di qualche metro, direzione asilo.

«*Amunì, taliàmu...*» mi fa.

Lo seguo. Ci mettiamo in modalità ingegneri, ma sembriamo più pensionati che rompono i coglioni ai lavori in corso. Ci guardiamo a uno a uno tutte le finestre. Non ce ne è una che non sia protetta da grate in ferro battuto; finisce che invoco il cinquantasette percento dei santi che conosco. Cerchiamo altri punti di accesso, ma niente. Non è un asilo, è un limite militare invalicabile. Pare Alcatraz.

«Ti rassegnasti?» mi fa Franco, indicando con il naso l'ennesima apertura blindata.

«Facciamo un'altra prova», rispondo, indicando un punto in cui il palazzo gira ad angolo, «pigliamo da qua.»

«*Allright*», mi risponde poco convinto, come se fossi un *picciriddo* che vuole accertarsi che Babbo Natale non esiste veramente.

Svoltiamo l'angolo ma pure là c'è una finestra da cui è impossibile infilarsi. Franco mi indica le telecamere dell'ufficio postale che c'è di fronte. L'ennesimo problema, l'ennesima fottuta. Le saluta, ironico, sventolando l'anello vistoso e affettando l'aria.

«*If 'a situazioni 'un era chista, secunnu tia searchava a tia, io?*»

«*Searchava?*»

«*Searchava*», precisa. «*To search, circari. Fusti furtunato, Mimmo. You are lucky.*»

«Fortunato? A momenti mi portano in laboratorio per studiarmi, con tutto *l'attasso* e la sfortuna che c'ho di sopra, io.»

Ride, ma secondo me la battuta non l'ha capita. Ci sediamo sui gradini dell'asilo per raccogliere le idee.

«Tu rissi: chidda è l'unica soluzione.»

Faccio fatica a crederci che sfondare un muro del locale che ho costruito co' tanta fatica sia l'unica soluzione. Forse però ha ragione lui.

In lontananza vediamo spuntare il *canuzzo*. Si avvicina,

sventolando la coda come un tergicristallo. Se ne va dritto dritto in mezzo alle gambe di Franco, ignorandomi completamente. «Chi c'è? Chi cosa c'è?» gli comincia a sussurrare lui con una voce di tre toni più alta che lo fa sembrare mezzo scemo. Poi cerca di ricomporsi e darsi un tono. Parla.

«*Tu 'un l'ha biriri comu 'na rapina, o come si' rubassi a qualcunu.*»

«E come la dovrei vedere, scusa?»

«*Tu quannu to matri ti vuoli fari un regalo, ti vuoli dari qualchi cosa di piccioli, chi fa' ci rici no? Chi fa', ci va' paghi 'i tasse?*»

«Credimi, hai sbagliato completamente esempio.»

Storce il naso, deluso; fa ripartire i pensieri. Dà una manata alla roulette mentale delle metafore. Dentro agli occhi, il cervello gli gira.

«*E allura ti ni ricu n'avutra. Tu quannu paghi 'na pulla poi chi fa', c'addumanni 'u permesso pi' ficcari?*»

«Diciamo che è da un poco che non frequento. Però no, non l'ho chiesto mai il permesso di ficcare a una buttana.»

«*E allura accussì l'ha biriri 'u borsone: come 'na pulla già pagata.*»

Cominciano i fuochi d'artificio. Mi immagino la città tutta raccolta tra la Cala e il Foro Italico. Stretta stretta in un pugno chiuso, pronto ad aprirsi dopo la *masculiàta* di fuochi finale. Pronta a disperdersi per un altro anno. I botti fanno *scantare* il *canuzzo*, che comincia a piangere in mezzo alle cosce di Franco. Trema.

«Oh, Fra'; posso essere sincero?» chiedo io.

«*Sure!*»

«I to' metafore fanno schifo!»

«*Picchì tu 'avissi dittu megghiu?*»

Rimaniamo fermi, seduti sui gradini dell'asilo. Dietro di

noi, nascosto da qualche parte dietro alle grate, un borsone pieno pieno di piccioli. A lato, il mio sogno imprenditoriale appena iniziato e già mezzo fallito. Di fronte, il posto vuoto lasciato dal carro della Santuzza, con un'impronta di tempo leggera lasciata sul marciapiede.

«*Forse ci l'haiu*», mi fa.

Lo guardo poco convinto.

«*... 'a metafora giusta. Forse ci l'haiu.*»

Lo guardo convinto ancora meno.

«*È comu quannu ti scordi 'i chiavi rintra casa. Chi fa', chiami 'a polizia, o provi a trasiri da finestra?*»

Gli faccio un cenno con la mano che significa: *insomma, così così*. Poi mi viene l'illuminazione.

«Posso provare io?»

Mi guarda. Mi fa un gesto lui con la mano, stavolta, come i presentatori quando lasciano il palco a un ospite che deve cantare. Come a dire: *vediamo che sai fare, Mimmu'*.

«Ci giocavi a pallone in mezzo alla strada quando eri picciriddo?»

Annuisce.

«Capitava sempre che ti si arroccava il pallone dentro a una proprietà privata. La proprietà era loro, okay, ma il pallone era 'u tuo.»

«*And so...*»

«*'un facivi niente di male, no?*»

Lui mi guarda. Forse ha già capito, forse no. Ancora non lo so se è uno sveglio, o un demente totale.

I giochi di fuoco raggiungono il loro culmine: la *masculiàta* è servita. Vediamo solo un bagliore colorato, una spruzzata rossa e verde nel cielo dietro ai palazzi. Il *canuzzo* si divincola dalle cosce di Franco e scappa via, sotto al cielo colorato e *affumazzato*.

Arriva il momento di chiudere il discorso. Preciso quello che devo precisare, prima di tutto a me stesso.

«Non facevi niente di male. Entravi, ti pigliavi quello che era tuo, e te ne tornavi a giocare.»

Franco sembra distratto ma non lo è. Guarda il cielo. La fuliggine in technicolor che se ne cala verso il mare è solo un modo come un altro per darmi qualche secondo di tempo, per lasciarmi l'idea a riposare sotto al coperchio di pensieri e debiti. Poi, quando sembra che se l'è scordato, piglia e fa.

«Allura? Ci stai o no?»

Lascia in pace il cielo a colori e mi guarda. Ha fretta.

«*Mi sierbi 'na risposta, 'un pozzu aspittari chiù.*»

PARTE QUARTA

UNO

Quelli che mi conoscono un poco meglio degli altri lo sanno. Ancora non l'hanno capito bene e la pigliano come l'ennesima cosa strana, ma lo sanno: mangiare mi piace, mi piace pure assai, ma c'è un momento in cui dico allo stomaco che il pasto è finito e ci butto dentro la giusta quantità d'acqua. E dopo quell'innaffiata di liquido, se ne può uscire pure Gesù Cristo con l'ultima cena, ma io non assaggio più manco un chicco d'uva. Non è per scortesia: è che non posso. Se ingerisco ancora qualche cosa, qualsiasi cosa, mi sento male. Perché a tutte le budella che c'ho dentro lo stomaco gli ho mandato un messaggio forte e chiaro: è finita ragazzi, per oggi basta mangiare. Mica me lo posso rimangiare così, per capriccio, o perché mia madre si è scordata di dirmi che c'era ancora un poco di caponata della sera prima. Gli equilibri non si toccano. L'equilibrio è tutto, è un attimo, è stare fermi. E romperne uno del genere, mi può mandare *a cachì** tutta la serata, me la può rovinare.

Avere accettato di fare il colpo con Franco è stato come bere quella quantità d'acqua, quella calcolata a puntino: dopo di questo non ci entrerà più niente, sono arrivato a livello. Se va male, se si rompe l'equilibrio, è finita. È finito tutto. La sfincioneria, la voglia di fare qualcosa, il figlio. La testa è piena, non ci entra più niente. Lo so.

Come prima cosa, per preparare il colpo, Franco mi ha

portato da uno che conosce che ci deve dare tutto il necessario. Un signore alto alto, quasi due metri, di quelli che ce ne sono pochi in Sicilia. Una faccia lunga, equina; le orecchie a chicane, tipo Andreotti. Sulla settantina, però ancora forte.

C'ha un negozio di ferramenta e colori dove non va più nessuno perché dice che se ne vanno tutti nei centri commerciali a farsi fottere i soldi, ma secondo me è perché non aggiorna l'inventario da quel gol di Altobelli contro la Germania a Spagna '82. La ferramenta è divisa per aree: una ben rifornita, con gli attrezzi e le cose più classiche; e altre due più abbozzate, con gli scaffali mezzi vuoti, i portachiavi, e le cose più moderne. Poche.

Siamo venuti mentre era chiuso. C'ha fatti entrare da una porticina sul retro. Ho avuto la sensazione che sapesse tutto, ma che contemporaneamente non conoscesse esattamente cosa dobbiamo recuperare, come se per discrezione non avesse chiesto mai. Parlano come se si conoscessero da una vita, lui e Franco. Eppure al signore alto alto che si è presentato come Cocò, gli scappa di non essere mai stato fuori dalla Sicilia. E Franco è la prima volta che viene.

Mi faccio i fatti miei.

«Per bucare un muro avete tre possibilità: all'antica, anni Ottanta e metodo moderno.»

«E cioè?» faccio io.

«Martello e piccone, martello pneumatico oppure dinamite.»

Interviene Franco a riportare Cocò coi piedi per terra.

«*Cocò: come ti ricieva, 'amu a fari un travagghiu pulitu. 'Amu a trasiri e niesciri senza ca nuddu s'i'nnadduna. Comu quannu ficchi tu*», gli dice scacciandogli un occhio.

Cocò risponde alla battuta con una risata irruenta che fa tremare mezzo negozio.

«E allura è meglio optare pi' l'anni Ottanta. Anche perché gli anni Ottanta, dal punto di vista della ferramenta, sono stati anni d'oro.»

Piglia un martello pneumatico e ce lo mette sul bancone.

«Il problema è che se dovete scavare una parete, vi serve tenerlo in verticale.»

«E quindi?» gli fa Franco.

«Potete scegliere: anni Ottanta o fine Novanta.»

«E cioè?» insisto io, mezzo irritato.

«O corda, oppure servo sostegno. Vi servono per metterlo in verticale.»

«Tu chi cosa consigghi?» gli fa Franco.

«*'U sai, iu sugnu siempri pi' l'anni Ottanta*», risponde Cocò.

«Cerchiamo di non complicarci la vita per sparagnare venti euro… Andiamo almeno sugli anni Novanta, okay?» faccio io, pigliando la situazione in mano.

«*Okay. Deal*», fa Franco.

Cocò però, non sembra convinto.

«*Facciamo ca io ti rugnu tutti e due*», fa Cocò.

Ci sarebbe ancora da risolvere una questione di importanza fondamentale per non essere scoperti: come lo tappiamo il buco una volta che abbiamo finito il lavoro? Il piano infatti prevede che mettiamo tutto a posto, tappiamo il buco che, fortunatamente, dovrebbe affacciare sullo sgabuzzino dell'asilo garantendoci la possibilità di approssimare un po' con la riparazione e poi usciamo dalla porta di ingresso come se nulla fosse successo. E chi controlla i nastri di sicurezza delle poste, quelli in cui ci saremo noi che usciamo dall'asilo con la borsa piena di piccioli, se nessuno saprà mai che là dentro è successo qualcosa?

«Per quanto riguarda il buco, qua c'è tutto quello che vi serve…»

Cocò riempie il bancone di cazzuole, cemento, stucco e cose del genere.

«L'unica cosa che mi dovete dire è il colore della vernice. Di che colore è 'sta parete? Perché se la fate di un altro colore, poi se ne accorgono. No?»

«E noi come facciamo a saperlo?» faccio io, sia a Franco che a Cocò.

Franco fa spallucce. Ci guardiamo come tre scemi, con gli angoli della bocca che scendono verso il basso, la classica espressione che non vorresti mai vedere nel tuo complice in una rapina.

«Va be', ho capito. Ci pensu io», fa Cocò.

Torna con quattro barattoli di vernice diversi. Li mette sul bancone, pure quelli. Non ci entra più niente là sopra, come la mia testa.

«Questi sono tutti colori primari. Basta che mischiate con le dosi giuste e vi esce quello che volete voi.»

Io e Franco tiriamo mezzo sospiro di sollievo. Solo mezzo, perché è chiaro a tutti e due che la cosa non sarà così semplice come la dice Cocò che, nel frattempo, si fa una pausa, teatrale da morire. Ci studia, come a dire: ma ce la faranno sti du' scemi? E in un impeto di empatia, piglia e fa:

«Le volete sapere le dosi, o no?»

«Poi se ne vanno in tv a dire che vogliono aiutare i giovani imprenditori… poi dice che i giovani se ne vanno a lavare i piatti a Londra… poi si lamentano che i cervelli se ne scappano a fare i pompini nei casinò di Nova Gorica. Che paese di merda…»

«*A' Merica è tuttu different.*»

«Si sono mangiati un paese e se la prendono con i poveri cristi che provano a fare le cose…»

Franco non lo può capire questo Paese, lo conosce come si potrebbe conoscere una femmina che per tutta la vita vedi solo riflessa su uno specchio. Però ne parla come se ci avesse vissuto cinquant'anni, dice che ce l'ha nelle ossa, l'Italia. Forse è vero, forse no. Il fatto è che 'stu Paese più ci passo il tempo, più si va spaccando sempre di più nelle due fazioni che, in fondo, l'hanno ridotto come si è ridotto: gli Incazzati e i Sì Ma.

I primi, capitanati dagli idealisti in camoscio, quelli che per tutta la vita sono stati ex di qualcosa. Ex partigiani, ex antifascisti, ex comunisti, ex provinciali ma di larghe vedute, ex sessantottini per i figli – che fa moderni – e schiavi dello psicofarmaco, ex consumisti ora fanatici del biologico e della differenziata, ex cattolici per convenzione, ex tesserati e sindacalisti ora attivisti di movimenti a-partitici, ex poveri, ex giornalisti integerrimi, ex complottisti, ex amanti premurosi ora incinghialiti e sbavanti per le figlie dodicenni dei loro ex amici, ex jungiani, ex fumatori salvati dall'agopuntura, ex trasandati, ex campioni di calcio ora disillusi, ex viaggiatori, ex puttanieri, ex moralisti. Ex di tutto non sono mai stati un cazzo, e allora passano i pochi giorni che gli restano, prima di farla finita sparandosi in endovena tutto il cinema coreano riprodotto al contrario e in una notte soltanto, a fare quello che sanno fare meglio ma che comunque non gli riesce lo stesso: rompere i coglioni al prossimo. Si indignano, si lamentano, recriminano a priori, ma sono sterili, abbaiano senza mordere mai e soprattutto ci annoiano tutti con il loro hobby preferito: dare opinioni; su tutto, anche se nessuno gliele ha chieste, come se ce le avessero solo loro.

E poi ci sono i Sì Ma, quelli che non iniziano neppure a lamentarsi, hanno così poco a cuore le cose che manco finiscono la frase che già la deviano in un più rassicurante sì ma. Sì ma c'è il mare, sì ma si mangia bene, c'è il sole e come le fanno gli italiani le cose non le fa nessuno, sì ma abbiamo vinto i mondiali, sì ma lo fanno tutti, sì ma qualche compromesso bisogna farlo, sì ma accendi la tv, sì ma le cose non cambieranno mai, sì ma la mafia è sempre esistita, sì ma vuoi mettere, sì ma tutto il mondo è paese, sì ma che cosa ci manca, sì ma non funzionerebbe, sì ma lì piove sempre e qua no, sì ma senti che odori, guarda che colori, sì ma io non mi posso lamentare, sì ma assaggia un po' 'sta pizza, sì ma se vuoi fare politica è così, sì ma dove ti giri giri c'è un pezzo di storia, sì ma è andata sempre così, sì ma almeno la gente è felice…

Questo Paese, stretto tra incazzati cronici e lassisti, che mi piacerebbe dargliela tutta a lui la responsabilità di 'stu guaio che sto per fare, 'sta specie di rapina senza vittime; e invece è più mia che sua, la responsabilità. La storia dell'alibi nazional-popolare non attacca più.

«Cominciamo?» mi fa Franco.

La parete bianca di fronte, intatta. La saracinesca abbassata. La sfincioneria chiusa.

Perché uno sta una vita a reprimerli certi istinti, ma quelli fanno il giro da un altro lato e ti fottono lo stesso. Fanno il giro largo. E sono istinti che non li puoi controllare. Ci provi, ma in realtà manco vuoi.

«Ma sei sicuro che si usa così 'stu servo sostegno?» gli rispondo, cercando di tenere fermo l'aggeggio che c'ha dato Cocò.

È come con la rissa. Uno va crescendo e tutti gli dicono che se ne incoccia una per strada, ci deve stare lontano. Spalle al muro e pedalare, che a rimanerci intrappolato dentro non ci vuole niente. Una vita a sentirsi ripetere 'ste parole, ma di una rissa per strada manco l'ombra, niente. Va a finire che uno cresce col mito della rissa, ma senza averne vista mai una vera.

«*Certo ca si usa accussì. Tu adduma 'u martello, e viriemu si' tieni. Come on!*» insiste Franco, nella speranza che il sostegno funzioni.

Però a un certo punto, la rissa arriva. Per strada, per caso, caduta dal cielo. E quando arriva non sono solo cazzotti, *cavuci e muzzicuna*. C'è tutto il corredo al completo, c'è il ricamino che la rende un evento da mettere nella dote: la bottiglia di birra spaccata usata a mo' di coltello. Tu sei cresciuto con quelle parole, spalle al muro, pedalare e via. Te le senti, te le ripeti. Ma siccome la vita è fatta a istinti, e siccome quelli fanno il giro largo, tu non te ne vai *manco se*. Una forza a tipo calamita ti afferra il petto e ti muove i piedi. Insomma, fai l'unica cosa che per anni ti sei allenato nel cervello a non fare mai: avvicinarti.

«*Ecco, u viristi? Avia ragiuni Cocò*», mi fa Franco appena vede che il sostegno non regge e il martello pneumatico se ne va per i fatti suoi. «Che fa, facciamo anni Ottanta: usiamo la corda? *What do you say?*»

Più si spaccano le bottiglie, più la rissa ti prende, ti cattura, ti porta vicino. Si muove, la segui. È un'ipnosi. Dall'esterno sembri uno di quei deviati che se ne vanno in giro la notte a svuotare i frigoriferi di casa. Un sonnambulo.

«Io lo sapevo che andava a finire a corda. Minchia lo sapevo che usavamo 'sta corda di merda», faccio io incazzato, tra me e me.

«*What?*»

«*'Sta minchia*», gli rispondo. «*Cocò di qua, Cocò di là... e ni ficimu futtiri alla grande*», continuo. C'ho il fumo negli occhi, figuratevi come sono messi i testicoli.

Trascini i piedi senza sapere dove vanno, senza sapere manco chi sei. Vuoi guardare. Devi guardare. Perché i pugni volano e tu non li hai visti mai.

Solo una cosa ti può svegliare, e infatti arriva puntuale come le ferrovie svizzere: la prima *timpulata**. SPANF! Di solito non ti piglia in faccia; ti piglia sul collo e ti toglie il respiro per quattro/cinque secondi, quelli che ora vorresti usare per fare l'unica cosa che andava fatta sin dall'inizio: scappare. Ma come vi ho detto, gli istinti fanno il giro largo, e ti fottono. E a quarantaquattro anni, dopo vent'anni di giornalismo, una moglie incinta e la fedina penale intonsa, con questa storia della rapina, dell'italoamericano e della parete dell'asilo da bucare, a me mi pare che se ce lo avevo un istinto per queste cose, allora ha fatto un giro veramente assurdo.

«Ti sierbi aiuto, help?» mi fa Franco.

«Lo sapevo io che andava a finire così!»

«Così come?»

«A minchia di cane», gli rispondo.

C'ho le vene del collo che mi escono non solo per l'incazzatura, ma pure perché sono finito a testa in giù, nella speranza di agganciare quella minchia di corda alla carrucola. Il gancio si attacca e torno in posizione da sano di mente. Piglio un respiro che mi rimette a posto gli istinti omicidi.

«Senti qua Franco, ci dobbiamo dare una regolata. Okay la differenza d'età, ma non è possibile che non stai facendo un cazzo.»

«*What's the problem? Facisti mala vita pi 'un parrari, Mimmo*», mi fa, prende il martello pneumatico e si mette a trapanare. In scioltezza, usando la corda.

«Ma fammi capire: te la fidi?»

«*E certo, a Detroit fici pi' du' anni 'u brickillieri.*»

«Chi facisti?»

«*'U brickillieri. Comu 'i chiami tu a chiddi ca mettunu 'i brick…*»

«I brick?»

«*Sì, chiddi pi' fari 'i mura.*»

«I mattoni?»

«Esatto, i brick, i maruna…»

Per qualche grazia offerta dalla fisica, tutto funziona alla perfezione. Il martello comincia a bucare la parete che è una meraviglia. Gli do una pacca sulla spalla che è tutta un *ti bacerei dappertutto ma non vorrei che fraintendessi*. Franco risponde col sorriso di chi la sa lunga che è il suo marchio di fabbrica.

Ci guardiamo negli occhi, sudati, a petto nudo. Mi fa cenno di aiutarlo, di tenergli fermo il gomito. Reagisco con un movimento della testa, del mento verso il petto peloso. Pare che mi muovo al rallenty. È anziano, ma ancora ben messo. Mi avvicino al suo corpo sudato, forte, in trazione. Deve avere una storia questo corpo, deve averne viste. Trema. Sembra un porno anni Ottanta su due minatori peruviani froci, e invece siamo solo noi due stronzi che ci siamo fatti prendere dall'entusiasmo.

Appena lo tocco, scatta il corto circuito. Basta un dito sul gomito che ci allontaniamo a tipo molle, poli dello stesso segno. L'entusiasmo si perde nell'imbarazzo, nella realtà grottesca: due uomini adulti e sudati che gioiscono e si bagnano per una piccolissima vittoria, quando la parete di fronte a loro è scalfita solo di qualche centimetro.

Non abbiamo concluso un cazzo. Siamo allo 0,01% del lavoro.

Franco si rimette al lavoro. Spinge sul martello, che si mette in moto. Qualche secondo e lo molla. Pausa. Spinge di nuovo. Il martello scava. Sette, otto secondi e lo molla di nuovo per la pausa.

In lontananza però, sentiamo ancora il vibrare del martello. Siamo fermi, immobili, ma lo sentiamo.

Io e Franco ci guardiamo, pensiamo di avere le allucinazioni. Il vibrare si ferma e Franco ricomincia a scavare.

La scena si ripete, identica. Franco scava per qualche secondo e poi si ferma, ma in lontananza si sente ancora il vibrare di un martello pneumatico. Una specie di eco, ma solo un idiota potrebbe pensarlo davvero. E infatti...

«*Ma po' essiri ca è 'na specie di eco?*» mi fa.

«Ma sei sicuro che l'asilo è chiuso, piuttosto?»

«Certo ca sugnu sicuru. È sabato!»

Lo guardo male e gli faccio segno di starsi zitto. Avvicino l'orecchio al muro.

E siccome c'ho sempre avuto un udito di lusso, allenato da picciriddo sul balcone di casa alla ricerca del mare, la cosa tempo niente diventa ufficiale: dall'altra parte della parete, dentro all'asilo, c'è qualcun altro che scava.

TRE

«*'U viristi?* Tutto a posto.»

«Ma tutto a posto che cosa?»

«Tutto a posto.»

«Forse hai un concetto un poco sballato del tutto a posto.»

«*Picchì 'un è tutto a posto?*»

«Non è a posto proprio niente.»

Pare che Franco non lo capisce qual è il problema. È uno di quelli che la fa sempre facile, lui. E invece il problema è bello grosso.

«Ma l'hai capito che lunedì cominciano a ristrutturare l'asilo? Stanno passando le sonde.»

«*E qual è 'u problema? Lunedì! Fra ottu iuorna già finiemmu tutti cuosi.*»

«No fra otto giorni: lunedì questo!»

Ancora non l'ho capito se certe volte comincia a *stolitiare* oppure non capisce bene l'italiano. L'effetto però, è comunque di rincoglionimento totale.

«*E cu' tu rissi?*»

«Come cu' mu rissi? Chiddu *curtu*, il nanetto, il proprietario della ditta di ristrutturazioni. C'eri pure tu!»

«*Ma si' sicuru?*»

«Certo.»

«*Sorry, appi a capiri male.*»

«Ora me lo devi dire tu se è un problema o no: se cominciano a fare lavori, c'è il rischio che trovano la borsa?»

Ci pensa un attimo, come se facesse mente locale di dove è nascosta.

«*'U rischiu c'è.*»

«Ma se è così facile da trovare, siamo sicuri che c'è ancora?»

«*Certo ca c'è. 'Unn'è facile di truvari, ma 'u rischiu c'è.*»

Mi siedo. Piglio fiato e concentrazione. Qua abbiamo cominciato solo da due ore e siamo già al secondo imprevisto. Prima la corda per tenere in orizzontale il martello, ora la ristrutturazione dell'asilo. E come vi ho detto, nella testa non ci entra più niente. L'equilibrio è andato.

Poggio i gomiti sulle cosce e cerco di stare calmo. Mi guardo intorno. La sfincioneria si è trasformata in una specie di *malaseno**, un garage. C'è mezza ferramenta di Cocò disposta a muzzo, là dove fino a qualche giorno fa le poche persone che venivano si mettevano a mangiare. C'è *pruvulazzo*, non si respira per colpa della polvere. A mia moglie non le ho detto niente che siamo chiusi, l'ho mandata fuori città con sua madre per qualche giorno, per non trovarmela tra i piedi e dovere dare spiegazioni pure a lei. Fuori dalla saracinesca c'è un cartello: CHIUSO PER FERIE. L'acqua che se ne è venuta ieri sera se lo stava portando *a cachì*. Tra qualche giorno lo dovrò rifare.

Faccio un veloce punto della situazione, ma tutte le idee sono d'accordo su un semplicissimo dato di fatto: sono nella merda più totale e mi servono i soldi. E per di più, mia moglie non ne sa niente.

Insomma posso scegliere, mica no: o Franco e il suo borsone pieno di piccioli, o il fallimento, il divorzio e la sedia a rotelle. Perché Barbara me le rompe, le gambe. Già mi ci immagino, con le ginocchia che non funzionano più. Mi metto a pensare che sport potrei fare e decido che l'unico credibile, l'unico che c'ha senso da seduti, che quando lo vedi in televisione quasi quasi ci credi che sia uno sport nato per essere praticato sulla sedia, quello è il basket. E io a basket sono stato sempre una merda.

«Quindi dobbiamo fare tutto entro lunedì. Due giorni.»

«*All in two days. Okay.*»

«Non vorrei essere ripetitivo, ma okay la minchia.»

Ci resta male per la risposta. Mi viene un'altra battuta e la faccio. Più che altro me la fa fare la disperazione.

«C'è sempre l'ipotesi dinamite…»

«Chiamamu a Cocò?» mi fa Franco.

«Scherzavo Fra'» preciso rassegnato.

«*Certo però ca dinamite fussi easy easy.*»

«*Sì ma puru a polizia vinissi dritta ni mia easy easy*», gli faccio col tono ironico di chi, in realtà, gli vorrebbe posare una *timpulata*.

«*E si' simulassimu una fuga di gas? L'esplosione putissi sfunnari 'u muru.*»

Potrebbe essere. Ma è comunque un rischio troppo grosso per me. E a polizia arriverebbe tempo niente.

«*Sienti ca' Mimmo: viri ca ormai 'amu a ghiri fino 'n funnu.*»

Il tono che c'ha è ora serio serio. Uno di quegli sbalzi d'umore che mi stanno aiutando a conoscerlo meglio per quello che è: un mezzo pazzo. E vuole andare fino in fondo.

Ci guardiamo in faccia. Senza dire una parola, ci mettiamo a scavare. Stabiliamo dei turni: da tre ore io, da due lui. Mentre uno lavora, l'altro riposa. Ci facciamo dieci ore filate, due turni ciascuno. Diamo una bella botta al muro: ora c'è un buco di almeno un metro e mezzo di profondità. Dormiamo due ore tutti e due e ricominciamo.

Altre dieci ore, altri due turni a testa, ma questa volta non mi fermo e tiro per altre due. Manca poco. E io non posso smettere. Franco mi parla ma manco lo sento. È l'adrenalina, è il corpo che sente che quasi ci siamo.

È domenica. Fuori dalla saracinesca, di fronte al cartello CHIUSO PER FERIE, la città è morta. Me lo immagino come deve essere il suono del martello che spingo sulla parete, da fuori, dalla strada. Me lo immagino lontano, puntare al futuro, perdersi nella città vuota in una eco. Me lo immagino questo suono pieno assottigliarsi di metro in metro, in scala, fino a diventare prima uno ZZZZZHHHH riconoscibile, poi più lontano, il sibilo di una zanzara, fino a perdersi completamente nel centro storico.

Il suono del martello mi è entrato dentro, mi aiuta a spingere. Scava. È costante, uguale a se stesso, sono io. Prima. Perché come ogni suono, e ogni uomo, a un certo punto, cambia.

È un tonfo, un soffio di calcinacci e polvere, è il metallo della punta del martello che vibra nel vuoto. È l'aria, dall'altra parte. È l'asilo, cinque metri oltre la sfincioneria.

Io e Franco ci guardiamo. È fatta: qualche secondo e siamo dall'altra parte a cercare la borsa coi soldi.

Non ci resta che spingere i calcinacci rimasti attaccati alla parete, spingere un po' col piccone. L'ultimo che spingiamo è bello grosso. Fa un tonfo dall'altro lato.

Siamo dentro.

QUATTRO

Farsi il pesce in mano, menarselo, farsi una pippa, una sega, farsi un raspone, un minotto, farsi un trimone, farselo a mano, masturbarsi, o come diciamo in Sicilia, minarsela. Minarsela forte.

Carissime mogli, fidanzatine, ingenue romanticone; ditelo come vi pare a voi ma la verità sempre una è: i vostri fidanzati, i vostri mariti, i vostri figli, persino i vostri cani, insomma qualsiasi mammifero di genere maschile con almeno uno dei due arti superiori – i cani in realtà ci riescono pure senza usare le zampe – si masturba.

Nessuno escluso. Anche se venisse spedito su Marte chiuso dentro una campana di vetro, senza ossigeno e con le mani legate dietro la schiena, un uomo troverebbe il modo di dare sfogo alla forma di intimità più sincera che conosce: la sega. Quando era ancora una scimmia, tanto ha fatto e tanto ha detto fino a quando non si è fatto spuntare il pollice opponibile proprio per 'stu motivo, figuriamoci se smette ora perché voi volete fare le romanticone.

E pure che vi risponde che no, da quando sta con voi non ne sente il bisogno, perché voi siete una vera bomba a letto, ve lo dice Mimmo Calò e ci potete credere sulla fiducia: sono tutte minchiate. Perché gli uomini sono programmati per fare tre cose, fondamentalmente: mentire, minarsela forte e scommettere sul calcio.

Anche perché, sesso e masturbazione, pure che si gioca con lo stesso pallone, sono partite che si disputano su campi da gioco diversi. È come dire a un allenatore che c'ha uno squadrone assurdo, di quelli che può vincere tutto, tipo il Milan di Arrigo Sacchi e Fabio Capello negli anni Novanta, che si deve accontentare del campionato:

Dai, per quest'anno facciamo che vinci solo il campionato?

E perché scusa? C'è pure la Champions League tra poco. È una bella competizione

Perché è più romantico se uno aspetta il campionato e poi alla fine lo vince. No?

In che senso scusa?

Perché non ti basta vincere il campionato, fammi capire?

Ma certo che mi basta, che discorsi sono... però pensavo, visto che c'è pure la Champions League... bo non lo so, era solo un pensiero... ma lasciamo stare

No no... non lasciamo stare... ma scusa non ti è bastato vincere il campionato? Non ti è piaciuto?

A quel punto Arrigo e Fabio capiscono che non è strada che spunta, si mettono sulla difensiva e mentono.

No ma hai ragione: facciamo solo campionato. Ormai la prossima stagione si vede...

E continuano la loro vita come se niente fosse, facendo finta, come è giusto che sia, che quella conversazione non sia mai avvenuta. Perché per un uomo, non masturbarsi è assurdo, il concetto non lo riesce a capire proprio, gli viene più difficile del concetto stesso di infinito. Qualcuno, i più coraggiosi, veri professionisti della bugia più spudorata, se ne escono con frasi del tipo: *certo che mi masturbo, ma quando lo faccio penso a te.*

E la voglia di farlo, di toccarti, fatti come siamo fatti, ti può venire in qualsiasi momento e luogo: sull'autobus, a scuola, al lavoro, al panificio, in Chiesa, al mare, in ascensore, a casa di amici e parenti, in macchina, di nuovo in ascensore. Insomma, ovunque. Ci sono solo due posti in cui non ti può venire, a meno che tu non sia un deviato di alto profilo: nella camera da letto dei tuoi genitori e dentro un asilo mentre stai facendo una rapina.

E questo secondo caso, a me sta succedendo proprio ora. Ora che siamo appena entrati dentro all'asilo.

«Quindi? Dov'è?»

Franco esce dalla tasca una specie di mappa dell'appartamento. È tutta piegata, vecchia.

«E quella cos'è?»

«*Una cosa pi 'un sbagliari.*»

Si muove. Lo seguo. La testa però è da altre parti e cerca di frenare l'erezione che mi pulsa tra le gambe. La voglia che si infila in testa. Sarà l'adrenalina, sarà l'odore dei soldi; non lo so che cosa è ma è un problema, perché faccio fatica a camminare dritto. Se Franco se ne accorge ci *accucchio* una figura di merda che finisce sui libri di storia.

Usciamo dallo sgabuzzino. Superiamo un'aula piena di sedie colorate, disegni alle pareti e cose di plastica buttate per terra che sembrano giocattoli pure che spero che i bambini non ci giochino davvero, perché secondo me non c'hanno senso. Ripenso a Fulvia, la spostata che pagava mia madre per stare con me quando ero piccolo. L'erezione ha un'impennata e poi si placa subito dopo.

Ci fermiamo davanti a una porta.

Franco la apre per vedere che c'è dentro. È un bagno. Sembra che lo stava cercando.

«*M'aspetti ca'?*» mi fa.

«Non ci penso proprio.»

Entriamo. Tutti e due.

«*Prima ca' c'avia a essiri 'na cucina.*»

«E quindi?» gli faccio io.

«*Don't worry*», risponde.

Guarda in alto, controlla la mappa. Mette un piede sulla vasca da bagno, l'altro sul lavandino. Sale a due metri e mezzo di altezza. Tocca il tetto con le mani, lo tasta.

In mezzo alle travi, c'è una parte in legno quadrata, un passaggio per accedere al contro soffitto. Tutto normale. È abbastanza a vista. Franco la toglie, me la passa e mi chiede di spingerlo da sotto per aiutarlo a salirci dentro. Poggio la tavola per terra e lo aiuto.

«Voglio salire pure io.»

«No problem», mi risponde da dentro.

Lo imito: un piede sulla vasca, uno sul lavandino, i gomiti a fare da leva nell'apertura per il contro soffitto. Entro con la testa. È basso. Ci si sta dentro solo a quattro zampe.

Quelli dell'asilo lo usano come *malaseno* per le cose che non gli servono più. È un cimitero di sedie in miniatura e giocattoli. Non salgo completamente, rimango con la parte inferiore del corpo dentro al bagno, il resto del corpo continua la rapina di sopra. Lo spazio non è grande e posso controllare Franco pure da lì. Si muove tra le *negghie*, sposta le sedie, controlla di nuovo la mappa.

«Serve aiuto?»

«Nzu.»

Libera tutto un angolo del contro soffitto. A furia di spostare sedie, mi ha coperto la visuale. E siccome non voglio correre il rischio di essere fottuto o di perdermi qualche passaggio, faccio leva sui gomiti e mi tiro su. Mi metto a quattro zampe pure io. Mi avvicino.

«Oh Franco!» lo chiamo.

«*È ca'. It's here*», fa con un filo di agitazione.

«L'hai trovata?»

«No, ma è ca'. Quasi.»

Anche col tetto del controsoffitto si ripete quello che è successo col tetto del bagno: si apre una specie di passaggio. Questo è più piccolo però, una persona non ci entra. E dà direttamente sul comignolo. È bianco, come se non avesse mai funzionato. Pare uno di quelli che hanno sempre avuto solo una funzione estetica.

Il borsone è lì, incastrato tra il dentro e il fuori dell'asilo, nella parte del comignolo che lo porta dal dentro del tetto al fuori.

Franco me lo passa. Pesa.

«Lo apriamo ora?»

«*No, spicciamuni.*»

«Okay, sbrighiamoci.»

Cominciamo a tornare indietro a quattro zampe. Poi Franco mi guarda, sembra che non resiste manco lui. Mi ferma, apre di dieci centimetri la cerniera del borsone e ci infila la mano. Tocca i soldi. Mi batte il cuore forte. È la scena più sexy che abbia mai visto. Lo imito. I soldi ci sono, e sembrano tutti. Per la prima volta nella vita mi sembra di usare veramente il tatto. Chiudo gli occhi. Tiro l'aria col naso.

«*Amunì, let's go*», mi fa Franco.

Facciamo il percorso al contrario e ci fermiamo per scendere di nuovo dentro al bagno.

Franco lascia il borsone sul bordo della botola. Io scendo. Gomiti, destro sul lavandino, sinistro sulla vasca; scende pure lui. E chiude la botola.

«*Chista per ora 'a lassamu ca'. 'A pigghiamo duoppu!*»

Dobbiamo tappare il buco da cui siamo entrati, il borsone

torniamo a prenderlo dopo. Anche perché abbiamo creato un bordello assurdo.

Per fortuna però la parete è bianca. E il bianco è il colore primario per antonomasia.

Va tutto bene.

CINQUE

Gli sportelli si chiudono. Io sto alla guida, Franco sul sedile passeggero. Il borsone coi soldi è sulle sue gambe, la sfincioneria e l'asilo alla nostra sinistra, dall'altra parte della strada.

«Ci scordiamo niente?»

«No. It's gone.»

«Che vuol dire?»

«*Ca c'ha ficimu.*»

Abbiamo tappato il buco. Poi siamo tornati a prendere il borsone. Per un attimo mi era presa pure una certa paranoia per il fatto che l'avevamo lasciato là, nel contro soffitto. In questi casi non si sa mai, se uno ti vuole fottere ti fotte. Magari Franco c'aveva un complice che mentre noi tappavamo il buco si fregava il borsone. E invece no.

È andato tutto come doveva andare.

E la borsa è qua, insieme a noi. È vecchia, vecchia assai, coperta da uno strato di polvere.

Franco ci passa la mano, la accarezza come se fosse un gatto. È piena di polvere, ma non c'è fuliggine. È ufficiale: il comignolo era per figura.

«Le fa le fusa?» gli dico.

Franco si gira e mi guarda. Sorride. C'ha quella faccia ora, quella della persona perbene. Il colpo è alle spalle. La vita davanti.

La apriamo? Ci diciamo con gli occhi. Le mani di Franco rispondono alla domanda.

Il suono della cerniera mi divide la testa in due a tipo lobotomia, in un brivido che scende dalla nuca fino all'osso sacro. Solo un'altra volta mi sono sentito così, il corpo vivo, il fiato, il cuore, la carne, i pensieri tutti in un unico brivido della durata di una frazione di secondo: la prima diretta. Ero giovane, però. E un brivido su un corpo giovane è un'altra cosa. Si regge.

Il borsone è aperto. Franco allarga la cerniera, che si è separata in due binari paralleli.

Non ci sono gli occhi, ci sono le anime. Io e Franco, questo sgangherato italoamericano che non se la fida manco a parlare italiano. Uno di fianco all'altro, col borsone nel mezzo. Andrà tutto bene. Nessuno sa niente e non ci possono incocciare mai. Anche perché il mondo non esiste, ci sono solo le anime. Le nostre anime e i soldi.

Le banconote sono tutte raccolte in piccole mazzette. Tante piccole mazzette. Tantissime piccole mazzette. Concime per le nostre anime, legate a esse da un filo diretto che non si può rompere. Una di fianco all'altra dentro alla mia macchina.

E invece, il filo si rompe.

«Hello, Franco!»

La Voce alle nostre spalle spezza il filo, ci fa sollevare i culi sul sedile, i cuori nelle gole. Rinculiamo. Devo togliere gli occhi dalle banconote. Mi sono sembrate strane, le ho solo intraviste. Proviamo a girarci, ma la pistola della Voce ci suggerisce che è meglio che non lo facciamo.

Con la coda dell'occhio vedo una signora sulla quarantina. Ha una figura grande, ma non mi è sembrata grassa. La sua pistola è sottile. Quelle che nei film ce le hanno le puttane più puttane di tutte, quelle che fanno i danni più grossi.

«*Ciao Maria. Parramu italianu, 'un faciemu 'i vastasi* cu Mimmo.*»

A quanto pare Franco la conosce.

«Non mi sembra che il tuo italiano sia migliorato, Franco», fa lei, ironica.

«*L'importante è ca' ni capiemu tutti*», le risponde.

L'occhio però mi cade di nuovo sui contanti. Non li vedo benissimo perché durante il rinculo il borsone si è mezzo chiuso. C'è qualcosa che non mi convince. Allungo la mano verso i soldi.

Afferro il borsone, avvicinandomelo sulle ginocchia. Se non ero convinto prima, ora va peggio.

«Franco che cazzo sono questi?»

«*Chi bo riri?*» mi fa lui.

Maria mi avvicina la pistola alla nuca, me la fa sentire. Spinge dietro l'orecchio destro.

«Ti avevo detto di stare fermo. Dammi il borsone! Come on!»

Questa parla americano pure lei. Me ne fotto e vado per la mia strada. Manco la sento. Né a lei né alla sua pistola. L'incoscienza può fare brutti scherzi. Di solito una pistola puntata alla testa è un ottimo deterrente per tenerla a bada, ma l'incoscienza non conosce padrone, non la addomestichi certe volte, è fedele solo a se stessa e a quello che sa fare lei: mettere nei guai la gente.

«Che cazzo sono questi?» faccio di nuovo a Franco.

«*Comu chi su'?*»

«Chi su'?»

«*Picciuli!*»

«*Sì, ma chi picciuli su' Franco? Oh Franco, mi sta' pigghiannu pu culu? Ficimu tuttu 'stu burdellu pi 'sta munnizza?*»

Ho il sangue che non circola più, se ne è andato tutto al

cervello. Maria se ne resta zitta e ferma. Allenta la presa sul collo, ma ci tiene sempre sotto tiro.

«*Io 'un ti capisciu...*»

«Quando venivi alla sfincioneria con che cosa pagavi tu?»

«Chi picciuli!»

«Sì, ma con quali picciuli?» urlo e gesticolo forte, le mani se ne vanno da sole.

«*Cu l'euro?*» mi risponde, insicuro.

Piglio il borsone e glielo sbatto sulle cosce secche.

«*E a tia chisti ti parunu euro?*»

Due mazzette scivolano fuori dal borsone, nell'urto. Spicca la faccia di Leonardo, in bella vista sulla carta da cinquantamila lire di chissà quando. Io così non ne ho viste mai, non me le ricordo proprio 'ste cinquantamila lire. «*Chisti sunnu lire, Franco!*»

«*E quindi? Sempri picciuli su'!*»

«*Ma poi ri quannu su' sti picciuli?*»

Si mette una faccia da scemo che me lo fa odiare definitivamente di più.

«Di quando è 'sta rapina?»

«Del settantatré...»

«Del settantatré?»

Mi esce la risata più sincera di tutta la mia vita. Uno pensa che per tanti anni si è fatto delle belle risate, di gusto. E invece no. Non hai riso mai fino a quando non hai riso per rabbia. E la risata per rabbia è una risata esistenziale, un miracolo che non succede a tutti, è la melodia dell'esistenza stessa. File di filosofi c'hanno perso la salute dietro a certi pensieri allucinanti per capire chi minchia siamo e da dove veniamo, e invece il senso è tutto in queste risate che non puoi controllare manco per niente. E che ti dicono che la vita è proprio come a loro.

La situazione è di quelle da raccontare ai nipoti, assurda fino all'inverosimile.

Finisco di ridere e mi metto a parlare da solo, me la piglio col volante della macchina.

Maria però, è rimasta troppo tempo zitta. Si piglia l'attenzione che le spetta, visto che è pur sempre quella che se vuole ci può ammazzare da un minuto all'altro.

Per riportarmi alla realtà, me la punta più dritta. Nel frattempo bussano al finestrino della macchina dal lato di Franco, che lo abbassa. Si sporge uno in giacca e cravatta. Scopre la cintura e ci mostra la pistola, prima di appoggiarsi col culo sulla carrozzeria.

Siete fottuti: il messaggio viene recapitato.

«Il borsone.»

«No», le fa Franco.

«Daglielo», suggerisco io.

«*Ma niscisti fuoddi?*» mi fa lui.

«Non l'hai capito che non valgono un cazzo? Le lire non si possono cambiare più. Se le vuole gliele puoi dare.»

«*In che senso un si puonnu canciari?*»

«Che usare non le puoi usare e se vai in banca non le puoi cambiare più.»

«Il borsone», insiste Maria.

«Ma si' sicuru? Ma da quando?»

«Sicurissimo. Sono figlio a una che non crede nelle banche. Sono stato costretto a informarmi. È carta straccia.»

«*E chi ni sapia io?*»

«*Comu chi ni sapia? Mi facisti fari tuttu 'stu burdellu pi' nienti.* Ma si può essere così coglioni?»

«*Ma i picciuli su' sempri picciuli. Secunnu mia si puonnu canciari...*»

Mi fa incazzare come nessun altro ha fatto mai in quarantaquattro anni. C'ho le mani che mi tremano per il nervoso.

«Se non gli spari tu gli sparo io», faccio a Maria.

«*A cu spari, scemo?*» mi risponde Franco.

Me lo dice con tutta la spocchia che solo un siciliano ci può avere e capisco che, sì, ce l'ha nelle ossa l'italianità. Riempie la parola scemo con una rabbia che non c'era, prima. Ce la mette tutta, in un'unica parola. Ci mette pure quella spocchia, quel talento nell'insulto che il suo DNA ha imparato chissà dove e come, questo miracolo della genetica. In attesa che la scienza col tempo mi dia una risposta, la mia è bella che pronta. Il colpo è in canna. Non ci vedo più, mi si annebbia la vista. E parto.

Gli poso una testata sul naso.

«*Ma chi minchia…*»

La testa si libera. Mi erano mancate così tanto le testate che a momenti mi commuovo. Prima che finisce la frase gliene poso un'altra. TROC. Il rumore è strano. Il sangue esce, ma Franco resta calmo, non reagisce.

Maria attacca a ridere come una pazza. Si rilassa e appoggia la schiena sul sedile.

«*Pariti ru' picciriddi*», fa.

La guardo male. Franco si ricompone. Mi guarda con mezzo occhio, mentre si tiene il naso con la mano tutta insanguinata.

«Mi dispiace…»

«Mi dispiace? Ma lo capisci che ci potevano arrestare per niente?»

«*Sì ma io tu rissi…*»

«*Ma mi ricisti che cosa?*»

«Un milione e mezzo di dollari. Settecento *miliuna di liri.*»

«Mi sa che la seconda parte *ta scurdasti*. Hai detto solo uno e mezzo!»

«Va be', tu manco *addumannasti* però…»

Mi viene uno scatto, vado per dargli un pugno ma lo liscio e piglio il cruscotto. Il pugno non è affidabile come la testata. Franco si appiccica al finestrino. Prova a uscire dallo sportello ma l'energumeno fuori lo tiene bloccato col culo.

Maria ferma le ostilità, ridendo ancora più forte.

«Ma si può sapere tu chi cazzo sei?»

«Una vecchia amica di Franco. Diciamo che siamo amici di famiglia.»

«E che vuoi?» faccio a lei, «come fa a sapere dei soldi?» chiedo invece a Franco, indicandola.

«*Io 'un ci rissi nienti.*»

Lo guardo e gli faccio la *talìata* più rassegnata che mi esce. Non c'ho più voglia di capirci niente. Con un cenno della testa gli dico di darle il borsone coi soldi.

Obbedisce.

Ci separiamo dai contanti inutili. Stavolta è finita vero.

Maria si accende una sigaretta e ci guarda. Mi giro verso di lei, allungandole la mano.

«Ti dispiace? Ho smesso da poco...»

Mi passa prima una sigaretta, poi cambia idea e mi dà tutto il pacchetto. Fare pena a un fumatore, la solidarietà nella dipendenza non conosce regole e momenti. Esce dall'auto. Si allontana col borsone insieme all'energumeno che la aspetta fuori.

Me ne *svampo* una. Apro il finestrino.

Fumo.

«E ora chi farai?»

L'aeroporto è di fronte. Il volo gli parte fra due ore. Dieci minuti e dovrà fare il check in, andandosene definitivamente fuori dalle palle. Che farò non lo so completamente, quindi non so che rispondere, a Franco. Vorrei restare qua per sempre, magari con una birra ghiacciata in mano, a vedere partire e atterrare gli aerei.

«Non ne ho idea.»

«*'Na cosa importanti ci l'avissi di fari*», mi fa.

«E cioè?»

«*To mugghieri aspetta un picciriddu…*»

Non lo guardo. Mi fisso sulla gabbietta e su questa cosa che sta facendo e che non mi sarei aspettato mai: si sta portando il canuzzo della sfincioneria, il trovatello. In America. Non si è mai mosso da quel marciapiede, sempre fermo, là. E ora se ne va dall'altra parte del mondo, a ricevere comandi in siciliano e americano da questo mezzo deviato che mi ha mandato definitivamente a puttane l'esistenza.

«*Ma è masculu o fimmina? Si sapi?*» mi chiede.

«Mia moglie non lo vuole sapere.»

«*E tu? 'U vulissi sapiri?*»

La risposta non ce l'ho. Mi sono passato gli ultimi mesi a fare cose che non c'entrano proprio niente con quelle che uno dovrebbe fare nella vita. Potrei già avere perso tutto senza manco essermene accorto.

«*Un m'addumannasti nienti...*»

«Di che cosa?»

«Da rapina, da borsa, di Maria...»

«So quello che *devo sapere. Che hai combinato un bordello*», gli faccio.

Piglia lo sfincione che abbiamo comprato prima di venire all'aeroporto. L'abbiamo preso dal venditore ambulante. Quando ci siamo andati mi ha sorriso. Ci siamo guardati senza rancore, senza gli spifferi del non detto. Franco lo apre, la carta è piena d'olio. Me ne dà una fetta.

Mangiamo.

Non c'è niente che cambi le cose tra due persone, come la prima volta che mangiano qualche cosa insieme.

È come un interruttore. Fa passare la corrente. Ci puoi avere fatto quello che vuoi co' una persona, ma fino a quando non avete mangiato assieme, non siete niente. Se hai mangiato con qualcuno invece, anche una volta sola, te ne ricorderai per sempre.

Franco taglia tutti i bordi dello sfincione. È millimetrico. Fa come faceva sempre al locale da me. Apre la porticina della gabbietta del cane. Glieli butta dentro. Quello se li mangia scodinzolando.

«Come l'hai chiamato?»

«Millelire.»

Mi scappa un sorriso amaro.

«Un altro nome no?» gli faccio, mezzo ironico e mezzo no.

Lo sfincione non è male. Non è come il mio, ma non è male. La cipolla è tagliata sottile. E la cipolla si deve tagliare sottile.

«*A vo' sientiri 'a storia da borsa?*»

«Che senso ha? Non significherebbe niente per me.»

«*Tutti 'i storie significano qualchi cuosa.*»

«E la nostra storia che significa?»

«*Tu canusci sulu 'na parte da storia. Siddu 'a sienti tutta macari understandi, 'u capisci. What do you think?*»

Provo a guardarmi dall'esterno, su 'sta panchina di fronte all'aeroporto. Sono in vena di bilanci. Ci provo a capire chi sono, dove si sono piazzati questi ultimi mesi. Perché i fatti si mettono sulla faccia, se osservi bene li puoi trovare. Mi cerco il viso sulla porta scorrevole. Entrano decine di passeggeri al minuto. Si apre e si chiude ogni due secondi, ma bastano.

Vedo degli occhi piccoli, i miei. Stretti. Si sono messi lì: il licenziamento, la sfincioneria, la gravidanza, i debiti, la rapina in banca, il rapimento, le minchiate alla polizia, Totò Schillaci, il pizzo, Franco, il borsone, le lire, quella pullazza di Maria. Si sono messi lì. Mi guardo ancora, provo ad andarci dentro a questi occhi che si sono stretti, di mese in mese, di fatto in fatto. Ci vedo disperazione. Ego. E vedo approssimazione. Vedo un uomo senza niente, senza capo né coda. Vedo promesse che non vengono mantenute. E non c'è niente di più triste di un uomo che non mantiene le promesse che si è fatto.

Franco mi interrompe i pensieri. Non lo so come, ma ci riesce pure stando zitto.

«*A mia m'avissi piaciutu iucari o palluni…*» gli faccio.

Mi guarda. Mi autorizza a continuare.

«Sempre. Giocare fino a quando le gambe ce la fanno. In mezzo alla strada. E poi magari cominciare a fare l'allenatore. Ma no dei bambini, ma di quelli più grandi, sedici, diciassette anni… di quelli che si cominciano a sentire uomini e invece *un su' nienti*, di quelli che hanno bisogno che li fai correre tre ore di fila in salita, pure che non lo capiranno mai che cosa stanno facendo ma che tu lo sai che un giorno, quelle tre ore avranno un senso, diverso per ognuno di loro.»

«*E picchì 'un lu facisti? Why?*»

«Ero scarso.»

Franco ride. Si mette in modalità simpatia.

«Fino a un certo punto ero bravo. Poi *addivintai* scarso.»

Non mi chiede niente. Accetta la cosa per quella che è: Mimmo Calò che si parla addosso.

Ritorno alla porta scorrevole. A quello che uno fa e che non fa prima che i fatti gli si mettano sulla faccia. Prima di rassegnarsi all'evidenza che non li puoi controllare.

Uno fa di tutto per sembrare forte, per dimostrare che nelle sue azioni c'è una logica e che questa logica è più sensata di quella degli altri. È un bluff. La logica non esiste. Perché l'unica logica possibile è quella dell'occasione. Le altre sono logiche a tre tubi, traballanti.

Pigliate a una persona normale, uno perbene. Che fa? Passa la vita a costruirsi una morale che lo faccia apparire forte, incorruttibile. E si mette i puntini sulle i da solo. Invece non è né forte né debole, è una farsa. Bluffa. Ha avuto quell'occasione e basta, l'occasione di puntare sull'essere perbene, e quella si è preso. La stessa cosa vale per quelli che non sono perbene, che fanno una vita completamente diversa. Tipo che ne so, Lo Bue. *Chiddu c'era e chiddu si pigghiò*. Nasciamo deboli e costruiamo delle catapecchie che la proteggano questa debolezza. Ma basta un poco di vento, basta pure un respiro più profondo, di quelli che aprono il tempo dentro se stessi, e crollano tutte cose.

E io sto respirando a pieni polmoni, ora. Mi piglio lo smog dell'aeroporto, i fallimenti. Mi piglio tutto.

È finito tutto. È finito perché non c'è più la catapecchia e cosa ancora più grave non ci sono più manco io dentro alla catapecchia, rannicchiato, in ginocchio, *scantato*. Non ci sono. Non ci sono più. La casa è vuota e china china i *munnizza*. Ci vuole ordine.

Non c'è niente da cui ripartire, niente da difendere e niente da ricostruire. Né nel bene, né nel male. È la fine. È il nulla. Il cortocircuito. Ed è bellissimo.

Libera.

È come spirare, ma al contrario, l'aria invece di uscire, entra, ed entra, e ti riempie, e ti annega, ed è buona, e non fa soffrire. Ed è l'unico modo per vincerla davvero quella debolezza che abbiamo tutti: ricchi, poveri, buoni, pezzi di merda. Tutti. È vedere finalmente le cose, ma senza farci caso.

Ho fatto una minchiata. Ne ho fatte due, tre. Va bene.

L'unica cosa da accettare è che qualunque cosa fai, nel bene o nel male, non ti rende né parte del bene né del male. Non sei buono. Non sei perbene. Non sei niente. Sei solo il risultato di un'occasione. L'hai colta, è andata così, fine. Certe volte puoi deviare, come ho fatto io. Cogliere l'occasione di essere diverso, a un certo punto. Ma non funziona. Non c'è pensiero. Solo l'occasione. La natura è occasione. E non c'è alternativa.

«*It's a long story...*»

Lo guardo, non capisco che vuole dire.

«*Chidda da borsa. È 'na storia very long.*»

«Questo lo avevo intuito...»

Mi viene da dirgli una cosa.

«Lo chiamano *siculish*. Questo modo di parlare come te, che fai un bordello tra siciliano e americano. Siculish», preciso.

Pare che l'ho ispirato. Franco comincia a raccontare e non si ferma più. Le parole pare che le vomita, che si deve liberare. È tutto un confondersi di siciliano stretto stretto e americano.

A quanto pare è cominciato tutto con un'amicizia.

«*Era 'u settantatré*», comincia Franco, granitico.

Franco ha diciannove anni e in Sicilia non c'è stato mai. Vive a Detroit, suo padre e sua madre ci sono venuti mentre lei era incinta. Stanno bene, il padre ha fatto fortuna. A casa si parla siciliano; c'hanno due palle così ma sono mezzi analfabeti, i suoi genitori.

L'amicizia è tra il padre, detto Fanù, e un amico suo che all'ultimo minuto non è potuto partire per l'America: Nino. Nella vita hanno fatto tutte cose assieme. Tutto tranne quel viaggio. Perché Nino ci aveva un vizio fatto di gioie e dolori: le macchine.

«*Ma 'i dolori si' ni futtunu di biglietti pi' partire.*»

Ogni mese, arriva una lettera a casa di Franco e suo padre ne manda un'altra.

«*'Sta storia di lettere durò nineteen years. Diciannov'anni!*»

«E di che parlavano?»

«*Family, money, amore. E di 'na cosa ca prima o poi avievanu a fari.*»

Fanù gliene parlava sempre a Franco di questo amico suo e di quest'affare che li avrebbe sistemati definitivamente. A un certo punto però, smette di parlarne. Le lettere continuano ad arrivare ma di quella cosa che dovevano fare prima o poi, non ne parla più.

«*Comu si' era sulu 'na favola pi' picciriddi.*»

«E poi?»

«*E poi nienti. Fin' o settantatrì.*»

«Perché che ci fu nel settantatré?»

«*'Nto settantatrì me patri partìu.*»

Nel '73 infatti, qualche settimana dopo l'arrivo dell'ennesima lettera, il padre di Franco parte. Se ne va a Palermo, senza dare troppe spiegazioni. Ma Franco lo sa che è per fare quella cosa insieme all'amico suo.

Nino si è infilato in un giro di corse clandestine con Cinquecento, Giuliette, BMW, Alfa Romeo. Si fanno in tutta la Sicilia: Madonie, Nebrodi, zona del catanese. E ovviamente, dove ci sono corse clandestine, c'è pure qualcuno che prende scommesse: uno degli organizzatori, detto l'UFO, perché lo vedi solo in quei giorni e poi sparisce per tutto l'anno.

«'Un era mafiusu; avia 'na scorta di facci tinti, ma 'un era mafiusu.»

«E che c'entra se era mafioso o no?»

«C'entra: vuol dire ca si putìa tuccari.»

Nino e Fanù, sono anni che se lo studiano. E nell'aprile del '73, decidono di toccarlo una volta per tutte al ritorno dal tour, quando il Banco ha incassato un bordello di piccioli e l'UFO se ne torna a casa. Nino ha agganciato uno dei due della scorta, grazie ai soldi che gli mandava Fanù se l'è fatto amico e, in un certo senso, si è comprato la sua complicità.

Così, lo possono fottere, lo possono seguire; insomma, gli possono fare quello che vogliono.

Il colpo è stimato sui cinquecento milioni, che per quei tempi sono già una bella cifra.

Fanù e Nino fermano l'UFO e i due della scorta sulle Madonie, all'altezza di Polizzi Generosa, un paese di merda che si alza sopra una montagna e che dà su una serie di tornanti.

Mettono in moto una scenetta per bloccarlo, ma l'UFO non si ferma e sfonda il blocco con la sua Fiat 132 rossa. La macchina è truccata e non avrebbero come pigliarlo, se non fosse che Nino e la sua Giulietta se la intendono pure a ora di tornanti e velocità, e che alla 132 dell'UFO scoppia una ruota.

Fanù e l'amico suo si mettono a inseguirli, ma la Fiat fila che è una meraviglia. I cerchioni cominciano a *stricare* sull'asfalto, fanno scintille. Le macchine finiscono una accanto all'altra. Si affiancano, si sfiorano. C'è un rettilineo che anticipa quello che non è un tornante, non è un curvone di prima categoria ma sempre una curva che stanno per pigliare a novanta all'ora è.

La 132 la piglia troppo stretta e finisce fuori strada.

La Giulietta inchioda i freni sull'asfalto.

L'UFO esce dall'auto, coperto dalle due guardie del corpo – compresa quella *appattata* – che aprono il fuoco. Prova a recuperare la borsa coi soldi che è nel bagagliaio, ma è bloccato. Pure Fanù e Nino si mettono a sparare; l'UFO *scappotta* frasche frasche e si apposta con gli altri due in posizione di tiro.

«*'Un si vuoli fari futtiri i picciuli!*»

«E che fa?»

«L'unica cosa ca può fari: sparare.»

Il padre di Franco e Nino non hanno come aprire il portabagagli senza essere colpiti, ma il complice, ovviamente, spara che più a *muzzo* non si può.

«*A un certo punto, Nino arriniesci a grapiri 'u portabagagli e a pigghiari 'a bega, 'a borsa.*»

«E quanti sono i piccioli?»

«*'Un puonnu talìari. Un proiettile l'annagghia n'to ciancu, ca*», mi fa Franco indicandomi il fianco destro.

Nino si trascina fino alla macchina. Sanguina.

Fanù mette in moto e scappano, mentre l'UFO e i suoi gli svuotano una scarica di pallottole sopra alla Giulietta bianca.

Il viaggio fino a Palermo è lungo, e Nino perde un sacco di sangue. Le forze però, gli tornano appena possono aprire la borsa e vedono che dentro ci sono più piccioli di quanto sperassero.

La sparatoria ha attirato l'attenzione, i carabinieri di mezza Sicilia occidentale si mettono a cercarli. E la macchina è piena piena di *pirtusi*, quindi non passa inosservata. Quando arrivano a Palermo, se ne vanno subito a nascondere il borsone e si liberano della Giulietta *spirtusata*.

Franco mi racconta che a lato della sfincioneria, nel '73 c'era solo lo scheletro di un edificio di merda, mezzo abbandonato.

«Dove c'è ora l'asilo?»

«*Right there. L'avievanu costruitu e avìa arristatu dа', pi' 'na para d'anni. The classic italian style.*»

Fanù e Nino ci nascondono il borsone. *Poi ce lo veniamo a pigliare* – si dicono – *Intanto vediamo di risolvere 'stu problema della pallottola.*

Solo che il problema non si risolve. Fanù si piglia cura dell'amico suo per tre giorni, fottendosene alla grande dei soldi. Li hanno nascosti bene, tra il tetto e il comignolo, non li può trovare manco uno che lo sa. Dopo tre giorni, Nino muore tra le braccia della sua giovane moglie e di Fanù.

Gli è appena morto l'amico di una vita, è scosso, ma Fanù torna là dove hanno nascosto i soldi. Vede che c'è movimento, sbirri che entrano ed escono. Si fa pigliare dal panico: pensa che stanno cercando a lui.

«*Putìa backari d'Merica by boat.*»

«Backari?»

«*To come back, turnari. Ca nave, pi' evitare controlli. Ma torna runni lassò 'i picciuli. 'A tiesta l'avi dà.*»

Il padre di Franco ritorna dove hanno nascosto i piccioli. Stavolta non c'è nessuno, ma per prudenza non entra. Il giorno dopo, è di nuovo pieno di carabinieri.

Non è sicuro che lo stanno cercando, ma non si sa mai. Può essere che è una trappola.

«*Comu facìa a sapillu? E poi 'a suo' libertà ci valìa tutti di picciuli?*»

«E alla fine? Che ha scelto, alla fine?»

«L'unica cosa possibile: 'a libertà.»

Sicuro che comunque il borsone non lo possono trovare, sceglie di tornare in America.

Ma ha fatto una promessa all'amico suo: si deve portare dietro a sua moglie che a quanto pare è incinta. Li aiuta il padre di Cocò, che all'epoca c'ha tipo dieci anni. Fanù gli lascia una cifra perché, pure che è dall'altra parte del mondo, faccia una cosa importante per lui. E torna a Detroit con la giovane moglie del suo migliore amico.

«*'Na picciotta sveglia, ca terza media.*»

Appena arriva a Detroit, Fanù tempo niente si ammala e muore.

La moglie di Nino si fa una vita nel quartiere di Franco e partorisce una bella picciridda che però cresce male, con un malo carattere.

«Fammi indovinare. Maria?»

«Maria.»

Prima di morire, Fanù racconta a suo figlio Franco tutta la storia della borsa. Gli racconta che in realtà non lo stavano cercando, che quel movimento di sbirri non era né per lui né per il borsone: semplicemente in quella palazzina abbandonata ci stavano trasferendo una caserma dei carabinieri. Erano andati a vederla, tutto qua. Si era fatto fottere dal panico.

«E come l'ha scoperto?»

«*Tu ricordi 'u patri ri Cocò?*»

Ogni sei mesi, puntuale come la sigaretta dopo il caffè, il padre di Cocò telefona e gli racconta per filo e per segno che cosa succede là dentro. Non lo sa perché lo fa, ma ha avuto i piccioli e non fa domande. La malattia a Fanù se lo piglia per due anni, e il padre di Cocò telefona quattro volte. «*I picciuli su' ancora dà, sicuro*», gli dice ogni giorno Fanù a Franco.

Fanù muore, ma il padre di Cocò continua a telefonare. Dopo un poco, passa il testimone a suo figlio: Cocò.

Ogni sei mesi, arriva la telefonata.

Nel 1999, mentre Franco è in carcere per tentato omicidio,

Cocò parla con sua madre. «*C'è una novità: a caserma 'un c'è chiù.* Ha chiuso.»

Sei mesi dopo, ritelefona: «*Niente, ci stanno aprendo una discoteca*».

La discoteca prima fallisce e chiude bottega, poi viene sequestrata perché il proprietario era infilato in fatti di mafia. Dove c'è ora la sfincioneria, lo usavano tipo *malaseno*, per tenerci le *negghie*.

Viene messo tutto all'asta, ma il pezzo più grosso, la discoteca, viene battuto subito. Il magazzino invece, non se lo piglia nessuno.

La discoteca passa di proprietario in proprietario, fino a che non ci aprono l'asilo.

E Franco, appena esce dal carcere, se ne viene a Palermo.

«*A 'stu punto mi sirbìa sulu un prestanome pi' l'asta.*»

«E perché un prestanome?»

«*'Un mi vulìa sbilanciare in prima persona.*»

«E perché non hai chiesto a Cocò?» gli chiedo come se fosse una cosa scontata.

«*'Un lu vulìa mettere in the middle, n'to mienzu.*»

Per stare ancora più tranquillo, al prestanome affianca pure un autista, pronto a subentrare al primo in caso di un problema qualsiasi.

«*Ma quannu 'i cosi puonnu iri male, allura chiddi pigghia e vannu completamente 'i merda.*»

«E cioè?»

«*E cioè i prestanome finieru tutti dui a schifio pi' colpa di un imprevisto.*»

Quindi, visto che nessuno dei due, per diversi motivi, lo riesce ad avvisare, all'asta il magazzino finisce delle mani sbagliate. Le mie.

«*Accussì 'u magazzinu tu pigghi tu!*»

«E io che pensavo che la signora era appattata. Che era un prestanome. E invece il prestanome non c'era.»

«Quali signora?»

«Niente, lascia stare. Non hai idea di come sono andate le cose a quell'asta, Fra'», gli faccio.

«*Fidati: 'un c'è chiù nienti ca mi po stupiri a mia.*»

E siccome pure che è stato sempre fatalista, non si ci è arreso mai a 'stu fato di cui parlano tutti, mi è venuto a cercare.

«*Picchì da borsa era da me famigghia. Picchì me patri ci cummattìu pi vintitrì anni, ci pirdìu un amico e 'a salute... e io 'un putìa lassari perdiri tutti cuosi accussì.*»

«Ma a quanto pare non poteva lasciare perdere manco quella pulla che ci siamo trovati dentro la macchina», gli rispondo io.

«*Tu rissi, criscìu malu carattere. In carcere ci stietti pi curpa sua. Pi' sarbarici 'u culu a idda. Però 'un ci l'haiu perdonato mai. E 'u telefono si rumpìu completamente.*»

Quando Franco esce di galera, Maria vuole sapere se ci sono novità sulla caserma e sulla borsa. Ovviamente sa tutte cose perché gliele aveva raccontate sua madre.

«*Ma io ho preferito fari tutti cuosi sulu. Poi c'avissi fattu un bellu regalo. Pi' puliziarimi the soul, 'a coscienza. Ma vuosi fari 'a scaltra.*»

«Va be', tanto gli resteranno sulla panza tutti quei piccioli», gli dico.

«*Picchì, 'un po' essiri ca torna 'a Lira? O chi grapunu arrieri 'a possibilità 'i cancialli?*»

«Non credo. Ma nel dubbio, meglio non farsi sparare. Meglio non rischiare per niente», gli rispondo, «anche perché ultimamente, ogni volta che ho rischiato ho fatto più danno che altro», preciso.

Ci alziamo. Accompagno Franco al check in, poi ai controlli di sicurezza. Mi pare affaticato, come se raccontare tutta la storia, ora che è finita, gli abbia tolto le ultime energie e l'abbia fatto entrare di diritto nella categoria che fino a ora ha sempre rifiutato di rappresentare: i vecchi.

Afferra la gabbietta con Millelire, la solleva usando una specie di tracolla di pelle che mi pare di avere visto già da qualche parte.

Ai controlli non c'è molta fila. Mi piglio un caffè al bar mentre lo vedo che se ne va, mentre si spoglia e fa passare il trolley sul rullo.

Millelire passa insieme a lui invece, con tutta la gabbietta.

Si riveste. Si gira e mi guarda. Ci salutiamo, ma solo con gli occhi.

Torna a Detroit.

SETTE

La prima cosa che ho fatto appena è partito Franco, è stata tornare alla sfincioneria. Mi sono messo a smontare tutte cose: da Barbara ci volevo arrivare con le idee non dico chiare, ma quasi. Ho tappato il buco che portava all'asilo da questa parte, quella all'interno della sfincioneria.

Ero all'ottavo scatolone, quando è entrata Maria e mi ha fatto vedere il filmato della telecamera di sicurezza delle Poste.

«Ma tu che credevi che non lo sapeva che le lire non valgono più niente?» mi fa, appena l'ho convinta che Franco ha fregato pure me.

«A 'stu punto, non so più che cosa pensare.»

«Qualunque cosa ci fosse, se era di valore, vorrei capire come ha fatto a portarsela in aereo.»

Le potrei dire che lo so io come ha fatto, ma non mi va. Ho sempre nutrito una certa sadica simpatia verso chi mi è riuscito a fottere. *Onore alle armi, sei stato meglio di me.*

Le potrei dire di quella tracolla, che Franco l'ha usata per la gabbietta del cagnolino in modo che non gli chiedessero di farla passare sul rullo. Glielo potrei dire, ora che sono abbastanza sicuro che lì dentro ci fosse qualcosa, altrimenti non l'avrebbe staccata dal borsone di nascosto a tutti. Ma perché? Perché lo dovrei fare?

In fondo pure lei ha provato a fottermi, solo che non ci è riuscita. Il fallimento non riqualifica.

«Mio padre Nino gliel'ha detto a mia madre prima di

morire: i soldi non sono niente al confronto di quello che c'è là dentro. Lo sai solo tu: Fanù non se ne è accorto.»

«E invece mi sa che se ne era accorto...» le dico ironico.

Mi metto a pensare a suo padre Nino, e al padre di Franco, Fanù. A come si possa infangare un'amicizia tenuta in piedi per una vita *a cavuci e muzzicuna*, come si dice dalle mie parti, per un piccolissimo dettaglio, una bugia, una *fangata**. E se c'è una cosa che ho imparato in tutti 'sti anni, fatto dopo fatto, nella maggior parte dei casi in cui un'amicizia finisce, sempre di due cose stiamo parlando: o femmine o soldi. Solo che i fatti di femmine si possono pure aggiustare. Quelle vanno e vengono, e col tempo uno se ne accorge. I fatti di soldi, invece, no. C'ho visto le famiglie più unite, quelle che viste dall'esterno le invidiavo e le pigliavo come modello, spararsi in bocca appena i genitori morivano e si dovevano spartire l'eredità. Perché quando è ora di piccioli, si rompono tutti i tipi di telefono, questo è. Le ho viste gridare, infangarsi, maledirsi, rinunciare a fratelli, cugini, sorelle, zie e zii e per che cosa? Per questa malattia congenita da cui o nasci immune, oppure non hai come liberartene: proprietà, oro, case, macchine, gioielli e qualsiasi altra cosa possa produrre benessere, e cioè i soldi.

Questo perché a differenza delle femmine, che vanno e vengono, i soldi quando non restano per sempre, quanto meno durano assai, si possono riprodurre e soprattutto, ti possono portare altre femmine.

Maria mi guarda. Io, tra debiti, crisi coniugali, fallimenti e chi più ne ha più ne metta, sono nei guai; lei però, sta peggio di me.

C'è chi è nato per rompergli le corna ai problemi, pure a scippare qualche *timpulata*. E c'è chi, invece, se li fa entrare dentro, li nutre e si lascia rosicchiare.

Maria è una di queste.

Io però, non ho intenzione di finire così.

DUE ANNI DOPO

Uno comincia sempre dicendo: mi chiamo così, faccio questo, mi è successo quest'altro; insomma se ne va in giro a sciorinare verità su chi è e chi non è, si allarga pure a fare il santone sulla vita in generale, ma mica è vero che l'ha capito come è fatto. Né di dentro né di fuori. Fino a quando la vita non decide lei di chiedertelo, mica lo sai come sei. E la cosa peggiore è che quella può pure non chiedertelo fino a quando campi e tu continui a startene nel mondo a tipo centrino per i soprammobili senza scoprirlo mai veramente.

È successo pure a me, fino a quarantaquattro anni, di fare la vita del centrino, che la vita non mi chiedesse niente.

Seguitemi perché sto per fare il giro largo. Pigliate il il cinema francese; quello è un po' come la febbre in estate, come quei pomeriggi in cui resti in casa a soffrire come un cane mentre i tuoi amici sono fuori a giocare a pallone.

E il cinema francese, in tutti 'sti anni, non ha fatto altro che insistere nel darmi ragione e dare senso a questa metafora che, prima o poi, chiuderò. Datemi tempo. Partiamo dalla base di ogni blockbuster che si rispetti: il titolo. Quando si tratta di scegliere titoli, infatti, a 'sti francesi ogni volta gli viene in mente prima di sfidare le leggi del marketing, per poi umiliare pure il buon senso. È un appeal che non si concretizza mai, in potenza, il loro. Perché nello scegliere titoli che farebbero dormire pure uno che si è appena tirato dieci grammi di caffè in polvere, i francesi sono i numeri uno insuperati, non li batte nessuno.

Insomma, fino a quarantaquattro anni la mia vita era stata come un film francese: non succedeva niente, mi credevo interessante senza motivo, annoiavo gli altri, mi rompevo le palle per primo io e se avessi avuto un titolo sarebbe stato di sicuro uno di quelli che lo fanno inorridire, il concetto stesso di titolo.

A un certo punto però, sono diventato un film americano. D'azione. Così, all'improvviso. Ogni giorno succedeva un bordello e a ogni problema qualcuno usciva le pistole.

O a dirla col calcio, sono diventato la semifinale di Città del Messico: Italia-Germania, 4 a 3. La partita del secolo. Gol *a tinghité**, da una parte e dall'altra.

Subito dopo il colpo insieme a Franco, le acque si sono calmate. Quando hai cominciato a vivere come se la vita fosse sempre ai tempi supplementari, però, diventa difficile che rallenti. E allora pure le cose che prima ti sembravano una palla totale, le cominci a vivere diversamente.

Mio padre e mia madre sono ancora separati. Lei voleva andare dall'avvocato a un certo punto, fare una cosa formale.

«L'ho visto al bar che offriva il caffè a una, a mugghieri ru tabaccaio. Faceva il galletto», mi fa un giorno.

«E quindi, ma'?»

«Con i miei piccioli non si deve permettere ad andarsene in giro a fare il signore.»

«I tuoi piccioli? Ma se ha lavorato sempre e solo lui...»

Era incazzata da morire, ma quando ha scoperto quanto costava un divorzio vero, ha deciso che ne poteva fare a meno.

Continuano a vivere nella stessa casa, separati dal muro, pure che lei non la finisce di provare a lasciargli una stanza sola, a quel povero Cristo. «Per quello che deve fare lui gli basta e gli avanza», dice.

E lo sapete che vi dico? Hanno fatto bene. Ci sono un bordello di coppie che se ne stanno assieme tutta la vita, magari amandosi pure decentemente, e poi si rovinano la vecchiaia. Chi lo dice che uno non si può lasciare pure a quell'età?

Prima li pigliavo per pazzi a mio padre e mia madre, ma ora no. Alla fine c'hanno ragione.

L'ho capito quando, qualche tempo fa, una coppia di vecchietti si è trasferita accanto a casa mia, probabilmente per stare più vicina ai figli.

Ogni mattina, i due anziani litigano di brutto. Ogni mattina, tra le 8.00 e le 8.30, il dialogo è più o meno sempre lo stesso. Cosa insolita per il mio quartiere e per quell'età: parlano in italiano.

Comincia e finisce sempre la femmina; l'uomo si limita a controbattere senza troppa lucidità, né inventiva, ma al massimo con qualche lezioso effetto *wah wah*, tipo i chitarristi rock, dovuto alla dentiera che balla:

«Ignorante.»

«Ignorante.»

«Cosa inutile.»

«Cosa inutile.»

«Fai schifo. Hai voluto solo servitù per tutta la vita… ma resterai solo.»

«E vattene!»

«Non me ne vado, è casa mia. Ignorante.»

«Ignoranteweeehhh.»

E dopo avere toccato, come ogni mattina, il tema caldo di quella generazione, quello della donna serva del marito, la signora si gioca l'asso nella manica e si lascia andare a qualche sbavatura dialettale. E ci mette una rabbia che pare che se la teneva conservata in fondo alla dispensa, come si fa coi dolci dei bambini.

«Sono dieci anni che non cammini. Non hai niente e non cammini. *È picchì si' lagnusu!* Non sei malato: se volessi cammineresti.»

Dura come un'entrata a piedi uniti sulla tibia.

Sono le 8.30 e i due smettono di litigare. O almeno non lo so se continuano, perché a quel punto, ogni giorno, grazie a Dio, sono costretto a uscire di casa per andare a lavorare.

Quindi ogni mattina, chi mi incontra tra le 8.30 e le 10.00 e mi legge scritto in faccia che la vita è una schifezza DOP, deve sapere che è colpa dei due vecchi che vivono accanto alla mia camera da letto e si dicono le peggio cose.

Per questo c'ho quella faccia. Perché ogni mattina, dopo che già ho dormito a stop and go perché Carla ci mette il carico a chiamare tutta la notte, loro mi svegliano così.

È perché i vecchi, pure a ottant'anni, litigano. È questa la ragione del mio malumore.

E mi fa male perché penso che un giorno, se non sto attento, pure io finirò così. Magari uno perde le gambe in guerra, con il salotto pieno di medaglie all'onore e un servizio in una televisione nazionale, ma sua moglie continua comunque ogni giorno a dirgli, tra le 8.00 e le 8.30 del mattino: *non hai un cazzo, non fare lo scemo e cammina!*

E allora penso ai miei genitori che si sono lasciati e mi convinco che è meglio così. Forse moriranno più sereni, senza le cattiverie della vecchiaia dell'altro da sopportare.

Ogni tanto me li porto a cena da Gabriella e da suo marito, che difende ancora i mafiosi. Il pregiudizio un poco l'ho superato: è il suo lavoro e lo comincio ad accettare. Di calcio però, continua a non capirne definitivamente niente.

Pier Francesco è ancora il mio migliore amico. Purtroppo però, pare che si sta mettendo la testa a posto e la cosa lo sta rendendo un poco meno simpatico. Si è trovato una femmina e a me mi pare che si è innamorato proprio. Non è manco tanto brutta, per i suoi standard. Solo che qualche tempo fa si è fatto incocciare dentro alla macchina con un'altra, una *pacchionazza* di centoquindici chili che per scoparsela non ha dovuto ribaltare i sedili: li ha dovuti smontare proprio.

Ora sono tipo sei mesi che prova a riconquistare alla femmina sua, ma quella niente, lo sta facendo penare senza pietà.

«Prima o poi ci riesco. Ci deve tornare con me.»

«Sì, ma il tuo non è stato un tradimento normale», gli dico.

Mi guarda come se non capisse.

«Se dopo sei mesi di relazione ti fai trovare sotto a una che per farla scopare con qualcuno prima le dovrebbero rilasciare il porto d'armi, quella povera crista che è pure *sapurita*, che deve pensare? Dove ti può trovare fra tre anni? Tu c'hai un problema con le femmine. E lei l'ha solo capito prima che fosse troppo tardi.»

Qualche giorno dopo la visita di Maria, la sfincioneria era già bella che smontata; il buco, pure dalla mia parte, era bello che tappato. Non ho venduto, il magazzino è sempre là, intestato a Mimmo Calò. I debiti me li sono pagati lavorando. Lavorando assai.

Perché non ve l'ho detto ancora, ma la trasmissione è ripartita. C'è uno sponsor nuovo, generoso; anche perché a Federico Migliore gli inquirenti l'hanno rovinato completamente. Aveva esagerato con le telefonate ultimamente, soprattutto quelle ai latitanti.

Tipo sei mesi dopo la partenza di Franco, una società americana piglia e fa un'offerta come sponsor per la trasmissione.

Io non ho provato a contattarlo, né l'ha fatto lui. E anche per questo, non me lo toglie dalla testa nessuno che c'è di mezzo il suo zampino. Franco…

Me lo immagino a fare affari col contenuto della tracolla scippata dal borsone, sistemare un paio di cose per stare tranquillo da qua a quando muore e poi pensare a Mimmo Calò, che pure che l'ha fottuto e non si sono chiariti mai, lo sa che, in qualche sballato modo, gli è rimasto amico.

Giada sta studiando per il concorso in magistratura: ha già superato le prove scritte; diciamo che è quasi fatta.

Ogni tanto vuole venire a darmi una mano in trasmissione, e io no non glielo dico. Quando viene, andiamo a mangiare dallo sfincionaro abusivo. Mimmo Calò non ne porta rancore, e ogni volta lui mi fa un *prio* che non vi dico.

Gli ascolti sono buoni, ma ho smesso di esultare a ogni gol come un mezzo scimunito. Quei tempi sono passati.

Manco alle aste vado più, ho smesso. Anche perché l'ultima volta che ci sono stato, mi stavano *imporrando** una Golf dell'ottantotto. E quindi ho capito che era meglio farla finita co' 'sta storia. Che forse non ero così bravo.

E pure con Barbara, da quando è arrivata la bambina, le cose vanno di lusso. Ci diciamo che è merito di Carla, ma secondo me sono io che ho capito, che ho aperto gli occhi e mi sono reso conto che se continuavo in quel modo, prima o poi la perdevo.

Ci organizziamo per uscire a cena, facciamo insieme solo le cose che ci piacciono e, a poco a poco, il numero di queste cose è aumentato. Riesco pure a passare una serata coi suoi amici o parenti senza fracassare le palle a trecentosessanta gradi. Anzi, mi diverto.

E soprattutto, le cose che hanno rimesso a posto definitivamente questo matrimonio, allontanandoci dal baratro della crisi, sono due: abbiamo ricominciato a scopare alla grande e mia suocera si è levata di mezzo. Ancora non è stata investita da un autoarticolato di quaranta metri, ma almeno se ne è tornata a casa sua. Ed è già un primo piccolo passo. Ho imparato a sapermi accontentare.

Quanto alle scopate, pure Barbara che ultimamente si era fissata col fatto che così non si poteva dire, che stava male, che dovevamo parlare di fare l'amore, piuttosto, ora è messa che provoca da tutti i lati che pare che è tornata a quando aveva trent'anni e giocava a fare la porno diva.

Solo su una cosa era ancora capace di scassarci i cosiddetti: quando mi rifiutavo di fare benzina al Self Service. E allora, con un poco di pazienza, ho superato pure quello.

E un giorno, mentre mi mettevo il carburante da solo per la prima volta, infilando i soldi nei robottini, ho preso e ho chiamato a Jean.

Ci siamo fatti una chiacchierata di due ore filate. Poi è dovuto scappare, che gli partiva l'elicottero. Non sto scherzando, vero così ha detto.

Barbara se ne è stata là ad aspettare, in macchina, senza dire una parola. Due ore.

Appena ho attaccato e sono salito al posto di guida, non ha detto niente, manco bip. Poi, appena ho messo la prima, ha poggiato la mano sopra alla mia, sul cambio. E ce ne siamo andati. Che vi devo dire, per me è la femmina migliore che mi potesse capitare di amare.

Ma come con tutte le femmine, pure quando le cose vanno a meraviglia, l'equilibrio che tiene in piedi la vostra squadra è sempre precario. Potete pure tenere la formazione corta, le linee tra difesa, centrocampo e attacco belle strette, ma c'è e ci sarà sempre uno Zola, un Beppe Signori o un Lamberto Zauli a spaccarvi schemi e tattiche. È un continuo susseguirsi di trequartisti avversari contro cui non ci può manco la marcatura a uomo, questa successione di tunnel chiamata esistenza. A rovinare completamente tutti gli sforzi fatti per superare i problemi con la persona con cui è meglio non averne, mia moglie Barbara, c'ha pensato un fenomeno che non vedevo da anni, anzi che non mi sarei mai aspettato di rivedere.

È successo qualche giorno fa. Al supermercato non la accompagno mai, ma siccome sono fatto un marito modello...

E al supermercato, l'altro giorno, ho incontrato quella che in assoluto è la persona che non vorreste mai incontrare né con vostra madre né con vostra moglie: una femmina che avete pagato per fare sesso.

È pure vero però, che una che avete pagato non si può ricordare mai di voi. E voi, voi potete sempre fare finta di niente.

La vedo di sfuggita, mi giro dall'altra parte. È lei al novantanove per cento. Mi rifugio al bancone salumeria.

Faccio finta di niente e lei mi passa alle spalle mentre io ne approfitto per imparare i salumi a memoria. È addirittura più brutta di quando c'ho avuto a che fare io, ma emana ancora una certa energia. C'ha l'Africa dentro, e a me le africane mi hanno sempre fatto sballare.

Me ne sto fermo a pregare che non succeda niente per i prossimi venti minuti. Non vedo l'ora di rifugiarmi a casa, nella cameretta di Carla, dove è sicuro che non posso incocciare prostitute di nessuna natura e forma, soprattutto quelle pagate da me. Prego pure che non c'è motivo, visto che se c'è una cosa che una *pulla* non può fare mai è riconoscerti. Faccio una media: almeno tre o quattro uomini a sera, per trecentosessantacinque giorni all'anno, per tipo vent'anni. Insomma, stiamo parlando di milioni di uomini, milioni di minchie, miliardi di sguardi. Okay che dopo la storia della rapina ho cominciato a dubitare della statistica, ma stavolta mi sento proprio in una botte di ferro. C'ho pure un cane da guardia bene addestrato, l'antifurto naturale per ogni prostituta che si rispetti: la moglie del cliente. Va tutto bene, sono solo paranoie.

Se non fosse che mi sento chiamare sulla spalla. Barbara è al lato.

Eccola qua Paola, la senegalese che mi sono fatto sulla mia Ritmo blu quando ero poco più che un ragazzino. Vi avevo detto che non ve lo avrei raccontata mai 'sta storia, e invece…

«Ciao», mi fa.

«Ciao.»

Faccio il cafone e torno a guardare i salumi come se niente fosse.

«Non mi saluti, Mimmo?» mi chiede, chiamandomi di nuovo con la mano.

«Ci conosciamo?»

«Come no, Mimmo! Io mi ricorda benissimo a te. Non ci credo che tu non ricorda.»

«Guarda, non penso che ci conosciamo. Magari mi scambi per un altro…»

«No… davvero tu non ricorda, Mimmo?»

Un pensiero preciso mi estirpa l'ultima erbaccia di calma che mi è rimasta dentro: *okay, l'abbiamo capito che il nome lo sai. Ora, per pietà di Dio, te ne vai?*

Si intromette mia moglie.

«Va be' Mimmo, se dice che ti conosce…»

«Dai fa' sforzo», insiste quella.

Faccio finta di pensare, ma mi viene in mente solo la verità: Paola sopra di me, la Ritmo blu, il sudore acido di entrambi, soprattutto il suo. Mi metto una mano tra i capelli, teatrale. Finto da morire.

«Guarda, non so come aiutarti...»

Mi giro di nuovo verso il bancone, lanciandole un messaggio chiaro: *ma sei completamente impazzita a venirmi a parlare davanti a mia moglie? E soprattutto: come cazzo fai a ricordarti di me?*

Quella però non molla.

«Sono Paola. Paola. Ti ho visto poi a televisione, bravo, bravissimo.»

Faccio il vago, ma più le parlo più mi tornano in mente le cose che abbiamo fatto quella sera. Io e lei. Io che la carico in Via Lincoln, col cuore che mi fa la Targa Florio dentro al petto. Lei che si presenta. Fa la dolce. Io che sto ancora guidando e lei che mi apre la cerniera dei pantaloni: *questo lo offre la casa perché sei simpatico*. Io che provo a contraddirla ma non c'è verso. Sempre io, che mi faccio prendere dalla paranoia e me la porto fuori città, tra San Martino e Monreale, in mezzo ai tornanti. Non lo so perché così lontano. Lei che continua a tenerselo in bocca.

«Ci siamo incontrati a Via Lincoln. Poi siamo andati lontano, lontanissimo. Tu era nervoso.»

«Guarda, non riesco a ricordare proprio.»

Barbara comincia a seguire la conversazione con un certo interesse. Si intromette di nuovo.

«Succede spesso ai fan di mio marito: gli pare che lo conoscono vero. La tv fa questo effetto...»

«Ah, lui è marito a te? Complimenti...»

L'aria si ferma, il tempo pure. Paola fa una pausa che manco

Marlon Brando quando per un periodo per dire una battuta in un film ci stava tre ore.

«...bella minchia!»

Barbara scoppia a ridere non so se per la vergogna o per la battuta in sé. Pure il salumiere capisce che ci sono i margini per farsi due risate e si mette con le orecchie sull'attenti.

I miei ricordi sono arrivati a quando io smetto di guidare e lei, Paola, mi salta addosso. Non faccio niente, non posso fare niente, io. Il suo è sesso, la mia inerzia.

La mia Ritmo blu vede cose che non vedrà per un bordello di tempo, forse mai più. Paola è una professionista, sa quello che deve fare e lo fa senza farsi pregare. I sensi mi sballano, la realtà se ne va *a cachì*. Per questo, decido che la amo, e glielo dico: *Ti amo, Paola. Ti amo* – le continuo a dire mentre mi fa venire e, cosa che non mi dimenticherò mai, mentre io mi metto a piangere. Sì, a piangere, davanti a una sconosciuta di puttana. Piango come un *picciriddo*, le lacrime escono sole sole, come se lei, sempre lei, ancora lei, avesse schiacciato un pulsante che era sempre stato nascosto da qualche parte nel mio corpo.

«Dai Mimmo, so che tu ricorda. Mi hai pure detto ti amo quella sera.»

Barbara e il salumiere non capiscono se è completamente pazza oppure no. E ovviamente, non hanno nessuna intenzione di perdersi gli indizi offerti dal dialogo tra me e lei. Che si rivolge a mia moglie così, serafica come se avesse chiesto lo zucchero di canna al bar: «Ancora piange quando viene?»

«Come scusa?» risponde Barbara.

Poi ci pensa un attimo, come se la domanda fosse arrivata in differita. E sentenzia: «Veramente no».

«Allora tu non sei brava abbastanza.»

Paola le schiaccia l'occhio, per alleggerire il tono. Poi, continua.

«E poi che bella macchina. Bella Ritmo blu. Io ricorda ancora la targa: AB…»

A mia moglie su quella Ritmo blu le ho fatto una testa tanta. Gliene ho parlato per un sacco di tempo. Parto d'anticipo e la interrompo.

«Guarda, non penso che abbiamo altro da dirci. È stato bello rivederti…»

Mi giro verso mia moglie.

«Abbiamo avuto un piccolo flirt di qualche sera. Ora me lo ricordo…»

Ritorno da Paola con lo sguardo.

«Questa è mia moglie Barbara, ora abbiamo una bella bambina di due anni», le dico, nella speranza che capisca il messaggio che in realtà le sto continuando a mandare: *pietà, ti prego. Stai zitta. Pietà: per me e per il mio matrimonio.*

Paola mi lancia un sorriso a tremila denti. Voleva solo essere riconosciuta forse, perché fa un passo indietro e si calma. Si mette un atteggiamento da borghese, da una che sa cosa si può dire e cosa no.

«Io contenta che stai bene.»

Poi si gira verso mia moglie.

«È un bravo ragazzo.»

A Barbara pure, alla fine, le si apre un bel sorriso. Anche perché Paola tutto sembra tranne che una prostituta. Probabilmente ha smesso. Me la immagino a casa, sposata a un ingegnere svedese, coi mobili Ikea e tre figli sotto i dieci, Ikea pure loro. Me la immagino felice, insieme al suo svedese che non saprà mai dove la moglie ha imparato tutti quei trucchetti. O magari sì: gli svedesi sono di mente aperta.

Ci sorride di nuovo e ci rimette le coscienze in pace a

tutti. A me, a Barbara e pure al salumiere, che comincia a servirla.

«Centocinquanta grammi di mortadella», gli chiede Paola.

È una brava ragazza, pure lei.

Tiro un sospiro di sollievo, dopo un asma di emozioni. Ma è il gol del pareggio poco prima di prenderne tre. Perché quando pare che si è arresa, Paola riparte in contropiede: «Comunque mi trovi sempre a Via Lincoln 133. Scopare cinquanta, bocca sempre omaggio… perché sei tu…»

Ritorna a dare i suoi ordini al salumiere, che fa finta di non avere sentito ma si gira dall'altro lato per nascondere la faccia e ridere.

Barbara si gira di scatto verso di me, pare che c'ha una molla attaccata al collo per quanto è veloce. Gli occhi rossi, le narici dilatate, le pupille al contrario, la voglia di prendersi un'anima, la mia.

E così che qualche giorno fa ho capito che certe cose non cambiano mai. Che pure stavolta, non sarebbe stato semplice da spiegare. Che pure stavolta, non sarebbe stato tanto semplice convincerla che non le stavo dicendo una minchiata.

E poi, ve l'ho già detto, è arrivata lei: Carla. Mia madre si è offesa che non l'ho chiamata come a lei, all'inizio. Poi è rimasta imbambolata, come a tutti. Ora c'ha due anni, e già si comincia a comportare da femminuccia. Diversamente dagli altri genitori che c'hanno quest'ossessione di non volerli vedere crescere mai, i figli, io le faccio i discorsi, la rimprovero, ci discuto e, alla fine, ci litigo come se ne avesse quaranta, di anni.

Sono capace che non le parlo per tre giorni, se si rifiuta a darmi un bacio. Che ci posso fare, mi ha fatto uscire fuori di testa.

Pure che è figlia mia, a me mi pare che è bella da fare paura.

Ed è forte, già a due anni. C'ha quella forza che hanno solo i bambini e che io non avevo conosciuto mai: se si ci mette, ti riesce a mettere addosso un imbarazzo che è peggio di una *timpulata*. Un imbarazzo di quelli sinceri, che ti strappa dentro. Di quelli che non ci può niente. E pensare che non me la riuscivo manco a immaginare, che non la pensavo, non la sentivo, non avevo voglia di scoprirla, prima che nascesse. E poi, non la prima, non la seconda ma la dodicesima volta che l'ho presa in braccio, è scattato qualcosa. Non lo so cosa, ma a che non avevo voglia di scoprirla, a che è diventata una specie di ossessione capire che cosa c'ha in quella testolina, lei che già lo so che mi farà penare e non vedo l'ora che lo faccia. Perché questa è la paternità, un equilibrio perenne tra tentativi tirati a caso e la battaglia contro i propri limiti. Che nel mio caso sono assai, la verità.

Sta andando tutto bene. La famiglia, Carla, il lavoro. I soldi ci sono, la salute pure. I debiti sono tutti estinti. Ho ripreso a fumare, ma va bene lo stesso. Il caffè al bar me lo pagano più di prima e non piove da tre settimane.

Una vita normale, forse pure un poco meglio di molte altre. Sta andando tutto bene, pure dopo i vari casini che ho combinato.

Ma è inutile illudersi, tempo niente verrà messo di nuovo tutto in discussione.

Perché alla fine della fiera, c'è poco da dire. È un po' come nel calcio, uno inizia a cinque/sei anni ed entro poco deve imparare i fondamentali: calcio, stop, dribbling, contrasto. Se non impara in fretta, i genitori lo iscrivono a lezioni di violino. E diciamoci la verità, a quale bambino gliene frega qualche cosa di imparare note e spartiti dentro le stanze di qualche dopolavoro ferroviario, a sei anni?

E la vita è uguale: o ti sbrighi a imparare l'abc, o quella ti fotte e ti lascia fuori dai giochi, ad aspettare in panchina col plaid sopra alle gambe.

È tutta una questione di fondamentali. Solo che io c'ho messo più di quarant'anni ad impararli. E continuerò a pagarne le conseguenze.

GLOSSARIO

ABBANNIARE: ci sono principalmente due casi di rilevante interesse antropologico in cui viene usata *l'abbanniata*: dai venditori ambulanti, per richiamare l'attenzione dei potenziali clienti; e dalle madri, per richiamare l'attenzione dei figli dalle finestre di casa quando è pronta la cena e loro non si decidono a rincasare. Nell'atto di fuoriuscita dell'urlo, la mano si accompagna elegante alla bocca, magari con tanto di mignolino all'insù, perché non si corra il rischio che il suono si disperda nell'aere.

ABBUTTARE: sentimento molto simile alla pigrizia, contro cui il siciliano prova a combattere da secoli e che impedisce una qualsiasi forma di opposizione o atteggiamento proattivo a qualsiasi evento della vita. È alla base di molte delle dominazioni subite dal popolo siciliano.

A CACHÌ: essendo il cachi un frutto estremamente morbido e semplice da ridurre in poltiglia, dire che qualcosa è *finita a cachì*, equivale a dire che tutto è andato a rotoli, distrutto ineluttabilmente. Un po' come il cachi di fronte a qualsiasi forma di pressione, anche la più tenue.

ALLATTARÌARSI: atteggiamento tipico del siciliano che ci tiene a non nascondere la propria presunzione, la propria spocchia e la propria arroganza, anche di fronte a palese inferiorità o torto. Sì, perché pure quando dovrebbe vergognarsi e abbassare lo sguardo, il siciliano non molla, si impunta. E si *allattarìa*.

A TINGHITÉ: espressione di chi ci tiene a precisare che ciò di cui si sta parlando, è stato caratterizzato da un'eccezionale e insolita abbondanza. È usato soprattutto quando si parla di cibo, qualora questo sia stato elargito con sufficiente generosità. E cioè durante una qualsiasi riunione di famiglia.

CAFÌATA: nel gergo calcistico da strada, la *cafìata* è una sconfitta memorabile, di quelle che passano alla storia per l'incapacità dello sconfitto di opporsi al vincitore. Il risultato finale è umiliante, sonante, storico; tant'è che una *cafìata* non può essere considerata tale senza uno scarto di almeno quattro gol.

FANGATA: azione propria di una persona *fanga*, cioè di qualcuno che è considerato alla stregua di quella strana magia che pioggia e terra sanno creare quando si mischiano insieme, cioè il fango, la fangata è quello che non vorreste mai ricevere da un'amico: un tradimento, un cattivo comportamento, l'abbandono in un momento di difficoltà, uno scherzo troppo pesante.

FARE I PIRTUSI: letteralmente «fare i buchi» a qualcosa, ma soprattutto a qualcuno. Significa fargli vedere di che pasta sei fatto, dimostrare la propria superiorità. E come si dimostra la superiorità sugli altri in Sicilia se non attraverso i proiettili?

FARE PRIO: tipica manifestazione di gioia, o meglio di piacere per i successi altrui. Nonché stato d'animo che la maggior parte degli esseri umani non ha mai provato sinceramente.

INFILARE: è la ragione di vita di ogni mammifero maschio: introdurre il proprio pene all'interno di un altro essere umano. Ripeto: essere umano, e non essere vivente; perché vale anche se il penetrato non respira più da un paio di giorni.

IMPORRARE: è sinonimo di fregare, così come rimanere imporrati è sinonimo di essere stati fregati. Ci siamo passati tutti, tutti hanno visto la propria squadra perdere per un rigore assegnato alla squadra avversaria al novantesimo. Quindi non servono altre spiegazioni, avete capito di cosa parlo. A meno che non siate juventini.

LAGNUSIA: avete presente la domenica pomeriggio? Ecco. La *lagnusia*, è lo sport preferito dai siciliani, la loro Stella Polare: la pigrizia. Per lui la vita è una domenica pomeriggio perpetua.

MALASENO: è il garage prima del garage, il posto in cui venivano e vengono conservate le cose che non servono ma che non si sa mai, magari prima o poi possono servire. Caratteristica fondamentale del *malaseno* è l'assenza della muratura, cosa che lo differenzia dal garage e dal box, che sono da fighetti e all'interno dei quali puoi entrare pure senza starnutire per via dell'assenza di *pruvulazzo*, della polvere. Che invece compone il 99% dell'aria di un *malaseno* e di tutto il quartiere che lo ospita.

MANCO SE: è un'espressione che io da qualche parte l'ho sentita e fatta mia, pure che tutti mi dicono che non l'hanno sentita usare mai. Significa che una cosa non può succedere, che è impossibile.

MAPPINA: straccio da cucina utilizzato per gli scopi più infimi, caratteristica fondamentale della mappina è il suo utilizzo ripetuto, reiterato e potenzialmente infinito. Raccoglie, asciuga e conserva in sé i liquidi di quattro o cinque generazioni di una famiglia, prima di essere lavato.

MINNE: declinabile anche in *minnuzze*, *minnone* e *minnazze*, a seconda della taglia di reggiseno, la *minna* altro non è che la tetta, il seno. E sulle tette, non c'è mai molto da aggiungere.

MOMMO: individuo che, per ovvi motivi fisici e intellettuali, decide di votare la propria esistenza a un'unica missione, irreprensibile come solo chi sa di non avere altre speranze sa essere. Perché al *mommo*, che di sesso si occupa, il sesso piace. E pure assai. Solo che ha capito che ha solo una chance di venire a contatto con esso: spiare le coppiette appartate a fare l'amore.

NEGGHIA: la negghia è, nel gergo palermitano, ciò che non serve assolutamente, eppure se ne sta lì, perché nessuno si piglia il pensiero di buttarla nella spazzatura. La *negghia* è una cosa sì, ma è come se avesse un'anima, proprio per via di questa sua attitudine alla sopravvivenza. Il palermitano, che è filosofo, si sa, eleva il sostantivo ad aggettivo e così, senza troppi sforzi di fantasia, *negghia* diventa pure l'essere umano. Quando non serve, quando è una cosa inutile, insignificante. E cioè, nella maggior parte dei casi.

PULLA: femmina dalla dubbia moralità sessuale, accetta denaro in cambio di prestazioni sessuali che spesso mette in atto senza troppa passione. «Pulla» però, è molto di più di una semplice prostituta; è un modo di intendere la vita. La *pulla* è sospettosa, cattiva, pettegola; è il riassunto di un'accozzaglia di difetti tipicamente femminili che spesso l'uomo incazzato tende ad attribuire alla madre dei propri nemici. Spesso a ragione.

QUAGLIARE: quagliare è un verbo che si riferisce perlopiù al fare affari, o meglio all'atto di concluderli. E qual è l'affare più importante per un maschio se non quello di portarsi a letto una femmina? Così, col tempo, quagliare è diventato sinonimo di conquistare una donna.

SCARPARO: il palermitano definisce *scarparo* chi, qualsiasi cosa faccia, finisce per farla in modo approssimativo, senza talento, a muzzo. A minchia sì, lo possiamo dire. A minchia.

STRACCHIOLA: interessata a qualsiasi evento del quartiere e dotata di voce stridula ai limiti del sovrannaturale, la donna *stracchiola* detiene conoscenze, pettegolezzi e informazioni sconosciute ai più, oscillando tra atteggiamento prudente e vanesio. Se è successo qualcosa nel suo quartiere o zona di competenza, la *stracchiola* è la prima a saperlo e lo racconta a chiunque le capiti a tiro, nella maggior parte dei casi urlandolo urbi et orbi affacciata al balcone, grazie al potere di cui sopra.

TALÌATA: è uno sguardo, è guardare qualcun altro negli occhi. Ma non solo. La *talìata* può essere: una minaccia, uno strumento di seduzione e soprattutto un fattore scatenante e apparentemente insufficiente per l'esplodere di una rissa.

Perché sì, basta passeggiare per le strade palermitane, magari tra le più popolari, perché qualcuno possa fermarti senza motivo e chiederti se e perché lo stavi guardando. Stando alle statistiche, la percentuale maggiore di pestaggi a Palermo avviene per colpa di una fantomatica *talìata*.

TASCIO: per parlare del tascio, occorre forse fare prima un piccolo riassunto dei suoi cavalli di battaglia, dei suoi plus, come si dice oggi: sputo, arrampicata, guida senza casco, maschilismo, abilità nel calcio, zigomi pronunciati, colorito abbronzato, fischio supersonico, gestualità pronunciata, abilità nella rissa. In ogni parte d'Italia viene chiamato in modo diverso: tamarro, burino, truzzo; la verità però, è che il *tascio* vero è quello palermitano, senza se e senza ma. Al massimo il paragone si può fare con i *cuozzi* napoletani, ma secondo me hanno sì più fantasia, ma meno stile. E senza stile, finisce che la sprechi tutta la fantasia che ti è capitata.

TIMPULATA: capitolo a parte spetta alla *timpulata* che è sì gesto di violenza, sinonimo di schiaffo, ma sarebbe ingiusto ridurla a mera esecuzione di un gesto fisico.
Con la *timpulata* puoi dire un sacco di cose. Il messaggio che la *timpulata* recapita più frequentemente però, è: ti voglio bene, però me lo stai mettendo definitivamente alla prova tutto questo affetto; quindi ti picchio. E infatti a fare uso della *timpulata* sono sopratutto le madri con i figli. Ma non solo le madri ne hanno scoperto il potenziale. Per intenderci: se vuoi veramente fare del male a qualcuno, ci sono mezzi molto più efficaci. Però se vuoi fare capire a uno che si deve stare al posto suo e che non c'è proprio storia fra voi due, che non vale manco troppo la pena alzargli le mani, la *timpulata* è il modo migliore per dirglielo chiaramente.

VASTASO: è il portatore sano di cattiva educazione. Importante per trasmettere il senso dell'insulto, è pronunciare la parola *vastaso* con una certa superficialità, come se l'offeso non meritasse l'attenzione di chi lo sta giudicando, perché oggettivamente inferiore. Con la bocca semichiusa, aperta solo da un lato, l'accusatore vuole comunicare una cosa soltanto al suo avversario: sei una causa persa, non cambierai mai!

RINGRAZIAMENTI

Grazie a tutti quelli che hanno posato gli occhi su questo libro, prima ancora che diventasse tale. Siete stati pazienti, sinceri e profani, per fortuna. Grazie a chi è arrivato in corsa e sta capendo – ci aspettano grandi cose e molti esercizi Zen. Agli amici – non dimenticatevi di ridere.

Grazie alla mia casa editrice, che ci ha creduto; al mio editor, che ha messo a fuoco. Ai lettori del Calvino. A Palermo.

Alla mia famiglia, che mi ha permesso un unico lusso che li vale tutti: il cazzeggio; un portasigarette dell'ottocento in rodio e oro non mi avrebbe fatto schifo, ma è andata bene così. Vi perdono, ma solo perché non fumo. Alienazione, silenzi e teste curve sulla tastiera continueranno; sopportate e rassegnatevi. Sapete farlo. Siete belli, tutti e cinque, anche se non ve lo dico mai. Grazie. Alla mia infanzia, che ha suggestionato. All'amore, che si è sacrificato. A Mimmo Calò; ti voglio bene fratello, chiunque tu sia, rannicchiato all'ultimo banco a ridere con me, dentro di me.

Alla disciplina.

Romanzi e Racconti

Erica Arosio, Giorgio Maimone, *Vertigine*
Martina Liverani, *Manuale di cucina sentimentale*
Michele Lauria, *Un piccolo Dio*
Petra Hůlová, *Trilocale di plastica*
Maria Tarditi, Pecore matte
Alberto Custerlina, *Il segreto del Mandylion. All'ombra dell'Impero*
Åke Edwardson, *Stanza numero 10*
Nicky Persico, *Spaghetti Paradiso*
Hélène Battaglia, *Una promessa di felicità*
Fulvio Abbate, *Intanto anche dicembre è passato*
Caterina Cavina, *Le ciccione lo fanno sempre meglio*
Evgenija Ginzburg, *Viaggio nella vertigine*
Eduardo Rebulla, *Le conseguenze estreme*
Roberto Mandracchia, *Vita, morte e miracoli*
Noémi Szécsi, *La vampira snob*
Barbara Buoso, *L'ordine innaturale degli elementi*
Tommaso Pellizzari, *Movimento per la disperazione*
Jonathan Ames, *Non sei mai stato qui*
Francesco Consiglio, *Le molecole affettuose del lecca lecca*
Claudio Fava, Michele Gambino, *Prima che la notte*
Roberta Torre, *Il colore è una variabile dell'infinito*
Michele Santeramo, *La rivincita*
Luca Ragagnin, *Marmo rosso*
Mauro Berruto, *Independiente Sporting*
Gaia Giordani, *Sei proprio una scema*
e.e cummings, *La stanza enorme*
Francesca Reggiani, *L'angelo nelle nove*
Monica Zapelli, *Il cielo a metà*
Corrado Fortuna, *Un giorno sarai un posto bellissimo* (2ª ediz.)
Davy Rothbart, *Il cuore è idiota*
Fabio Geda, *Nel mare ci sono i coccodrilli*
Alberto Manzi, *E venne il sabato*

Alberto Schiavone, *Nessuna carezza*
Francesca Ramos, *Diciotto ossa rotte*
Simonetta Sciandivasci, *La domenica lasciami sola*
Antonio Pennacchi, *Camerata Neandertal*
John Dos Passos, *Manhattan Transfer*
Eduardo González Viaña, *La ballata di Dante*
Francesca Romana Capone, *Più di quel che avanza*
Ken Saro-Wiwa, *Sozaboy*
Emma Dante, *Le principesse di Emma*
Francesco Mandelli, *Osnangeles*
Alessandro Valenti, *In grazia di Dio*
Sindiwe Magona, *Da madre a madre*
Giorgio Specioso, *Dinosauri*
Alessandra Selmi, *La terza (e ultima) vita di Aiace Pardon*
Massimiliano Santarossa, *Metropoli*
Fabio Viola, *I dirimpettai*
Edward Abbey, *Desert solitaire. Una stagione nella natura selvaggia*
Francesca Marzia Esposito, *La forma minima della felicità*
Mazarine Pingeot, *Le invasioni quotidiane*
Giorgio Faletti, *La piuma* (2ª ediz.)
Daniela Amenta, *La ladra di piante*
Giacomo Cacciatore, *Se tornasse Natale*
Lucia Del Pasqua, *Quella certa dipendenza dal tasto Invio*
Alberto Custerlina, *La carovana dei prodigi. All'ombra dell'Impero*
Stefania Auci, *Florence*
Marco Pastonesi, Giorgio Terruzzi, *Il bello del gas*
Giorgio Faletti, *Io uccido*
Giorgio Faletti, *Niente di vero tranne gli occhi*
Giorgio Faletti, *Fuori da un evidente destino*
Giorgio Faletti, *Pochi inutili nascondigli*
Giorgio Faletti, *Io sono Dio*
Giorgio Faletti, *Appunti di un venditore di donne*
Camilla Costanzo, *Una bellissima notte senza luna*
Angelo Mellone, *Nessuna croce manca* (2ª ediz.)
Monaldi & Sorti, *Imprimatur* (3ª ediz.)
B.J. Novak, *Una cosa ancora*

Marino Buzzi, *L'ultima volta che ho avuto sedici anni*
Colette, *La donna celata*
Arturo Brachetti, *Tanto per cambiare*
Monaldi & Sorti, *Secretum* (2ª ediz.)
Elena Marinelli, *Il terzo incomodo*
Enrico Dal Buono, *La vita nana*
Gianni Clerici, *Il giovin signore*
Alexandre Dumas, *L'assassinio di rue Saint-Roch*
Elena Ghiretti, *L'intelligenza della specie*
Jesse Ball, *Quando iniziò il silenzio*
Pietro Caliceti, *L'ultimo cliente*
Dario Buzzolan, *Malapianta*
Michèle Gazier, *Le convalescenti*
Francesco Fagioli, *Questi tempi fuori dal tempo*
Jerry Stahl, *Stronzate che ti capitano quando non muori giovane*
Luke McCallin, *L'uomo di Berlino*
Vittorio Russo, *L'India nel cuore* (4ª ediz.)
Mark Twain, *Un americano alla corte di re Artù*
Ana Casaca, *Viaggio al termine del cuore*
Monaldi & Sorti, *Veritas*
PP Wong, *La vita secondo Banana*
Maurizio Crosetti, *Esercizi preparatori alla melodia del mondo*
Carlo Loforti, *Appalermo, Appalermo!* (2ª ediz.)